書下ろし長編時代小説

殿は替え玉

松平玉三郎 殿さま草紙

藤村与一郎

コスミック・時代文庫

この作品はコスミック文庫のために書下ろされました。

目次

第一話　小梅の歌垣

一

吹雪の向こうに、黒い石垣にも緑の樹林にも雪化粧した白亜《はくあ》の江戸城が、峰を連ねる雪山のようにそびえていた。

小普請《むやく》の御家人《ごけにん》・松平玉三郎《まつだいらたまさぶろう》は、桔梗色《ききょういろ》の羽二重《はぶたえ》に雪駄《せった》で、内堀にかかる呉服《ごふく》橋《ばし》に足を踏み入れた。

渡れば、老中の役屋敷が整然と甍《いらか》を並べる、大名小路《だいみょうこうじ》であった。

(ちっきしょう、気が乗らないな。どうせ、あのうるさい与力殿から、つまらない片手業《かたてわざ》を言いつけられるに決まってるぜ)

片手業とは、手伝い仕事といった程度の意味である。橋を渡った面前にある北町奉行所の年番方与力・谷村源助《たにむらげんすけ》は、亡父の親友であった。

この真っ白に雪化粧した大名小路の間を、剛直な筆が走ったように、内堀だけが黒々として屋敷町を囲んでいた。

「よいですか、玉三郎さん。谷村さまのご好意を無にせず、しっかりとお役に立たないといけませんよ」

玉三郎を介添えするように寄り添っているのは、浅草《あさくさ》・蔵前《くらまえ》の札差《ふださし》、二兎屋《にとや》の主人である次郎右衛門《じろうえもん》であった。

五尺八寸の長身である玉三郎と並ぶと、やっと五尺二寸の次郎右衛門は、苦労《くろう》皺《じわ》の浮いた面相さえ見なければ、子どものようである。

三十七俵取りの貧乏御家人である玉三郎は、二兎屋に四十両近い借金がある。金高に直せば十三両足らずしかない年俸の、ゆうに三年分はあった。

そのうえに、酒屋、味噌《みそ》屋、油屋などから、合わせて三十両近い借金もあり、これらについては二兎屋が保証人である請人《うけにん》になってくれている。

二兎屋はいわば玉三郎の管財人。短軀肥満《たんくひまん》の皺深《しわぶか》い狸面《たぬきづら》だが、見た目ほど腹は黒くないことを、玉三郎は知っていた。

「よいですか、玉三郎さん。谷村さまは、もし町同心に空き株が出たら、すぐに押さえて玉三郎さんに斡旋《あっせん》するとおっしゃってくださっています」

次郎右衛門は雪道の足元に目をやりながら、しきりと話しかけてくる。

「それから、等々力《とどろき》さんとも仲直りなさい。おふたりは幼馴染《おさななじみ》ではありませんか」

等々力啓介《けいすけ》は北町奉行所で、定町廻り同心の見習いを務めている。

「ふん、勝手に突っかかってきたのは、あいつのほうだぜ。俺がお千瀬《ちせ》にちょっかいをかけたのが、友達甲斐《がい》がないのなんのと、難癖《なんくせ》をつけやがる」

玉三郎は、甘く引き締まっていると評判の唇を歪《ゆが》めた。

「本当のところはどうなのです。娘にちょっかいをかけたのですか、かけなかったのですか？」

次郎右衛門は首を上げ、上目遣いにこちらの瞳の色を読みにくる。

次郎右衛門の魂胆《こんたん》は見え透いていた。いずれは玉三郎に町方の同心の株を買わせ、娘である鳥越明神《とりごえみょうじん》のお千瀬と結びつけようと狙《ねら》っているのだ。

そのために、借金の肩代わりを申し出てくれているのだと、玉三郎は睨《にら》んでいる。同心にした亭主《ていしゅ》の力で、十手《じって》を振りまわしているお千瀬を押さえ込ませ、なんとか札差のひとり娘らしく振る舞わせようと願っているのだろう。

奉行所の前には、その悪友である啓介とお千瀬が待っていた。

玉三郎の顔を見たお千瀬が頬《ほお》を赤らめると、お千瀬に岡惚《おかぼ》れしている啓介はつまらなそうに顎《あご》をしゃくり、ついてこいという素振《そぶ》りをした。

「ああ、玉さん、来てくれたかい」

源助は煙管《キセル》の雁首《がんくび》を灰吹きに叩《たた》きながら、玉三郎、次郎右衛門、お千瀬、啓介の四人を迎えた。

源助は、齢《よわい》のころはといえば五十左右。性格は謹直であり、また気さくでもある。茶と俳句、それに釣りをたしなむ風流人でもあった。

源助は年番方与力の用部屋が並ぶ、いちばん奥の八畳をひとりで使っていた。年番方与力は、奉行所の金と人事を握っている。筆頭与力である源助は、北町において奉行に継ぐ実力者であった。

「実は今年も、水戸《みと》さまの小梅《こうめ》屋敷で観梅《かんばい》の会が開かれるのだがな」

源助はさっそく、用向きに入ってきた。

「奉行所では例年、お屋敷のまわりの警護を勤めるんだが、今年は特に念入りに警護をしろと、ご老中からお達しが出ているんだ」

水戸の小梅屋敷は、江戸近郊の行楽地である向島《むこうじま》のなかでも、いちばん江戸に近い小梅村にあった。

五万坪近い広大な敷地に、梅や桜で名高い庭園が広がっている。

藩主である水戸斉昭《なりあき》主催の観梅の会は、大名屋敷で開かれる季節の催し物としては、招かれる人の顔ぶれと数からいって、指折りとされるものであった。

「それというのも、水戸さまの女癖の悪さは天下周知のこと。今年はそのうえ、例年にない趣向を用意して、千客を迎えようと気負っておられるそうだ」

女色《にょしき》に淫《いん》する斉昭の行状を知らない者は、この江戸にはいない。

妻妾《さいしょう》十余人に十男九女を産み散らさせている。まだ四十四歳と若いので、今も、子女の量産の真っ最中であった。

「なんでも十二組の若い大名の夫婦を招き、古《いにしえ》の『歌垣《うたがき》』を模《も》した頭巾《ずきん》舞踊会《ようかい》なるものを催そうと準備をしているらしい」

源助は八方手を尽くし、今年の観梅の会の趣向について、聞き込みを重ねているという。

歌垣とは、特定の場所と日時に、若い男女が集《つど》いあい、踊りながら求愛の歌を投げ掛けあう行事である。

要するに、自由に男女の交わりを謳歌《おうか》する祭りであった。関東では、水戸にほど近い、筑波山《つくばやま》の歌垣などが有名である。

「いくら男女のことには歯止めが効かない斉昭公でも、さすがに、お大名のご夫婦を招いての淫《みだ》らがましい趣向は、考えていないようだ。それなりに風雅《ふうが》なご趣向のようだが、あの御仁のこと……なにが起こるか読めないところがある」

源助の眉には、懸念の色があった。

「そういうことなので、玉さんにも助《すけ》を頼みたい。小梅屋敷のなかで、危急《ききゅう》のことに備えてもらいたいのだ。手当ても出ることだし、まぁ、頼むよ」

玉三郎はこれまでにも源助からの声かけで、捕《と》り物出役《しゅつやく》の助っ人に借り出されている。

直心陰流《じきしんかげりゅう》から我流に転じてはいたが、父祖伝来の銘刀《めいとう》・三匹蜻蛉《さんびきとんぼ》を逆手に握った居合斬りで、実戦剣では知る人ぞ知る無敵の剣士であった。

「なぁるほど、これは玉三郎さんに、ぴったりの手間仕事でございますな」

次郎右衛門は満足そうにうなずくが、玉三郎は顔色を変えることなく、ただ聞き入っていた。

「それから野州《やしゅう》（下野国《しもつけのくに》）都賀藩《つがはん》の江戸家老からも、頼まれ事がある」

諸大名の江戸家老や留守居役《るすいやく》と、町奉行所の与力の間には、一方《ひとかた》ならぬ関係が築かれている。

諸藩としては、藩士が江戸で揉《も》め事を起こしたときのために、奉行所とは日頃の誼《よしみ》を心掛けているのだ。事実、勤番侍と呼ばれるお上《のぼ》りさんの藩士たちは、江戸市中で金や女にまつわる事件によく巻き込まれた。

「笹島千左衛門《ささじませんざえもん》という苦労人風の江戸家老でな。奥方の佐奈姫《さなひめ》さまが、御主人である対馬守《つしまのかみ》さまと一緒に招かれているそうなのだ。だが、斉昭公の女癖の悪さを聞き、気を揉んでおられる。というのも……」

源助は真面目な顔で一同を見まわした。

「三百諸侯の奥方のなかでも、佐奈姫さまが抜きん出た美形だということは、衆目《しゅうもく》の一致するところ。それだけに心配なのだろう。陰日《かげひ》なたに目を配ってくれと、我らに頼んできているわけだ」

源助の文机《ふづくえ》の上に、風呂敷包みと桐箱《きりばこ》があった。

「北町のご一同さまにということで、結構なご挨拶《あいさつ》も頂戴《ちょうだい》した。ここはいちばん、北町としても気を張った目配りをしないとな」

商人らしい臆面のなさで、次郎右衛門が包みと桐箱の中身をあらためた。

「最高級の丹後縮緬《たんごちりめん》の布が二反《たん》。桐箱は、日本橋本町《にほんばしほんちょう》三丁目・鳥飼和泉《とりかいいずみ》の和泉饅頭《まんじゅう》と見ましたぞ。さてはその下には、黄金眩《こがねまばゆ》い小判の十両や二十両、敷かれてあったに違いありません」

源助は苦笑しているが、若い啓介とお千瀬は目を見張らせていた。玉三郎はというと、つまらなそうに口元を歪めている。

「水戸斉昭って殿さまについちゃあ、よからぬ噂《うわさ》がもっぱらだぜ。とはいえ、町方は江戸の町場の衆を守る。大名を守るのは、家来の仕事でしょう。いくら付け届けがきたか知りませんが、奉行所がしゃしゃり出るのは筋違いだ」

玉三郎のきっぱりとした物言いに、お千瀬はうっとりとした目で加勢してくる。

「うん。私《あっち》も玉三郎さんに賛成だ。あっちらの仕事は、町場の暮らしを守ること。お大名には両個《りゃんこ》を差したお侍がいっぱい付いているんだから、あっちらは、町民を守るべきだよ。観梅の会には町民だって招かれているんだし」

愛娘《まなむすめ》の姐御風《あねごふう》の言葉遣いに、次郎右衛門はあわてた。

「なんですか、お千瀬、『あっち』とは。そんな物言いを死んだお母《かか》さんが聞いたら、目をまわすところですよ。それに、玉三郎さんもよくありません。いただいた付け届けがあるからこそ、お手伝いの手間賃も出るんですから」

源助は苦笑していた顔を引き締めて、また一同を見渡した。

「玉さんとお千瀬の言うことは、もっともでな。これまでにも、出入り商人の妻女や娘などが観梅の会に招かれ、斉昭公に強淫《ごういん》まがいに無体《むたい》を強《し》いられることがあったのだ」

直情な玉三郎の凜々《りり》しい上り眉が、ぐっと寄った。

「つまり観梅の会とは、斉昭って漁色家《ぎょしょくか》が獲物をあさる、漁場のようなもんなのだろう」

玉三郎は、御三家の当主の名を呼び捨てにした。さすがに周囲をはばかって源助が両手をあげ、玉三郎を押さえる。

「玉さん、大名の奥方も、町場の妻女も同じことだ。無体な目に遭《あ》いそうになったら、守ってやらねばなるまい。そう考えて、今回は出張ってみてくれないか」

源助に穏やかな目を向けられて、玉三郎は小さくうなずいた。

「それならば谷村さん。もし当日、斉昭って助平《すけべい》がなにやらしでかす現場に出くわしたら、俺はどうしたらいい？」

玉三郎も穏やかな声音で、源助に投げかけた。

源助はぐっと眉を寄せたが、すぐにすっぱりとした顔で白い歯を見せた。

「私にも立場がある。今すぐには答えにくいよ。だから当日は、私も小梅屋敷に隣接する常泉寺《じょうせんじ》に詰めることにする。不慮《ふりょ》のことが起きたら、そのときはそのときだ。どうすべきか、その場で算段を練ろうじゃないか」

筆頭与力という立場を考えれば、源助の物言いは歯切れがいいほうだ。玉三郎はそう感じて、こっくりと頭を下げた。

「ならばこの二兎屋も、谷村さまや玉三郎さんの蔵宿《くらやど》を勤める身……手前もお供をして常泉寺に詰めておりましょう。二兎屋は向島にも寮を持っております。あのあたりは庭のようなものですから、なにかのお役に立てるかもしれません」

次郎右衛門は、はしゃぐように言った。蔵宿とは札差の別名で、幕臣との関係は、極めて深い。

要件がまとまった。

広大な小梅屋敷の庭で、玉三郎は、都賀藩主とその奥方である佐奈姫の陰供役《かげともやく》を勤めることになった。

屋敷の外の警戒を割りあてられたお千瀬はふくれていたが、それでなくても目立つ女の御用聞きである。観梅の会に紛れ込むわけにはいかない。

「ああ玉さん。これを持って帰ってくれ」

帰り際に、谷村は用部屋の前の蹲《つくばい》の前に立ち、水に浸《ひた》してあった沈丁花《じんちょうげ》の花束を、玉三郎に手渡してくれた。

「七回忌だったろう、茜《あかね》殿の」

玉三郎の母は、玉三郎が四歳のときに胸の病《やまい》で亡くなり、それからは九《ここの》つ年上であった姉の茜が、母親代わりに育ててくれた。

その茜もまた、流行風邪《はやりかぜ》をこじらせて、六年前に亡くなっている。

明々後日《しあさって》の一月十六日は、その茜の祥月命日《しょうつきめいにち》でもあった。

二

小石川《こいしかわ》にある水戸藩上屋敷の敷地は十万坪を越え、御三家の上屋敷のなかでも、もっとも広大である。天下の副将軍としての格式は、屋敷の広さにも表れていた。

とはいうものの、副将軍たる藩主の品性はというと、はなはだ心もとない。

昼間から側妾《そばめ》と戯《たわむ》れていた斉昭は、げんなりとした顔で、水戸屋敷の奥庭である小石川後楽園《こうらくえん》の茶室に入ってきた。

一月十四日の夕暮れ近く、後楽園の森は深い静寂《しじま》のなかにあった。

園の中心にある大泉水《だいせんすい》には、蓬萊島《ほうらいじま》が浮かんでいる。その蓬萊島の上には能舞台があり、藩主専用の茶室、弥生庵《やよいあん》は舞台の脇にある。

側用人の藤田東湖《ふじたとうこ》は、平伏して主君である斉昭を迎えた。

「お染《そめ》は激しい……あれでは、こちらの身が保《も》たんわ」

斉昭はむくんだ顔をして着座した。

「東湖よ、そちは洒落者《しゃれしゃ》じゃの。さすがは古着屋の倅《せがれ》じゃ」

面《おもて》をあげた東湖の襟元《えりもと》を見て、斉昭はつぶやいた。東湖の実家は、水戸城下の古着屋である。

吹雪が吹き荒れた昨日とは違い、今日は暖かな晴天が続いていた。開け放たれた天井窓から、暮れ切る前の日差しが差し込んできていた。

東湖の身形《みなり》は、質素な木綿《もめん》の黒羽織《くろばおり》に木綿の袴《はかま》。そこだけは絹物《きぬもの》が奢《おご》られていた襟元の羽織紐《はおりひも》は、零《こぼ》れ日を浴びて、清々とした藤紫色に光っている。

斉昭は眠気ざましの茶を点《た》てはじめた。

「例の加賀《かが》の銭屋《ぜにや》から、進物が届いております。五兵衛《ごへえ》が自身で持ち込んできまして、拙者《せっしゃ》が応対しておりました」

加賀の政商・銭屋五兵衛が、洋式銃を持ち込んできていた。

「ドライゼ銃」といって、ほんの数年前に「ぷろしゃ国」で開発されたばかりの新式銃である。

東湖が紫縮緬《むらさきちりめん》の布に包まれた桐箱から取り出したのは、その銃の売り込みのために贈られた、目を蕩《とろ》かす青緑色に輝く宝玉であった。

夕陽を浴びて妖《あや》しく輝く宝玉に見惚《みと》れた斉昭は、茶筅《ちゃせん》をまわしすぎ、泡がぶくぶくとふくれて、湯が茶碗からこぼれた。

「ほんの数年前に、おろしゃ国のう〜らる山脈の中の鉱山で発見され、皇帝に献上されたもの。皇帝一族の名をとり、『あれくさぁんどるの宝玉』と名付けられたそうです」

銭五こと銭屋五兵衛から聞きかじった宝玉の由来を、東湖は斉昭に言上した。

「しかし、さすがは北陸一の政商。彼奴《きやつ》めは、蝦夷地《えぞち》のさらに北まで抜け荷を広げておると聞くがのう」

斉昭は、『あれくさぁんどるの宝玉』を手のひらに乗せて熱心に眺めていたが、やがて飽きたのか、不意に放り投げた。

「たしかに、この宝玉は世にも美しいが、水戸にはこのようなものを贈ってまで手に入れたい上玉《じょうだま》は、ついぞ見当たらん。これも佐竹《さたけ》のせいじゃ」

佐竹のせいで、水戸には碌《ろく》な女子《おなご》がいない。

なにかにつけて、斉昭はそう嘆いてみせる。

二百四十年も昔、五十四万石の常陸国主《ひたちこくしゅ》であった佐竹義宣《よしのぶ》は、関《せき》ヶ原《はら》の戦いで石田《いしだ》三成《みつなり》に与《くみ》していたとされ、常陸一国を召し上げられた。

そのあと、常陸国に入ったのが、斉昭の水戸徳川家《とくがわ》である。

国替えに際し、佐竹義宣は常陸一国の美女を、ひとり残らず秋田《あきた》に連れ去ったという。

秋田は美人の産地で、水戸の女は不器量ばかり……と、世間ではこの二百四十年の間、大真面目《おおまじめ》に語られてきている。

「まったく、佐竹め……余《よ》のいちばん大事なものを、我が藩領から残らず持ち出しおった。これでは子作りする気にもならんわ」

東湖は内心で苦笑しながら聞いていた。斉昭の側妾のほとんどは、江戸で狩ってきた江戸の女で、夜昼なく淫している。

斉昭は立ち上がると、床の間にたてかけてあったドライゼ銃を手に取った。

元込め式で、弾丸《たま》を筒先からでなく、横合いから補塡《ほてん》できる仕組みである。雨の日でも使えて、連射がきく。

「ダァーン」

丸窓の明かり障子《しょうじ》を開け、大池泉《だいちせん》に憩《いこ》う番《つがい》の鴛鴦《おしどり》を撃つ真似をした。

「当たった、当たった。このドライゼ銃が千挺《ちょう》あれば、江戸城を乗っ取って水戸が天下を取れるぞ」

　斉昭は、このドライゼ銃千挺で、幕府の転覆《てんぷく》という野望を燃やしていた。

　ドライゼ銃は、火縄銃を一発打つ間に、五十発をぶっぱなせる。とてつもない優《すぐ》れものであるというのが、銭五の売り文句であった。

　こういうときの斉昭が、すこぶる本気であることを、東湖は知っている。主《あるじ》が喜ぶように、息を飲む面相をしながら、ははっと平伏してやった。

「ただし、値付けが法外じゃ。銭五め、一挺が千両だなどと、突拍子《とっぴょうし》もないことを申す。千挺でしめて百万両……だが、これ一挺で五十人の鉄砲足軽の相手が出来ると考えれば、あながち法外とも言えんが……」

　はしゃいでいた斉昭の双眼《そうがん》が、一転して暗く沈んだ。

「しかし、我が藩の藩庫には、とても百万両などない。これも佐竹めのおかげじゃな」

　斉昭は唇を血がにじむほど噛《か》むと、飲み忘れていた茶碗に手を伸ばした。

　水戸から北に十三里ほどいった大子《だいご》に、佐竹氏の隠し金山と呼ばれる栃原《とちはら》金山があった。

佐竹氏は領国を引き渡すにあたり、この金山まで明け渡すのを嫌った。鉱口を塞《ふさ》ぎ、鉱脈を知る鉱夫も残らず秋田に連れ去ってしまったのだ。

水戸家ではその後、幾十年にも渡って、自前で調達した鉱夫を鉱山に入れ、必死に鉱脈を探ってみたが、金銀の欠片《かけら》すら出ていない。

佐竹への恨みで斉昭が激しはじめるのは、いつものことであった。

斉昭が本当に怒り狂い出すと、手がつけられない。東湖は混《ま》ぜっかえして、なんとか主君の怒りをやわらげようとした。

「佐竹には、おまけに鰰《はたはた》も持っていかれましたな。酒飲みの拙者には、こちらも痛うござる」

下《くだ》りものの剣菱《けんびし》の黒松《くろまつ》を愛する東湖は、酒客《しゅかく》として知られている。

酒のつまみに絶品の鰰は、佐竹が水戸にいた昔は、常陸の海でよく獲《と》れた。ところが佐竹が去ると、常陸での水揚げが目に見えて減り、逆に秋田の海が鰰の群れで満ちたという。

――佐竹の遺徳《いとく》を慕《した》って、鰰まで秋田についていってしまった。

これも二百四十年の昔から、大真面目に語られていることであった。

「まったく、佐竹は碌《ろく》なことをしませんな」

東湖は萎《しお》れた振りをしてみせる。

それを見て、ふっと斉昭の肩の力が抜けた。

「佐竹の旧悪は許しがたいが、今さら戦《いくさ》を仕掛けるわけにもいかん。それよりも天下を盗るのじゃ。ドライゼ銃があれば容易《たやす》いが、問題は値段だのう」

水戸光圀《みつくに》の時代から、水戸家は勤皇一途の家柄であった。水戸家は幕府に対していずれ謀反《むほん》する……多くの幕臣が、陰でそうささやいている。

斉昭は顎に手をやり、なにやら思案をする素振りであった。

「よし、観梅の会が終わったら、余がみずから銭五めを脅《おど》しあげ、半分の五十万両に値引かせてみせる。なので、その五十万両は、そちが必ず調達いたせ」

斉昭は、そう東湖に厳命してきた。

（……ふふ、五十万両ならなんとかなる。頭巾舞踊会が終わったら、さっそく取りかかるか）

命じられた東湖には、腹案があった。

「承りました。殿、その一件、東湖にお任せくださいませ」

「さて、冷えてまいりましたな」

東湖は主君の身体を案じるように、長い棒を使って天井窓を閉め、明かり障子も閉めた。

春とはいえまだ一月。日の暮れ足は速い。東湖は手ずから蠟燭《ろうそく》を灯《とも》した。

「おおっ！」

斉昭は目を見張った。

青緑色をしていた『あれくさぁんどるの宝玉』が、蠟燭の灯《あ》かりに照らされてみると、深みのある赤色に変わっていた。

「面妖《めんよう》じゃのう、色が変わって見えるぞ」

斉昭はもう一度、宝玉を手のひらに乗せ、ためつすがめつ眺めた。

「やはり、赤にしか見えぬ。世にも不思議な石があったものじゃな」

「銭五の話では、欧州《えーろっぷ》の国王や貴族の奥方、姫さまたちに、その不思議さゆえに大人気となっておるとか。さて……」

東湖はそこで、小さく咳払《せきばら》いをした。

「殿、明後日の観梅の会の件ですが、ご指名の十一組のご夫婦。皆さま、ご招待を受けて参会いたすと、確認がとれましてございます」

「うむうむ」

斉昭は宝玉を布《きれ》に戻し、鷹揚《おうよう》に首肯《しゅこう》してみせた。

「それはそうじゃ。四月の日光社参《にっこうしゃ》に供奉《ぐぶ》する大名家を選んで、招いたのじゃ。皆、このうえない名誉と思っているはず」

六十七年ぶりとなる将軍家の日光東照宮《とうしょうぐう》への参詣《さんけい》が、あと三か月後に迫っていた。

将軍の日光社参は、四月十七日の東照大権現家康《とうしょうだいごんげんいえやす》の命日に合わせて実施される。過去十八回、五人の将軍が参詣しているが、莫大な費用がかかるので、もう五十年以上もおこなわれていない。それを今回、斉昭が老中首座《しゅざ》である水野忠邦《みずのただくに》を焚《た》きつける形で、復活したのである。

将軍家慶《いえよし》も、きわめて前向きに社参の実現に取り組んでいて、お供をする大名に選ばれることは、若い大名たちにとっては大変な名誉とされていた。

幕府は今、この日光社参の準備で、おおわらわの様相である。

「観梅の会の『歌垣』じゃが、なにか面白い趣向はないかのう。歌垣とは、古《いにしえ》にはもっと生々しい、男女の交歓《こうかん》の場であったそうじゃが……」

斉昭の目が、ぬめっと光った。

「殿、家中《かちゅう》の女子《おなご》ならともかく、他家の奥方に手を出されては、後々《のちのち》が難儀でございますぞ」

思わず語気を強めて、東湖が口走った。

「わかっておる。わかってはおるが……都賀の松平の奥方もまいるのであろう。あれは佐奈姫というてな。江戸にいる三百諸侯の妻女のなかでも、随一《ずいいち》の美しさと評判じゃ。それだけでなく、えもいわれぬ気品があるらしい」

とうとう斉昭は、舌なめずりまで始めた。

東湖はうんざりとして、これまでの斉昭の強淫歴を思い起こした。尻拭《しりぬぐ》いの大半は、東湖が自分の仕事として被《かぶ》ってきている。

東の間、物思いに耽《ふけ》った東湖がふと気づくと、斉昭がこちらの襟元を見つめている。

「凝《こ》っておるのう。そちの羽織紐も、陽の光と蠟燭の灯かりとで、色が変わって見えるのか」

「はは。お目に留まりましたか」

東湖は少しだけ誇らしげに返答をする。

「これは陽の下では藤紫色に輝き、蠟燭の灯火《とうか》のもとでは白く見えます」

「まるでこの宝玉のようじゃな。からくりの種《たね》はなんじゃ？」

斉昭は、相手を射竦《いすく》めるようにして訊《き》いた。ぐっと興味を引かれたときに見せる目である。

「さて……くわしくは聞いておりませぬが、鼈甲色《べっこういろ》の鉛《なまり》の粉を塗ると、かような仕掛けになるとか」

「それでその鼈甲色の鉛、入手は可能なのか？」

斉昭は追い込むような口調で言う。

「はは。これは以前に呉服屋から聞いたことでございますが、飛騨《ひだ》・神岡《かみおか》や蝦夷地・豊羽《とよは》の鉱山《やま》にて産する鉛を用いておるとか」

「よしよし、よい趣向を思いついたぞ」

斉昭はぬらぬらと笑った。

「と、殿？」

嫌な予感がした。

「よいか、東湖、明後日の朝までじゃ。これからすぐに江戸中の呉服屋や薬種店などを駆けまわり、その鼈甲色の鉛を買い求めてまいれ。古着屋の倅じゃ、必ずやなんとかいたせ」

古着屋の倅と呼ばれるのには馴れていたが、さすがに妙な胸騒ぎがした。

これまでに、斉昭と東湖で取り決めていた『歌垣』の趣向はこうである。

大名とその奥方に、それぞれ頭巾を被せる。目元だけ開けて、横布で口元から鼻筋まで隠せる頭巾である。

そして、広大な小梅藩邸の庭を使った野辺の宴のさなかに、その夜の伴侶を見つけさせる。

かといって、まさか藩主夫婦に淫らがましいことはさせられない。

そこで十二組の夫婦には、それぞれあらかじめ取り決めた同じ色の頭巾を被せておくことにする。

十二組の夫婦は、互いに離《はな》れ離れの御殿から広大な庭園に出る。そして自分と同じ頭巾の色をした相手を見つけ、歌で呼びかけあう。その後、十二か所に用意された茶室に入り、そこでめでたく夫婦再会となる……。

束の間、気分のうえで独身者《ひとりもの》に戻り、雅《みやび》に野で伴侶とめぐりあって、歌で愛を呼びかけあう……長年連れ添って飽きも出てきた夫婦には、新鮮な刺激になるであろう。

とまぁ、こういう趣向のはずであった。

「ぬふふ、都賀の天女をこのからくりで誘《おび》き出し、この『あれくさぁんどるの宝玉』で心を奪ってみせよう。余はお染を女房役にして、若い大名たちの歌垣遊びに加わるぞ」

三

同じ一月十四日の夜半、都賀藩江戸家老である笹島千左衛門は、本所大川端《ほんじょおおかわばた》にある下屋敷に、藩主夫人である佐奈姫を見舞っていた。

「『歌垣』を催す？　まさか、そのようなことを」

古典に造詣《ぞうけい》の深い佐奈姫は、歌垣の意味するところを知っていた。

佐奈姫は、先代藩主夫妻のひとり娘である。同族である大給《おぎゅう》松平の旗本家から婿《むこ》を取り、それが現藩主の松平対馬守である。

ところがその夫は、救いがたいほどの愚物《ぐぶつ》であった。

粗暴で酒乱、婿養子の身でありながら、側妾を数多《あまた》抱え込み、昼間から淫している。

佐奈姫の容色は比類がない。夫は側妾と戯《たわむ》れたその手で、佐奈姫にも迫ってくるが、それが耐えがたかった。病の療養中という名目で、佐奈姫は夫と別居し、下屋敷に引きこもっているのだった。

夫を婿に迎えて五年になるが、夫婦の間に子はない。対馬守は国許《くにもと》にいるお国《くに》御前《ごぜん》の麻利姫《まりひめ》との間に、三歳になる娘があった。

「その『歌垣』なる催しのことも、手を尽して中味を探りあててまいりました。そのうえで、この千左衛門、明日の観梅の会へのお出かけを、佐奈姫さまに念を押しにきたのです」

この四月に迫った日光社参に、将軍家慶の供をする大名のひとりとして、都賀藩は選ばれている。

今年の観梅の会に招かれた者は、それらの大名が中心である。そうした事情を勘案《かんあん》すれば、夫婦で招かれた以上、夫婦で出向かなければならない。

御三家のひとつで副将軍を自認する斉昭の誘いを断ったとなれば、おおいに角《かど》が立つ。

「爺《じい》よ、わらわはもとから気が進まなかった。かの斉昭公には、さまざまな風聞がある。それに、あの対馬守殿と夫婦として連れ立ち、諸侯の前に出るなど堪忍《かんにん》じゃ……わらわの気持ちを察してはくれぬか」

佐奈姫は家臣に向けて、黒絹のように艶《つや》やかな髪を垂れた。

「しかも歌垣などと淫らがましいことを……わらわは舞も舞えないし――」

清楚《せいそ》な人となりの佐奈姫は、思いもよらない催しを耳にして、白い顔《かん》ばせに涙まで浮かべている。

「ひ、姫さま」

忠義一途《いちず》の老人は悲痛な声をあげた。

「お気持ちはこの爺、重々お察し申しあげます。けれど、ご安心くださいませ。歌垣の中味は、決して淫らがましいことではございません」

老人は、頭巾舞踊会の趣向を佐奈姫に伝えた。

男女が乱れあうものでは、決してない。夫婦同士が広い庭で互いの姿を探し求め、求愛の歌を投げかけあうだけのことである。

また舞踊といっても、古代の人々が焚き火を囲んで踊っていた名残りというだけで、実際には庭を散歩するだけなのだ、と……。

佐奈姫の愁眉《しゅうび》が、いくらか開かれた。老人はさらに言葉を重ねる。

「四月に控えた、日光社参の大名同士の社交でござる。当家だけ不参加というのでは、なにかと不都合。そのうえに……」

笹島は言いづらそうに、畳に目を落とした。

お国御前である麻利姫が、こっそりと出府《しゅっぷ》し、上屋敷に入るのではないかという噂が、藩内で流れていた。三歳になる娘にしかるべき筋から婿を取り、都賀藩の次期藩主の座を狙っているのだとも。

「お国御前が江戸に出てくるなど、まことに怪《け》しからんこと。いわんや正当なお血筋である姫さまを差し置いて、次期藩主を取り沙汰《ざた》するなど言語道断。それゆえに、今回はぜひとも――」

誰はばかることのない正室として、藩主である対馬守と同伴しておいたほうがよい。笹島の言い分は、佐奈姫にもよく理解できた。

「ならば明後日は、爺の忠義に免じて出かけることにする。対馬守殿と連れそう素振りをするのも、いたしかたあるまい……爺、安心いたせ、わらわも、わらわの務めを果たす」

最後は佐奈姫も、はっきりとした口調で約束した。

笹島は目をまたたかせて、平伏する。

「佐奈姫さま、ご安心なさいませ。北町奉行所にも手をまわし、小梅屋敷の庭にて、姫さまを陰《かげ》からお守りする手はずとなっております。心おきなく梅の香りを楽しんでこられませ」

一月十五日の正午過ぎ。

水郷《すいごう》である向島と本所の境には、曳舟川《ひきふねがわ》、源森川《げんもりがわ》、大横川《おおよこがわ》などが交差している。大横川に掛かる業平橋《なりひらばし》の袂《たもと》に、梅飯茶屋《うめめしぢゃや》があった。

出てくるのは、梅の実と紫蘇《しそ》を細かく切って飯にまぶしただけの梅飯だが、たいそうな人気である。

水鶏《くいな》の声が聞こえる鄙《ひな》びた茶屋の二階で、声をひそめ合っているのは、都賀藩国家老の巌十太夫《いわおじゅうだゆう》。そして相客は、藤田東湖であった。

巌は千石取りの筆頭家老で、五尺六寸のがっしりとした体格。五十を過ぎていたが髪は黒々として、堂々たる押し出しであった。

「残念ながら我が殿は、ご夫婦仲が芳《かんば》しからず。これでは、正妻である佐奈姫さまにお子を望むのは無理というもの。この巌、当藩の先々のことが案じられてなりません」

十太夫は地元産の鯉《こい》の洗いを口にしながら、眉をひそめた。

「幸い、お国御前の麻利姫さまとの間に、一女を儲《もう》けられております。ゆくゆくはこの姫によき婿殿をお迎えできればと、家中の心ある者は、皆そう念じております」

藩の跡目のことが心配でならぬと口にしながら、十太夫は次々と鯉の洗いや白魚《しらうお》の揚げ物などの名物料理を、いかにも美味《うま》そうに腹中に収めていく。

「お立場、お察し申し上げる」

酒豪の東湖のほうは、あまり料理には手をつけず、地産の銘酒《めいしゅ》・宮戸《みやと》川《がわ》を、早い間合いで干していた。

十太夫と東湖は、互いに腹に一物《いちもつ》を抱えながら、もう一年もの間、ときおりこうして密談していた。

「ところで、明日の観梅の会は趣向を凝らしています。拙者《せっしゃ》も先ほどまでその件で、呉服屋や薬種屋の間を走りまわっておりました。おかげで、用意万端整い、対馬守さまと佐奈姫さまのご夫婦仲も、案外とよくなるかもしれませんぞ」

まだ三十八と若いが老練な東湖が、相手を煙に巻くような言い方をした。

「おお、それそれ、その明日の観梅の会の件でござるが、実は、我が子の婿探しをしておられる麻利姫が、お忍びで江戸に出てきています」

十太夫は箸《はし》を置き、両手を膝《ひざ》の上に置いた。

「それで、水戸さまの観梅の会に、ぜひとも正室の名代《みょうだい》として我が殿と連れ添そってまいりたい……とお望みなのです。麻利姫さまは側室ですが、なんとかお認め願えませんか」

業平橋から小梅村は指呼《しこ》の間である。この二階の窓からも、水戸小梅屋敷の鬱蒼《うっそう》とした森が眺められた。

「いや、それは難しい。今の正室は、佐奈姫殿。他のご藩主も、同伴されるのは皆、ご正室でござる」

「さ、さようでございますか」

東湖は言下に、はっきりと断った。十太夫は意外そうな顔をして項垂《うなだ》れたが、

「ならば、いたしかたありません。その代わりに東湖殿。姫さまの婿殿のこと、お含みおきくだされよ」

「しかと、心得てござる。このうえない玉を物色し、ご斡旋《あっせん》差し上げよう。ご安心くだされ。我が水戸には玉が豊富じゃ。なにせ、斉昭公のあの……」

「ふふふふ、ふふ」

ふたりはそこで申し合わせていたように含み笑ったが、東湖の目だけは笑っていなかった。

(田舎家老め……わからんのか。佐奈姫が当日現れなかったら、えらいことじゃ

ぞ。このわしが、斉昭公から大目玉を食らうわ）

四

二兎屋の寮は、浅草鳥越町の閑静な一角にあって、面前に鳥越川が流れている。鳥越川は上野《うえの》不忍池《しのばずのいけ》の落ち水が、ゆるやかに浅草の町場を東に流れ、大川に合流する細流である。

寮の離れに居候《いそうろう》している玉三郎の部屋は、小庭に面した八畳間だ。家財らしい家財といえば、仏壇くらいである。

その仏壇には、父の竹三郎《たけさぶろう》、母の秋尾《あきお》、姉の茜の、三人の位牌が並んでいた。

今日は茜が亡くなって、丸六年が経った七回忌であった。

冬の仏花である蠟梅《ろうばい》の切花と、源助が持たせてくれた沈丁花が供《そな》えられ、仏壇はいつになく賑《にぎ》やかである。

玉三郎は仏壇に線香をあげ、両手を合わせた。

次いで、黒紋付袴に正装した次郎右衛門と、娘だてらに梅紫色の鮫《さめ》小紋《こもん》の襟から鉄の素十手を覗《のぞ》かせたお千瀬が、順に焼香《しょうこう》した。

次郎右衛門とお千瀬は、二兎屋から玉三郎を迎えにきがてら、ささやかな七回忌に加わってくれたのだった。

玉三郎は、三人の肉親の面影を瞼《まぶた》に思い浮かべた。

幼いころに死別した両親への思慕《しぼ》がないわけではないが、玉三郎には両親との思い出が実感として淡い。

それに比べて、長く母代わりを務めて慈《いつく》しんでくれた姉への、追慕《ついぼ》の念は強い。

自身もまだうら若かった身空《みそら》でありながら、逆水《さかみず》松平家の当主として恥じぬようにと、玉三郎に愛情と熱情を注《そそ》いでくれたのだ。

三十七俵という貧しい暮らしのなかで、骨身を削るように自分を育ててくれた茜は、ちょうど六年前の天保《てんぽう》八年の冬、江戸に流行風邪が蔓延《まんえん》したときに身罷《みまか》ってしまった。自身が嫁ぎそびれてしまったことを気に病むわけでもなく、いつも笑顔のたえなかった茜は、まだ二十九歳であった。

逆水松平家は、百年以上も昔の元禄《げんろく》のころまで、千石取りの旗本だった。

ところが、代々の当主は揃《そろ》いも揃って、酒飲みで女好き。不行状を重ねるうちに、とうとう玉三郎の祖父の代には、三十七俵取りの御家人にまで落ちてしまっていた。

当代の玉三郎も先祖伝来の血を引いて、夕方になると酒が恋しくなる大上戸《おおじょうこ》である。そのうえ、茜を失ったときには自暴自棄《じぼうじき》になりかけ、悪友の啓介とつるんで大川を渡り、深川《ふかがわ》の岡場所《おかばしょ》通いにうつつを抜かしていたこともある。

しかし玉三郎は、家祖・松平康孝《やすたか》以来の血脈をも、色濃く引いていた。甘く苦味《にがみ》走った顔立ちと、天与《てんよ》の剣才である。

法要を終えると、寮の台所の女が拵《こしら》えてくれた精進膳《しょうじんぜん》の朝飯を、三人で摂《と》った。お千瀬は恥ずかしそうに、ときどきこちらを覗いてきたが、玉三郎はひたすら豆飯と精進揚《しょうじんあ》げを腹に詰め込んだ。

今日は、お千瀬にも、小梅屋敷の外周を警護するというお役目がある。地元《ところ》・本所の御用聞きたちと下打ち合わせをするからと、お千瀬は一膳で箸を置き、出かけていった。

玉三郎と次郎右衛門は、それからゆっくりと茶を飲んで、おもむろに立ち上がった。

よく晴れた朝で、町のあちこちで梅と沈丁花が競いあって芳香をこぼしている。鳥越川沿いの小道を歩きながら、おしゃべりな次郎右衛門が、またまた玉三郎の耳元に口を寄せてきた。

「玉三郎さんも聞いておられるでしょう。斉昭公の度を過ぎた女好きは、誰もが知るところ……好色は人の癖。よほどのことでなければ、見て見ぬ振りをなさい」

玉三郎は唇をひん曲げて聞いている。

「一昨日、谷村さまはああ仰せられていましたが、仮に都賀藩の奥方さまが危急のときでも、水戸藩と争っては損でございますよ」

次郎右衛門は次々と耳に吹き込んでくる。

「今は御身《おんみ》を大事になさるとき。実は、まだ内々でございますが、待ちに待った同心株の空きが出そうなのです」

にたりと頬をゆるめる次郎右衛門に、玉三郎はぶっきらぼうに返した。

「だからって俺は、からっけつだぜ」

「誰も玉三郎さんに、株代金をあてにしてませんよ。同心株は、お千瀬の嫁入りの持参金代わりに、持たすつもりです」

「よ、嫁入り！」

単刀直入に切り込まれ、玉三郎は面食らった。

川沿いの小道は、浅草・御蔵前の大通りとぶつかって途切れている。ふたりは、川沿いの道とはうってかわって人通りの多い表通りを、左に進んだ。

ここから浅草寺の前を通って千住橋《せんじゅばし》に、そして遠く奥州《おうしゅう》や日光に通じる大通りである。小梅屋敷に向かっているのか、黒漆塗《くろうるしぬ》りに金の蒔絵《まきえ》をほどこした豪奢《ごうしゃ》な駕籠《かご》が前を進んでいた。

遠目に、手下《てか》を指揮して沿道の警戒にあたるお千瀬の姿が見える。

「お千瀬は不憫《ふびん》な子……あなたさまと同じで、母親を早く亡くしましてな。手前が商売に掛かりきりだったものですから、娘らしい習い事など勧める者もなく、あのように男まさりの子になってしまいました」

次郎右衛門は、しんみりとした顔で話を続けた。

「なにせ、札差と申すものは、次々追い貸しを迫ってくる御家人さまのお相手をしなければなりません。なかには、返すあてもないのに、借りるだけ借りようという手合いもいらっしゃいます。そういう図々しい御家人さまは、玉三郎さんだけではありません」

上目遣いで皮肉られ、玉三郎は反発しようとする気勢を殺《そ》がれた。

「お千瀬は、近所の子どもの大将で飽き足りず、あげくの果てには、十手持ちの真似など……まぁ、聞いてくださいまし」

次郎右衛門は、懐《ふところ》から白木綿《しろもめん》の布《きれ》を取り出した。

「何年か前にあの子が、鳥越明神の前にある絵草紙屋《えぞうしや》の株が売りに出ていると、聞き込んできたのです」

いつもの調子でいつもの話を、次郎右衛門が切り出してきた。

「絵草紙ならば、いかにも娘らしい感じがする。あたしとしては、あの子が絵草紙屋で商売のいろはを覚え、いずれ婿を助けて札差を継いでくれるものと思いました。それで、一も二もなく買ってやったのです。そうしたら、あなた……」

語りながら激してきたらしく、次郎右衛門は玉三郎の袖《そで》をずんずんと引っ張った。

「その絵草紙屋は、明神《みょうじん》の五郎八《ごろはち》という御用聞きが、女房にやらせている店じゃありませんか。おわかりになりますか、絵草紙屋と一緒に、地元《ところ》の御用聞きの株までついてきたのです」

もう幾度も聞かされた、お千瀬が娘御用聞きになった経緯《いきさつ》である。

玉三郎はうんざりしながらも、黙って聞いていた。

「子どものころから正義感の強い子でした。弱い者いじめをされている者を見ると黙ってはいられない性質《たち》で、図体の大きい悪餓鬼《わるがき》にも飛びかかっていく子でした。だからといって……」

次郎右衛門は布《きれ》で涙をふく真似をするが、骨の髄《ずい》からの狸なので油断はならない。

「御蔵前の札差の娘が、明神のお千瀬などと声高《こわだか》に、娘だてらに十手持ちとは。あたしは生きた心地もせず暮らしてまいりました。あるときなどは、思いあまって……」

浅草や上野界隈《かいわい》の他の御用聞きに頼み込み、娘に因果を含めてもらう手はずをつけたのだという。

「おい、明神の。同業の誼《よしみ》でひとつ言わせてもらうが、やっぱり女の御用聞きってのは上手《うま》かないぜ」

年忘れの同業の寄合いの席で、一同を代表して黒門町《くろもんちょう》の荷吉《にきち》という年寄り役が、切り出してくれた。

「十手持ちは男の世界だ。おまえさんに、血塗《ちまみ》れの屍体《おろく》や腹の膨れた土左衛門《どざえもん》を、まっすぐ見られる度胸があるのかい？」

荷吉は人情味のある親分であった。次郎右衛門にせがまれて、むしろ意気に感じて気張ってくれたのだという。

「それによ。いくら犯科人《ぼんかにん》でも、女に召し取られたんじゃ男の面目が立たないってもんだ。それじゃあ、小伝馬町《こでんまちょう》の牢獄にぶち込まれたあとも、悔しさあまって真人間《まにんげん》になりにくいってもんだぜ」

妙な理屈を浴びせられて、お千瀬は臍《へそ》を思いっきり曲げた。

「なんだって！　伯父さん、言いがかりもいい加減にしておくれよ」

荷吉は明神の五郎八とは兄弟分であった。

「あっちは、いわば明神の五郎八の養女。誰はばかることない、鳥越明神下の親分なんだ。膾《なます》に刻まれた屍体だろうが、水膨れの土左衛門だろうが、どんと来いってなもんだ」

今が盛りの芍薬《しゃくやく》の花のような美形が啖呵《たんか》を切ると、並みいる御用聞きの猛者《もさ》たちも、たじたじとなった。

「ふん、親分を襲名して最初の年忘れの会だ。こんなこともあろうかと思ってはいたさ」

お千瀬は不敵な笑顔で一同を見まわした。

「さぁ旦那《だんな》ぁ、入ってきておくれ、それでこのわからず屋の伯父さんたちに、旦那から、あっちの手札の値打ちを聞かせてやっておくれよ」

ややあって、襖《ふすま》が開かれた。突っ立っていたのは、定町廻り見習いになったばかりの等々力啓介である。

「どうだい、あっちは養父《おやじ》の代から、等々力の旦那に手札をもらってるんだ。伯父さんたちと同じ、お上《かみ》の御用を勤める手札だよ。さぁ旦那、なんとか言ってやっておくれよ」

啓介は気まずそうにもみあげを掻《か》くと、口上《こうじょう》は発しないまま、親分衆ひとりひとりに酌《しゃく》をしてまわった。

「なぁ親分、頼むよ。俺ん家《ち》は親父の代から、鳥越明神下には手札を渡してきたんだ。親分たちも、近所から守り立ててやってくれ」

「へい、まぁ、旦那に頭を下げられちまったら、私《わっし》らも……」

とまぁ、こんな調子で、逆に啓介が親分衆ひとりひとりに因果を含めてしまったのだという。

「絵草紙屋だか十手持ちだか知りませんが、あたしは、金輪際《こんりんざい》、お千瀬を養女に出した覚えはありません。ただ、わたしはそのとき閃《ひらめ》いたんです。お千瀬を御《ぎょ》せるのは、玉三郎さんだけだ。人がいいだけの等々力さんでは、あのじゃじゃ馬は乗りこなせないと」

手前勝手な理屈を並べる次郎右衛門に、玉三郎はなかなか口をはさめずにいた。

「玉三郎さんなら居合斬りの達人。お千瀬の手綱を握れるに違いありません。お千瀬は強いものに弱い子なのです」

確証のないことでも、平気でうそぶく商人である。

「一日も早く同心になっていただき、等々力さんでなく、玉三郎さんからお千瀬に手札を与えてやってほしい。それで折りを見て、その手札を取り上げてしまってください」

「そんなこと言ったって、次郎右衛門さんは、二兎屋の跡取りが欲しいんだろう。同心の家に嫁に行かせたら、跡取りはどうするつもりだい」

玉三郎はやっと口をはさんだ。

「た、玉三郎さん、ようやくその気になってくださいましたか。この二兎屋次郎右衛門、天にものぼる心持ちにございますよ。それに、大丈夫。二兎屋は商人。ちゃ～んと算用は弾いておりますですよ」

次郎右衛門は指で算盤《そろばん》の玉を、一足す一と弾く真似をした。

「お千瀬に、男の子をふたぁ～りほど産ませてくだされればよろしいのです。身体の大きいほうに同心を、小さいほうに二兎屋を継がせましょう」

「ちぇ、たとえばの話を持ち出しただけなのに、つけ込みやがる。二兎を追う者は一兎も得ずって諺《ことわざ》もあるぜ。そういうのをとらぬ狸の――」

「はっ、とらぬ狸のなんでございますか？」

次郎右衛門に上目遣いに睨《にら》まれて、玉三郎は言葉の接《つ》ぎ穂を失った。たしかにすこぶる付きの美形ではあるが、お千瀬を女とは見にくかった。

「この次郎右衛門の気持ちは、わかっておられましょう。同心株の取得は間近でございます。大切な時期なのですから、今日もゆめゆめ、ご短慮はなされませんように」

ふたりの足は、吾妻橋《あづまばし》に差しかかっていた。

左手の先には、水戸小梅屋敷の森が眺められる。三日前の雪のせいか、足元の大川は水が多く、ざわざわと音を立てて流れていた。

五

水戸の小梅屋敷は、西面が大川、南面が源森川に面していて、敷地五万坪。先の将軍家斉《いえなり》が幾度も立ち寄ったことと、名代《なだい》な庭で知られていた。

築地塀《ついじべい》がめぐらされた表門には、次々と大名駕籠《かご》が横付けされ、招待客たちが集まり出していた。

長大な屋敷塀のところどころに臨時の番所が置かれ、水戸藩士のほかに八丁堀《はっちょうぼり》から駆り出された外廻りの同心、それに御用聞きたちが、周囲を警戒していた。

表門の左手にある表御殿《おもてごてん》の用部屋で、東湖は数人の下僚とともに、最後の打ち合わせに余念がなかった。

東湖は帳面を繰《く》りながら、畳に並べられた二十四枚の頭巾に目をやっている。

男用の、目元だけ開いた宗十郎頭巾《そうじゅうろうずきん》が、十二色で十二枚。

女用の、やはり目元だけ開いて被《かぶ》るお高祖頭巾《こそずきん》も十二色十二枚。

合わせて、二十四枚である。

「中納言《ちゅうなごん》さまとお染の方さまがお召しになるのが、藤紫の頭巾……間違いないな」

東湖は帳面に記されていることを、声に出して下僚たちと確かめ合っている。

このあと、同色の宗十郎頭巾とお高祖頭巾を対《つい》にして、招かれている十一家と主人の斉昭に届けなければならない。

「都賀藩の対馬守さまと、奥方の佐奈姫さまには、純白の頭巾……これも間違いないな」

下僚たちは、黙ってうなずいた。

他にも山吹《やまぶき》、桃《もも》、牡丹《ぼたん》など、十色が用意されている。

頭巾のほかには着替えもあり、歌垣が始まって庭にでる前に、藩主には羽織を、奥方には打掛《うちかけ》を替えてもらう。羽織と打掛を替えるだけで、男女ともに誰だか見分けがつきにくくなるものである。

となれば、頭巾の色がより重要になるだろう。言葉を交わしてはならず、歌だけで連れ合いを誘う取り決めである。

念には念を入れ、各大名家と色との組み合わせの確認が終わった。

下僚たちは、対の頭巾を衣裳箱に納めて出ていった。羽織と打掛と一緒にして、それぞれの控の間に運び込んでおかねばならない。

「頼むぞ、帆平《はんぺい》」

東湖は、部屋に残った若い武士を見やった。

その武士も懸念ありげに、対の頭巾が運ばれていくさまを見つめている。

海保《かいほ》帆平は、去年の一月に東湖の推挙で、五十石取りの水戸藩士となった。

十四歳で千葉《ちば》周作《しゅうさく》の北辰一刀流《ほくしんいっとうりゅう》・玄武館《げんぶかん》に入門した俊英《しゅんえい》である。玄武館六千人の門人のなかで、抜きん出た剣技を認められ、数えの十九歳で免許皆伝《めんきょかいでん》を得ていた。

「殿はあのご気性じゃ。女子《おなご》のこととなると、まるで人が変わってしまう。陰供《かげとも》を心してかかれ」


小梅屋敷の敷地の半分は、国許や上方《かみがた》で買い上げた物資を陸揚げする蔵屋敷として使われていた。なので、御殿はさほどの広さはない。十一組の大名夫婦の休息と着替えの部屋を提供するだけの余裕はなかった。

そこで、垣根を隔《へだ》てた隣の常泉寺が、借り受けられていた。都賀藩に割りあてられたのも、その寺の二間続きの部屋である。

「おい、玉三郎。谷村さんからいくらもらったんだ」

八丁堀の廻り方は、袴を着けない着流し御免で通っているが、今日の啓介は黒無地の地味な羽織袴姿であった。

玉三郎も同様に、いつもの着流しではなく、水戸藩の庭方警護の武士とよく似た黒羽織と黒袴を着けている。

常泉寺の境内《けいだい》の腰掛に座って、都賀藩の控間の様子に目を配りながら、啓介は露骨に手間賃の額を聞いてきた。

「一両ぽっきりだが、そんなこと、おまえとは関係ないだろう」

「い、一両！」

啓介はわざとらしく大げさに、目を剝《む》いてみせた。

「定町廻りの俺が、年中汗だくで働いて三十俵二人扶持《ぶち》。金にすれば、十三両ほどだ。それなのに、おまえはぶらぶらしていても家禄《かろく》の三十七俵は入ってくる。それで、たまの手伝い仕事で一両……俺なんか、今日は向島くんだりまで手弁当だぞ」

暮れにお千瀬に言い寄り、けんもほろろに肱鉄砲《ひじでっぽう》を食らったらしい啓介は、近頃なにかにつけて、拗《す》ねた態度を取る。

「ぼやくな、啓介。八丁堀の廻り方には、本給以外の付け届けがたんまりあることくらい、子どもでも知っているぜ。おっ、出てきたぞ」

明かり障子が開かれ、白い宗十郎頭巾を被る立派な身形の武士が出てきた。

廊下に控えていた水戸藩士が、家紋入りの羽織を脱がせ、用意してあった無紋の羽織を後ろから着せる。たっぷりとした羽織で、下に着た紋服の五つ紋がすっぽりと隠れた。

「なるほど、凝った趣向だな。家紋まで隠し、夫婦あてごっこをするわけか」

啓介の声には、呆《あき》れがにじんでいた。

「他愛《たあい》ねぇ遊びだぜ。家紋を隠そうがなにしようが、お頭《つむ》に被った頭巾の色がいちばん目立つに決まっている。見つからないわけねぇじゃないか」

玉三郎も小馬鹿にしきった口調で言った。

「なぁ、玉三郎。十二組の夫婦のうち、何組ぐらい別の相手と茶室にしけこみたいと思っているかな」

「奥方連のことは見当もつかぬが、殿さんたちは全員そう願っているだろう。おい啓介、早く行って、陰供につけ。宗十郎頭巾が玄関から出てきたぞ……うん？」

玉三郎は目を凝らした。

日差しの加減なのか、都賀藩主・松平対馬守の白い宗十郎頭巾に、薄くではあるが色がついているような気がしたのである。

――心細い。

庭に足を踏み入れて、まず佐奈姫が感じたのは、そのことであった。

夫が先に出ていったあと、部屋の中で打掛を替えた。紫地に椿《つばき》を散らした裾《すそ》模様《もよう》から、もっと華やかな梅、桃、桜が散りばめられた打掛に替えられ、庭に投げ出されたが、なにをどうしたらよいかわからない。

二万坪を越える庭のあちこちに、茶屋や東屋《あずまや》があった。

日光社参のお供役を勤める大名同士の、奥方たちもまじえた昵懇《じっこん》を図る趣旨だと聞いている。

招かれた十一家の奥方は、色違いで同じ意匠のお高祖頭巾を被っているので、すぐにわかる。とはいえ、どこのなにという家かもわからぬ相手と、声をかけ合うのは、はばかられた。

今日は十一家のほかにも、幕臣や水戸家の親戚《しんせき》筋の大名、その家族などが招かれているとかで、素顔のままで梅見を楽しんでいる人々もたくさんいる。

（一刻も早く対馬守殿を見つけよう。それで茶室に入ってしまったほうがよい）

梅見だの歌垣などを楽しもうというつもりは、もとからなかった。むしろ不安でならないのは、夫である対馬守の行状である。

（急がなければ……あの人がなにかしでかす前に、見つけ出しておきたい）

夫のふしだらな行状を思い起こすたび、佐奈姫は恥ずかしさと悔しさで眩暈《めまい》を起こしそうになる。

他家の妻女と間違いでも起こされたら、それこそ都賀藩の恥であり、相手の藩にも迷惑となるだろう。

佐奈姫は、こちらの梅林、あちらの池泉、と必死に目を凝らした。

広い。二万坪の庭は、さすがに広かった。

おそらく今日だけで、三百人近くが招かれているのではないか。

ところどころに築山《つきやま》が盛り上がっていたり、背の高い梅林があったりして、決して見晴らしがいいとは言えない。

すっぽりと面相を隠した頭巾の男女は、ぽつりぽつりと見かけられた。

けれどまだ、自分と対馬守に割りあてられた純白の宗十郎頭巾は、見つけられずにいる。

（あ、あれぇ！）

佐奈姫は思わず悲鳴を呑《の》み込んだ。左腕が強い力で引かれたのだ。

宗十郎頭巾を被った武士が、真横にいる。

(う、うっ!)

悲鳴を二度、呑み込む。

その武士は、佐奈姫の鼻先に短冊《たんざく》をつきつけてきた。

君恋しと　思えば胸の我が魂《たま》も　冬の螢《ほたる》と　なりてさまよう

歌の意味はおおよそわかる。あなたへの想いが胸中で螢のように光り、螢のように闇のなかをさまよっているのだと歌っている。

(まさか、この人が対馬守殿……)

和泉式部《いずみしきぶ》だったか、紫式部《むらさきしきぶ》だったか、似たような調べの歌があったような気がする。古歌《こか》の真似とはいえ和歌で呼びかけてくるなど、無学で粗野な対馬守には考えられないことであった。

(そ、そうだわ。頭巾の色を見ればよいのだった)

佐奈姫は、武士の頭巾の色を見た。

(ち、違う!　白ではない)

武士の頭巾の色は、薄めの藤紫色である。

ところが武士は人差し指で、自分の宗十郎頭巾と、こちらのお高祖頭巾の交互を指し、しきりになにかを訴えている。

「対馬守殿なのですか?」

佐奈姫は、思わず声を出して訊《たず》ねてしまった。

武士は大きく首を横に振り、人差し指を頭巾で隠れた口元にあてた。

歌垣の間は声を出してはいけない。そういう決まりだと、たしかに佐奈姫も聞いている。

(緊張していて、寺の部屋で見た頭巾の色を見誤ったのだろうか。白ではなく、薄い藤紫色だったのだろうか……)

佐奈姫は自信がなくなってしまった。

(あっ、痛い)

武士が、また強く佐奈姫の左腕をつかんだ。武士の双眼が、ぬらぬらと光っている。背格好は似ているが、やはり対馬守ではない気がした。対馬守の目は、こんなにも強い力を宿してはいない。

(とはいえわからない……淡い夫婦の縁《えにし》だから、枕をともにしたのも数えるほど

……もう長いこと、会ってもいないのだから）
たしかに、夫でないとは言い切れない。それにもし夫であったとしたら、早目に行き合えたことは幸運であろう。佐奈姫は戸惑った。

垂乳根《たらちね》の　母が呼ぶ名を申さめど　道行く人を　誰と知りてか

佐奈姫は、迷う自分の気持ちを、万葉集《まんようしゆう》の古歌を借りて返した。

母が呼ぶ名とは、母親が自分をそう呼んでくれる大切な名前で、ここでは貞操という意味である。

『あなたさまに貞操を捧《ささ》げるかどうか、決めなければいけないときですが、あなたさまがどんな人かいまひとつわからないので、正直迷っています』

口説かれても即答するほど気が乗らないときの定番の返歌を、とりあえず送ってみた。

佐奈姫の短冊《たんざく》を見た武士は、大きくうなずいた。これでとりあえず腕を放してもらえる。そう思っていたが、甘かった。

武士はさらに強い力で佐奈姫を引き寄せると、抱きかかえるように、すぐ先の茶室に連れ込もうとした。

あまりの恐ろしさに、佐奈姫は声も出せなかった。


目が眩《くら》む思いのなかで、佐奈姫は茶室に通じる鄙《ひな》びた露地門の前にいた。

その茅葺《かやぶき》の門の前には小柄な茶坊主がいて、武士の姿を見ると、飛び上がらんばかりに驚き、そして身体をまっぷたつに折り曲げて拝礼する。

（茶坊主となら、口を利いてもいいはず）

佐奈姫は、ようやく頭を上げた茶坊主に声をかけた。

「そのう、頭巾の色はどうなっているか訊ねたい。お庭を歩きすぎて、汚れてはおりませんか」

汚れを気にしているという素振りをして、佐奈姫はお高祖頭巾に手をやった。

茶坊主は頭巾の中の柳眉《りゅうび》と麗《うるわ》しい瞳に戸惑ったように、ぶるぶると首を振る。

「お、おきれいです。おふた方の頭巾とも、鮮やかな藤紫色をなさっています」

佐奈姫は、身体から力が抜けていく気がした。

「ふふ、ではともに入ろうぞ」

夫・対馬守であるはずの武士が声を発した。

（ち、違う。やはり、対馬守殿の声とは違う）

佐奈姫の五体は竦《すく》み上がったが、もはや武士の強い力に抗《あらが》う余力は残っていない。腕を引かれるままに、佐奈姫は露地門をくぐり、飛び石伝いに誘い込まれていった。


（あっけなく入っていきやがったな）

陰供をして佐奈姫の動きを見守っていた玉三郎は、灯籠《とうろう》の陰から立ち上がった。茶坊主に先導されていったふたりの姿が遠ざかるのを待ち、自分も露地門をくぐり、飛び石を踏みはじめる。

十一家以外の客は、露地門から中には入らないよう、言いふくめられているらしい。露地門の内側には、まったく人気《ひとけ》がなかった。

（おかしいな。背後に気配を感じるぜ）

主催者側の水戸家でも、万が一の折に備えているのかもしれない。自分たち町方の関係者以外にも、水戸藩士や目付などが庭に撒《ま》かれているのだろう。

長く続く飛び石だったが、彼方《かなた》に茶室を見つけた。

頭巾のふたりが、茶室の入口である狭い躙口《にじりぐち》から身を屈《かが》めて入っていくのが見えた。

あとから入っていった武士の大きな尻に拝礼した茶坊主が、こちらに戻ってくる。玉三郎を認め、茶坊主はぎょっとしたが、顔をうつむかせてそのまま行き過ぎようとした。

「おっと。飛び石の途中で行き合うのも、なにかの縁だぜ。挨拶ひとつしねぇで通り過ぎるのは、愛想がなさすぎるってもんだ」

玉三郎は茶坊主の袖を、ぎゅっとつかんだ。

「ひ、ひぇ。どうか、どうかお助けを」

茶坊主は足をばたつかせて逃げようとするが、玉三郎は袖を放さない。

「怖がるな。これでも俺はお上の御用を勤める身だ。今日だけはな」

玉三郎は茶坊主の袖に、一分銀を三、四枚、ばらばらと落としてやった。茶坊主の動きが、ぴたっと止まる。

「ちくっとだけ教えてくれたら、もう片方の袖にも落としてやるぜ。おまえさん、名はなんと言う？」

与力の谷村源助から、一分銀を十枚ほど預かっている。

まっすぐな玉三郎はこの手のやり方を好まないが、まぁ、船頭や駕籠かきに渡す酒手《さかて》と思えばよかろう。

「は、八丁堀のお役人さまでございますか。手前《てまえ》は月阿弥《つきあみ》と申します。な、なにを申し上げれば……」

茶坊主は蚊の鳴くような小声をもらした。

「なにかと言われても困るがよ。こっちはなんとなく心配なんだ。おまえさんが案内したふたりだが、特に変わった様子はなかったかい？」

「か、変わった様子と申されますと？」

玉三郎は、手のひらに包んだ一分銀をかちゃかちゃと弄《もてあそ》んだ。

「おまえさん、さっき、あの武士を見て、飛び上がらんばかりに驚いていたよな。市川団十郎《いちかわだんじゆうろう》か片岡仁左衛門《かたおかにざえもん》でも現れたのかと思ったぜ。都賀藩の殿さまってのは、そんなに有名人かい。それとも、なにかあったのか」

「ぞ、存じません、手前はなにも存じません」

茶坊主は小さな身体を、わなわなと震わせた。

「お月さんといったな。あいにく、こっちは気が短けぇんだ。おまけに人の目だってある。さぁ、こいつを全部やるからさ」

玉三郎は手のひらを開いた。一分銀が五、六枚ある。

「こいつを袖に落としてもらうか、口の中に放り込まれるかは、おまえさんの料《りょう》簡《けん》次第だぜ。しゃべらねぇなら、顎《あご》をゆすって残らず飲み込ましてやる。そうなりゃ悶《もん》絶《ぜつ》して、今晩のお月さんも拝めねぇだろうよ」

「も、申し上げます。申し上げます」

茶坊主は口から泡を吹いて呻《うめ》いた。

「て、手前の目には、先ほどのお殿さまの目元が、中納言さまによく似てるよう思われたのです」

「ちゅ、中納言だと！」

どこかで、そんな予感がしていた。

玉三郎は坊主頭に一分銀を投げつけると、懐《ふところ》の手《て》拭《ぬぐ》いで頬被りし、茶室に向けて走った。

「ご、ご無体な」

お高祖頭巾を剝《は》がれた佐奈姫は、六畳敷きの茶室の壁際に追いつめられていた。

「手こずらせるのう。今日は歌垣じゃ。歌で呼びかけられて、茶室に来たのじゃ。応じてくれたと取るのが普通。据《す》え膳食わぬは男の恥でな」

斉昭は袴だけ蹴《け》り脱いで、藤紫色の宗十郎頭巾と分厚い羽織は着けたままだった。そんな珍妙な姿で、迫ってくる。

「死にます。これ以上、寄ってきたら、舌を嚙んで死にます」

佐奈姫は懐に忍ばせてあった守り刀を逆手に握り、胸元で構えながら悲痛な声をあげた。本気だった。

「これこれ、佐奈殿、さほどにわしを困らせるではない。歌垣の日は男女の営《いとな》みの無礼講《ぶれいこう》じゃ。『遊びせんとて、生まれけむ。戯《たわむ》れせんとて、生まれけん』……昔の人は雅《みやび》な物言いをしたもの。ああ、それからこれを進ぜよう」

床の間に置かれたびろうどの布《きれ》で包まれた小箱に、斉昭は手を伸ばした。

「これはの、佐奈殿のためにわざわざ取り寄せた、遥か『えーろっぷ』の『おろしゃ国』でのみ産する宝玉じゃ。これの摩訶不思議《まかふしぎ》なところはな」

斉昭は薄ら笑いながら小箱を開け、中から真紅《しんく》に輝く宝玉を取り出した。たしかに美しい。見たこともないような深みをたたえた赤だった。

――面前の男は、自分の名を知っている。最初から自分を狙っていたのだ。

佐奈姫は、五体がよりいっそう震えてくるのを感じた。

このような目も眩《くら》む宝玉を、異国から取り寄せられるほどの人物。とすれば、もしや……。面前の男の正体に、たちまち思いあたった。

「この『あれくさぁんどるの宝玉』を首からかけれるよう、鎖《くさり》をまわしておいたぞ。これをそなたの白磁《はくじ》の肌につけて見せよ。驚くなかれ、この宝玉はな、陽の光の下では妖しい青緑色をしているが、蠟燭の灯かりに照らされると、かように赤く見えるのじゃ」

斉昭は、どうじゃ、とばかりに、宝玉を佐奈姫の胸元につきつけた。

「さぁ、脱げ。これから昼夜なく愛《いと》しんでつかわそう。そなたの肌の上で、この宝玉が色変わりするさまを見て楽しもう。もっとも、そなたの白い肌は、わしがこの手で愛撫して、赤く染めてやるがの」

外はまだ午後の日盛りであったが、窓も戸も閉じた茶室の中は夜の設《しつら》えで、蠟燭の炎が灯っている。

その薄明かりのなか、斉昭の双眼が、ぎらぎらと光っていた。

聡明《そうめい》な佐奈姫は、そのとき、自分を罠《わな》にはめたからくりの種に気づいた。

「なんと卑怯《ひきょう》な。あなたさまは、水戸斉昭公なのでしょう。頭巾の色にからくりをして、わらわを謀《たばか》ったのですね」

佐奈姫の透き通るような頬に、怒りの朱色が浮き出た。

なにを勘違いしたのか、斉昭は頬に淫靡《いんび》な笑みを浮かべ、下帯《したおび》に手をかける。

「謀るなどという物言いは、雅な会にはむしろ不作法。そなたの身体も、契《ちぎ》りを交わす予感に火照《ほて》ってきておるではないか。わしは斉昭などではない。ささ、ともに楽しもう。歌垣の夜にめぐりおうた、互いに名も知らぬ男と女としてな」

獲物に襲いかかる鷲《わし》のように両手を広げ、斉昭が佐奈姫に覆い被さろうとする。

「いやっ、やめて」

絹を裂くような悲鳴と音が重なった。目をつむった佐奈姫が無我夢中で右手を振ると、切っ先が斉昭の袖を切り裂いていた。

「お、おのれ、この女《あま》っ子《こ》が」

斉昭の口から、本性を現す罵声《ばせい》がもれた。

（やはりそうだった……）

佐奈姫が絶望の淵《ふち》で目に留めたのは、羽織に隠れていた、小袖の紋だった。三《み》つ葉葵《ばあおい》。たしかに、そう見えた。

「見られたか、ならばなおのこと、ただでは帰せない。契って密事《みそかごと》をともにしておかねばな。互いに体面や外聞もあるからのう、そうなれば他人にはもらせまい」

その刹那《せつな》、玉三郎は躙口の戸を、ばたんとばかりに蹴破《けやぶ》った。

佐奈姫に圧《の》し掛かり、下帯の紐を解き終わった斉昭が、ぎょっとして振り返る。

その月代《さかやき》に、一枚だけ残っていた一分銀が当たって、こちんと音を立てた。

「そこまでだぜ、助平大名」

頬被りした玉三郎は、怒りに滾《たぎ》りながら茶室に転がり込んできた。

「本来ならば、強淫の咎《とが》で大番屋にぶち込んでやるところだが、御三家相手にそうもいかねぇ。だから、見逃《みのが》してやる。褌《ふんどし》の紐をきちっと締めて、すぐにここから出ていくんだ」

玉三郎は頬を歪めて、斉昭の半裸姿を見下ろしていた。

どういう事態になっているのか、わからないのだろう。斉昭は荒い息を吐き、目を泳がせていたが、やがて面相がみるみる赤く染まってきた。

「ぶ、ぶ、ぶ、無礼者めが、そのほう、誰の許しあって余の面前に現れた。しかも頬被りしたままで……下郎《げろう》、控えよ、控えおろう」

怒声を震わす斉昭に、玉三郎は冷然とせせら笑った。

「そっちこそ、その逸物《いちもつ》を少しは控えさせたらどうだい。他人《ひと》さまの奥方に理不尽にも強淫を仕掛け、それが御三家のすることかい。この人、可哀想に泣いているじゃないか」

佐奈姫はお高祖頭巾に面《おもて》をうつ伏せて、肩を震わせている。

「そ、そうか。そのほうは本物の乱心者だな。ここが完全にいかれてしまっておるのだ」

人差し指でこめかみを叩きながら、斉昭は勝手に納得している。

「でなければ、この天下の副将軍・水戸中納言斉昭に向かって、そのような世迷い事を申せるはずもない。よしよし」

はだけた懐をまさぐっていた斉昭は、葵の紋所の入った印籠《いんろう》を、玉三郎の足元に放った。

「これ慮外者《りよがいもの》よ。これをやるから道具屋にでも持っていくがよい。それで美味《うま》いものでもたらふく食って、医者に見てもらえ。今日の無礼は見逃してやろう。余は国事と子作りで忙しい。乱心者の下郎相手に、手間を食うわけにはいかん」

玉三郎は、その黒漆が塗られた印籠を、いとも無造作に蹴《け》り飛ばした。

さすがに斉昭の顔がひきつった。怒りと驚きだけでなく、恐怖の浮かんだ目で、玉三郎を見返してくる。

「中納言だか権助《ごんすけ》だか知らねぇが、見せろって医者は、あんたの顔見知りの中条《ちゆうじよう》流《りゅう》かな」

江戸では飯炊きの中間《ちゅうげん》のことを、権助と言う。中条流とは、堕胎《だたい》の専門医のこと。不倫をもっぱらとする男女がこっそり出入りする、もぐり医者であった。

「あんたと駄弁《だべん》をやりとりしてても始まらねぇ。本来ならば、その悪さをする根っ子を、ひっこ抜きてぇところだが、そうもいかねぇからな。代わりにこれだ」

玉三郎は三匹蜻蛉を腰から鞘《さや》ごと抜き、一歩踏み込んだ。

くいっと鞘を寝かせ、目にも留まらぬ逆手居合を、横一文字に放つ。

宗十郎頭巾が断ち切られ、鼻筋から口元を隠していた横布がはらりと垂れた。

鯰髭《なまずひげ》を生やした斉昭の面相が、あらわになる。

斉昭が罵声を発する前に、玉三郎は三匹蜻蛉の切っ先を、卍《まんじ》を描いて躍らせた。

左右の鯰髭が根元近くからぽそっと落ちて、躙口から吹き込む微風《そよかぜ》に、畳の上で舞った。

「お寝んねしてな」

玉三郎はすばやく納刀した三匹蜻蛉の鞘で、斉昭の肩をしたたかに打った。斉昭が、ぎょろ目を剝いたまま悶絶《もんぜつ》した。

「さぁ奥方さん、長居は無用だ。常泉寺までお供しますぜ」

三匹蜻蛉を腰に戻すと、すでに佐奈姫は純白のお高祖頭巾を被り直して、居住まいを正していた。

(やっぱり頭巾は白だったな。それにしても、評判の美形は拝めずじまいか。まぁ、しかたねぇ)

触れ合うほどの近くにはいるが、玉三郎には、佐奈姫の絹のような黒髪と白い項《うなじ》しか見えていない。

「それでは怪しまれる。そなたは、その藤紫の頭巾をつけてたもれ」

佐奈姫は落ち着いた声音で、そう告げてきた。亭主持ちとは思えない、鈴《すず》を転がすような可憐《かれん》で清らかな声であった。

「でも、頭巾の色が違う男女が連れ立っていたら、かえって怪しまれますよ」

斉昭の好色な臭いが染み付いているようで、正直気色が悪い。

「その頰被りよりは、ましでしょう。それにわらわの頭巾の色のほうが、どうも変わるようじゃ」

言われてみれば、そんな気がした。玉三郎は顔をしかめながら、頰被りの上から藤紫の頭巾を着ける。羽織も替えようかと思ったが、これは袖が裂かれていたのでやめた。

立ち上がった佐奈姫は畳の上で、よろけかかった。玉三郎が遠慮がちに介添えをすると、ほのかだが、とても馨《かぐわ》しい香りが鼻をくすぐる。

なんだか、奇妙にやるせない思いにつまされた。

玉三郎から先に躙口から出て、路地で中腰になった。佐奈姫はなにも言わずに玉三郎の背に身をあずけてくる。

玉三郎はそのまま佐奈姫を背に負って、歩き出そうとした。

「重くはありませんか」

背中で消え入りそうな声がした。

「それに、そなたのおかげで大事にいたらず済んだ。礼を申しますぞ」

「お気遣いご無用だぜ。以前にも、今日と同じで片手業でね、産婆《さんば》を背負って、浅草から上野まで走ったこともあるんだ」

佐奈姫は拍子抜けするほどに軽かったが、謙虚に礼を言われて、玉三郎はむやみやたらに嬉《うれ》しかった。佐奈姫を背負ったまま、このまま向島を一周してこいと言われても、なんでもない気がした。

「それより姫さん、あんた熱が出ているのかもしれねぇな。急いで常泉寺に戻るから、すぐに横になったほうがいい」

　玉三郎は背中とうなじのあたりに、妙に熱いものを感じていた。この姫さまは助平中納言に無体を迫られ、発熱してしまったのではないか。そう思うと、佐奈姫のことが気の毒でならない。

　急いで寝かしつけなければ……玉三郎は佐奈姫を背負ったまま、腿《もも》を蹴《け》り上げるようにして走り出した。

　佐奈姫は、夢中で玉三郎の首と背中にしがみついてくる。甘い香りに首筋をくすぐられ、玉三郎は不覚にも股間が熱くなってきた。

（い、いけねぇ）

　玉三郎は妄念《もうねん》を払おうと、さらに腿を高く蹴り上げて走った。

「ま、待って、怖い」

　首に抱きつくようにして佐奈姫が弱音を吐いた。甘えているような声にも聞こえる。

「そなたは強い。男子はこうでなければならないと思います。それに比べて、我が夫の対馬守殿は……」

　首と背中に感じていた佐奈姫の熱が、冷えていくのを感じた。それほどに夫婦仲は悪いのか。

「対馬守殿は心根もまっすぐでなく、見かけばかりで身体もひ弱い。わらわを背負って駆け抜けるような、そんな力強さは望むべくもない」

佐奈姫の声音は、悲しみに沈んでいる。

「べ、別に、俺がそんなに偉いわけじゃありませんよ。産婆の手伝いの手間賃は五十文だったが、今日は一両だからさ。それで気張ってるだけでね」

佐奈姫は、不意に押し黙った。首と背中がまた熱くなってくる。ちりちりとした熱さ……ひどく怒っているようだった。

慰《なぐさ》めようとして口に出したひと言が、どうも逆鱗《げきりん》に触れたようだった。

「もうよい。わらわは下りる」

「えっ？　まだ常泉寺までは、だいぶありますぜ」

「下りると申しておる。そなたはわらわを下ろし、身軽になった身体で手間賃のところに飛んでいくがよい」

途端に佐奈姫が背中で暴れた。

「……姫さん」

玉三郎は低い押し殺した声で、佐奈姫に伝えた。

「今、下ろしますが、その灯籠《とうろう》の陰で身を隠しているといい。決して動いてはいけませんぜ」

強い剣気が漂ってくるなか、玉三郎はそっと腰を落とし、佐奈姫を下ろした。

「卒爾《そつじ》ながら、これからどちらにまいられる」

小柄ながら強い精気を放つ武士が、険《けん》を含んだ眼差《まなざ》しと言葉を投げてきた。

まだ二十歳をいくつも越えていないだろうに、紺《こん》とも鼠色《ねずみいろ》ともつかぬ地味目な紋服を着ていた。

「後ろから俺をつけていたのは、あんただな。いや、俺というよりは、殿さんの警護役か」

玉三郎は、宗十郎頭巾を脱ぎ捨てた。さすがに頭巾で視界を大きく遮《さえぎ》られていては、いっそう戦いにくい。

若い武士の五体からは、身を刺す剣呑《けんのん》な気配が、波のように迫ってくる。

「その藤紫の頭巾、我が主・斉昭公のものと見たが」

若い玉三郎よりもまだ若いその武士は、草履《ぞうり》を後ろに蹴《け》り飛ばした。

「私は召し抱えられたばかりの水戸藩士で、海保帆平。主君の警護を命じられたが、あなたのことは町方の役人だと思っていた。まさか、茶室に踏み込むとは思ってもいませんでしたよ」

「海保ってのは、北辰一刀流の海保かい。まぁ、ざらにある名前じゃねぇしな。俺は小普請の御家人だが、名前は勘弁してくれ。今日はちとわけありで、この庭に紛れ込んだ」

初手から草鞋《わらじ》ばきで足拵《あしごしら》えしている玉三郎は、呆然《ぼうぜん》と目を見張っている佐奈姫に、早く灯籠の陰に身を潜めるよう目で促《うなが》した。

「奥方さま、どうぞ灯籠の陰に」

海保は同じことを口に出して、佐奈姫に願った。

「若いのに気がまわることだな。俺のあとから茶室に踏み込んでこなかったのは、狭い茶室で揉み合って、殿さんに怪我でも負わしたらと恐れたのかい」

「それもありましたし、町方とは揉め事を起こすなと、藩の留守居役からいつも申しつけられていました。だから、あなたのことはさほど警戒していなかった」

海保は、じゃりっと右の爪先《つまさき》で玉砂利を掻き、半歩前に出た。

「あなたに遅れを取らずに踏み込むべきでしたが、正直言えば足が竦《すく》んだのです。ですが、今はもう竦んではいません。まさか、我が主《あるじ》に危害を加えたのではないでしょうね？　ご返答次第では……」

　こつっと鯉口《こいぐち》を切る音がした。

「殿さんになにをしたかを訊ねる前に、自分の殿さんがなにをしそうか、よく考えてみるんだな。新米藩士でも、見当ぐらいつくだろう」

　そう投げかけたが、海保に動揺した様子はない。玉三郎も左手を鍔《つば》にかけながら、海保の動きから目をそらさずにいた。

「言いなさい。中納言さまを傷つけてないでしょうね」

「お寝んねしてもらっているだけだ。さぁ、もういいだろう。互いに長口上しても意味はねぇ。そこをどいてくんな。俺は助平中納言に無理やり言い寄られた奥方を、お送りするだけだ。互いに不問に付すのが得策だぜ」

　海保は、若々しい浅黒い顔を苦しげに歪めた。

「そうはいきません。奥方さまをお送りするのは、当藩の役目。あなたにも当藩の詮議《せんぎ》を受けていただきます。刀にかけても」

「やめときな。その若さでは、真剣で立ち合ったことはないだろう。道場剣法と実戦とは別物だぜ。本身《ほんみ》で向かい合うときにものを言うのは、くそ度胸と場数だけだ」

「問答無用！」

つつっと、海保はいきなり間合いを詰めてきた。間合い二間半で飛び石を踏み台に大きく跳躍し、大上段から振り下ろしてくる。その疾《はや》さと十二分なしなりが乗った袈裟《けさ》斬《ぎ》りを、玉三郎は鬢《びん》の際《きわ》一寸でかわした。

「つぇい！」

玉三郎はかわしざま、下段からの一撃を薙《な》ぎ上げる。対手の胸先二寸で、空を斬った。

しゃっという刃《は》唸《うな》りが、間髪《かんはつ》をいれず耳元近くに迫った。玉三郎は咄嗟《とっさ》に返す刀で応じる。ごきん、と刀身同士が弾き合った。

しゅっしゅっ。

それからは、互いが刃を小刻みに繰り出し合う。

飛び石の続く路地で、刃唸りと刀身の煌《きら》めきが重なった。

幾度目かに刀身が触れ合い、鍔競り合いとなった。

玉三郎は驚愕《きょうがく》した。腕っぷしの強さで知られる長身の自分が満身で押し込んでも、小兵《こひょう》の海保は半歩とて退かない。ぎりぎりと鍔が悲鳴をあげ、鉄粉が散ったような匂いがした。

互いに唸《うな》り声を飲み込み、無言の気合から最後の押しをかけあって、離れた。三間の間合いで、青眼《せいがん》に構え合う。互いの喉元《のどもと》に切っ先を向け、呼吸が鎮まるのを待った。

「驚いたな……あんた、本身の段平《だんびら》を振るのは、初めてだろ。それにしちゃあ、剣勢にびびりがない。道場剣法は役立たず云々《うんぬん》は撤回するぜ」

玉三郎は感じたままを伝えた。息が鎮まってくると、海保の切っ先にかすられた脇腹と左肱《ひじ》に、ひりひりとした痛みを覚えた。

若い海保の息も戻っているはずだった。ところが押し黙ったまま、なにも返してこない。

玉三郎は、三匹蜻蛉の剣先に目を凝らした。血と脂《あぶら》が薄く浮いている。切っ先は、海保に届いていたようだ。

玉三郎は決着を急いだ。青眼に構えたまま、ずりっずりっと後退《あとずさ》ると、海保の目が意外そうに見開かれた。

三間半まで間合いを開いた玉三郎は、一度血振《ちぶ》りをくれてから納刀した。

そしてすぐに鞘ごと三匹蜻蛉を腰から抜くと、切れ長の二重の目の、わずか下で斜めに構えた。右手を逆手にして柄《つか》を握り、左手の親指で鯉口を切る。

通称・三匹蜻蛉は、刃渡り二尺三寸二分、美濃村重《みのむらしげ》が心魂《こころだま》をこめた銘刀である。妖刀村正《ようとうむらまさ》で知られる村正派の刀匠《とうしょう》が打ったとされる名槍蜻蛉斬り《めいそうとんぼき》は、穂先に止まった蜻蛉が両断されたという逸話《いつわ》で知られている。同じ刀匠やその弟子《でし》たちが打った多くの類似品があって、やはり蜻蛉斬りと呼ばれていた。

玉三郎の逆水松平家の祖である松平康孝は、その蜻蛉斬りの槍三筋を一緒に溶かし、美濃村重に打ち直させて、当主の差料《さしりょう》とした。

三匹蜻蛉を際立たせるのは、その切れ味だけではない。刀身が放つ強い光もまた、四百年近くの歳月のなかで多くの対手を竦《すく》みあがらせてきた。

「来なよ。あまり長くは不味《まず》かろう。人が集まってきたら、助平中納言のご乱行が世間に知れるぜ」

そう言って、玉三郎は逆手居合を斜め上の空に向かって放ち、手首をひねって斜め下に斬り下ろすと、唸るような刃風を鳴らした。

目にも留まらぬ疾《はや》さであった。

「おりゃ！」

玉三郎が納刀するやいなや、海保は上段から躍りかかってきた。

上段からの斬り下ろしを弾き上げるには、玉三郎の逆手居合はうってつけである。がぁんと鳴って銀光が散り、海保の差料は跳ね上げられた。

海保はすばやく腰を沈め、大きく開いた玉三郎の胴を薙ごうとする。

次は、手首を返して斜めに斬り下ろしてくるに違いない……玉三郎の動きをそう読んでの胴狙いに違いなかった。

「ぐわっ」

海保は絶叫をあげた。胴を撫《な》でられるより紙一重で速く、玉三郎は三匹蜻蛉を海保の左肩に突き立てていた。

海保の差料は、玉三郎の羽織の上から脇腹を擦《こす》ってはいたが、肩の激痛が撫で斬る力を奪っていたのだろう。無念の形相《ぎょうそう》の海保は差料を落とし、そのままうずくまった。

「俺が返す刀で斜めに斬り下ろすと思ったんだろう。逆手居合は、抜き打ちから二の太刀を見舞うまでに、手首を返すため一拍遅れるんだ。あんたもそこが付け目と胴を狙ってきたんだろうが、こっちも死ぬわけにはいかない。抜き打ちのまま、ひょいと手を伸ばし、肩に突き立てさせてもらったぜ」

玉三郎は三匹蜻蛉を血振りして納刀し、腰に落とし差した。

「大丈夫だ。また刀を握れるよう、加減して刺した。あんたとは成り行きで立ち合ったが、俺の剣の種を明かしたんだ。恨みに思わないでくれよ」

片膝をついて血止めの布を肩に巻きつけてやると、海保は、はっきりとうなずき返してきた。

六

小梅村の常泉寺は、竹垣だけを隔《へだ》てて小梅屋敷と隣している。

玉三郎に抱きかかえられるように常泉寺にたどり着いた佐奈姫は、瘧《おこり》を病んだように震えが止まらなかった。

斉昭に無体を仕掛けられ、それから激しい剣戟《けんげき》を目《ま》の当たりにした衝撃は、ただならぬものがあったのに違いない。

笹島老人と侍女《じじょ》は、二間続きの座敷の奥部屋に、佐奈姫の身を横たえさせた。

老人がいつも持ち歩いている承気湯《しょうきとう》という薬を湯に溶《と》いて飲ませると、佐奈姫はそのまま寝入ってしまった。

「わしも承気湯を飲んだほうがよいかもしれん」

笹島は助けを求める目を、常泉寺で控えていた谷村源助に向けた。源助も急にはなにも言えず、庭先に立っている玉三郎にしきりに目線を投げてくる。

「手前が庫裏《くり》に行って、お湯の用意をしてまいります」

町人の身分を考えて庭先に立っていた次郎右衛門だが、さっと縁側から上がり込み、短い足で寺の台所である庫裏に小走っていた。

「どうした。玉さんも上がってきなよ」

源助に手招きされ、玉三郎も縁側から座敷に上がった。

「こっちに来たって、よい知恵なんか浮かびませんよ」

座り込みながら素っ気なく言うと、それを聞いた笹島は、がくんと項垂《うなだ》れてしまった。

「た、た、た、大変です」

次郎右衛門のけたたましい叫び声が、廊下に響いた。

何事かとすぐに腰を上げた玉三郎が廊下に出ると、藤紫色の頭巾を被った武士が、啓介と次郎右衛門に左右から介添えされ、よろけるような足取りで近づいてきた。

玉三郎はすぐに次郎右衛門と代わって、よろめく武士を支える。

「と、殿、対馬守さま、いかがなされました」

笹島が、文字通り飛び上がった。

「ううぅ」

ということは、この男が、都賀藩主・対馬守なのだろう。対馬守は痙攣《けいれん》を起こしていて、口から泡を吹いていていた。

「すぐに奥の座敷に寝かせよう。夫婦揃って寺でお寝んねだ」

玉三郎と啓介は廊下から座敷に入ると、そこで対馬守の肩から腕を外した。

「俺は医者を呼んでくる。この屋敷にも藩医はいるだろうが、別の町医者も呼んだほうがいいと思うぜ」

玉三郎は、すぐに縁側から飛びおりようとしたが、その袖を笹島と源助が左右から止めた。

「少し様子を見たほうがよい。騒ぎ立てて、周囲に感づかれては不都合じゃ」

笹島は深い溜息《ためいき》をついた。

「対馬守さまは病がちなのじゃ……荒淫《こういん》と深酒でな。それに、麻酔《あさよ》いにも淫しておる」

麻の実を燃やし、その煙を吸って酔う悪癖があるのだという。さすがに一同は呆れ返った。

「今日の歌垣でなにがあったかにもよるが、もしかしたら危ないかもしれん。そんな予感がするのじゃ……」

笹島は、皺だらけの目で啓介を見つめた。啓介は、ごほんと咳払《せきばら》いをしてから口を開いた。

「庭で最初にこの殿さまの手を握ってきたのは、藤紫色の頭巾を被った女性でした」

どうやらそれは、斉昭と対《つい》になるべき女性であったのだろう。一同はすぐに見当がついた。

「側室のお染の方だな。房事《ぼうじ》が激しいという風評が、町場にまで流れてきている。斉昭公の新しい側室だ」

源助がひと言だけ口をはさんだ。

「あの女性はお染の方ですか……しきりに、指で頭巾を指していました。待てよ、そういえばふたりとも頭巾は藤紫色だったな。おかしい、最初にこの部屋から出てきたとき、対馬守さまは白い頭巾だった気がしたが」

「啓介、そのことは今はいい。とにかく話を続けろ」

玉三郎に水を差された啓介は、舌打ちはしたが、すぐに語りついだ。

「対馬守さまは、すぐにお染の方を抱き寄せるようにして、手近な茶室に入っていかれた。ここも妙なところなのだが、お染の方は、玉三郎にも負けないくらいの大女なのだ。佐奈姫さまの上背《うわぜい》は知らぬが、あんなに大きくはなかろう。別人だと、すぐにわかりそうなものだが……」

「手のつけられない好色にござる。対馬守さまなら、誰に誘われてもひょこひょこついて行かれよう」

小首をひねる啓介に、笹島は吐き捨てるように言った。

「とにかく、それからが長い長い。俺は茶室の露地にあった腰掛で延々と待たされたんだ。そうしたら女の金切り声が聞こえた。すぐに茶室の前まで走ったら、躙口から痙攣《けいれん》を起こした対馬守さまが、半身を乗り出してもがいていた」

玉三郎、源助、笹島老人の三人は、目と眉で状況を読み合った。

「よし、啓介。すまないが、寺のまわりに目を配っていてくれ。水戸家から詮議の人数が差し向けられるかもしれん。それと野次馬もな」

源助はそう啓介に命じた。

「かしこまりました。が……私ひとりですか、玉三郎も一緒ではなく？」

等々力は拗《す》ねた顔をした。

「玉さんには、まだ聞きたいことがあるんだ。とにかく急いでくれ」

啓介が肩を落として去ると、源助は差し迫った顔をして玉三郎を見た。

「で、玉さんは事態をどう見る。とりあえず、どうしたらいい？」

「どう見ると言われても、とにかく頭巾の色で、助平中納言にからくりをされたことは、間違いないでしょうね」

笹島と源助はうなずき合うと、奥に続く襖を小さく開けた。

「玉三郎とやらの申す通りでござるの。さっきは藤紫をしておった対馬守さまの頭巾が、今は白じゃ」

夫婦並んで臥《ふ》した枕元に、脱いだ頭巾が置かれてある。

「俺が最初に外に出てきた姫さんを見たときは、藤紫の頭巾を被っていた。ところが、さっき茶室の中で見た頭巾は純白だったぜ」

玉三郎は座ったまま、そう口にした。

「おぬしが先ほど姫さまを連れかえったとき、寺の前で見たのは、藤紫色の頭巾であった」

源助は目をしばたたかせた。

「あ、あたしが庫裏に行く途中で見た藩主さまの頭巾は、たしかに藤紫色でした」

廊下に控えていた次郎右衛門は、そう口走った。

「うむ。しかし、今は純白だ……やはり謀《はか》られたな」

笹島は低く唸った。

「のう、谷村殿、どういたしたらよいか。知恵者と評判の与力殿に、なにか打つ手立ては考えつきませんか」

顔面蒼白《そうはく》の家老は、源助の膝に取りすがらんばかりである。しかし、源助も苦しげに押し黙るだけだ。

「どうもこうもねぇだろう。最初にふたりが示された頭巾は、純白だったんだろう。助平中納言は、自分たちのほうに藤紫を割りあてていたわけだな」

そこへ、玉三郎が頬被りをしたまま、うそぶいた。

「さ、さよう。事前に通達のあった当家の色は純白でござった」

笹島はしどろもどろに応える。

「だったら、夫婦で純白の頭巾を被り、堂々と表門前から駕籠に乗って帰ればいい。長居は無用だ。性質《たち》の悪い、ふざけすぎた座興《ざきよう》だぜ。ただ引き際で、へなへなしたら舐《な》められる。また来年も呼ばれて強淫を仕掛けられるぜ」

玉三郎は斉昭のやり口を、心《しん》から腹に据えかねていた。

「こっちも切り返してやれば、しつこくは言ってこないさ。こっちの殿さまもあっちの側室だか妾《めかけ》だかと、懇《ねんご》ろになっちまったんだろうが、互いに不問に付すしかない」

谷村は、強くうなずいた。

「玉さんの言う通りだな。毅然《きぜん》として切り返す……堂々と引き返したほうがよろしかろう」

「しかし、この頭巾は日の光を浴びると薄紫に……」

笹島は弱々しい目をして戸惑った。

「五万石だろう。けちけちしてねぇで、頭巾の一枚や二枚、買えばいいじゃないか」

玉三郎はつっけんどんに言った。

「いかにも、さようじゃの。では、門前の供侍を走らせましょう」

財布を取り出そうとしているのか、笹島は懐《ふところ》に手を入れながら立ち上がろうとした。

「そのようなお使いでしたら、手前が娘を走らせます。おい、お千瀬、源森川を渡った本所側に帯九《おびきゅう》という大きな呉服屋がある。そこで白い羽二重の宗十郎頭巾とお高祖頭巾を買っておいで」

次郎右衛門が、いつの間にか縁側に来ていたお千瀬に言いつけた。

「なんだ、次郎右衛門さん。水戸との揉め事には巻き込まれるなと言ってたくせに、合力してくれるのかい」

玉三郎はからかった。

「目の前でこんな理不尽を見せつけられては、この二兎屋とて見て見ぬ振りはできませんよ」

次郎右衛門は縁側から手を伸ばし、お千瀬に財布を渡した。

「江戸っ子は、そうこなくっちゃいけねぇ。よし、なら俺がひとっ走《ぱし》り行ってくるぜ」

「そう、ならあっちも一緒にいくよ」

お千瀬は嬉しそうに、次郎右衛門の財布を懐に入れた。

そのとき、奥から唸り声が聞こえた。

一同はあわてて襖を開け、奥を見た。

「……あっけなく逝《い》っちまったな。爺さんの予感した通りだぜ」

玉三郎は両手を合わせて合掌《がっしょう》した。

対馬守は、喉《のど》を掻《か》き毟《むし》って事切れている。よほど疲れ切っているのか、佐奈姫はその横で、寝息を立てたままであった。

「荒れた生活をしているところに、激しい房事で発作が起きたのですかな」

冷静沈着な源助も、呆然《ぼうぜん》として座り込みそうになっていた。

「た、谷村殿、どうしたらよい……我が殿にはまだお世継ぎがない。また、この四月には、将軍家の日光社参にお供しなければならぬ……」

情けないことに、笹島は本当に泣き出してしまった。

「その打ち合わせも、これから立て込んでまいる。藩主不在が、たちまちあらわになってしまう。となれば、我が藩はお取り潰《つぶ》しじゃ」

老人の取り乱した様子を、源助はいたわしげに見つめていたが、なす術《すべ》はなかった。

そして『そ、の、こ、と、』に最初に気づいたのは、源助であった。

首を左右に振って、対馬守の死に顔と、頬被りをした玉三郎の顔を見比べてくる。

「おい、お千瀬、すまないがひとりで買ってきてくれ。大急ぎでな。玉さんには別口で用を頼みたいのだ」

お千瀬はふくれ顔をしていたが「ささ、早くな」と源助に急《せ》かされ、不承不承出かけていった。


「俺に別口の用ってなんですかい？」

お千瀬の後ろ姿を見送っている源助に、玉三郎は訊ねた。

「待て、その前に、対馬守さまのご遺体を、人の目に触れぬよう別室にお運びしよう。ご遺体を運び出す算段もしなければならないが……」

源助は笹島とふたりで、遺体を別室に移そうとした。見かねて、玉三郎も手伝い、納戸《なんど》に遺体を運んだ。

「この寺からどう運び出すかは、あとで住職とも相談しましょう。口止め料も含め、金がかかるかもしれませんが、まぁ、二兎屋もついておりますしな」

座敷に戻ると、源助は笹島を安心させるように言った。それを聞いて、次郎右衛門が、ぎょっとした顔となる。

「さて玉さん、ご家老の前で、いつまでも頬被りはいけないよ。ちょっと手拭いを外してごらん」

　どうでもよいことなので、玉三郎は黙って従った。

　ついで源助は含み笑いのまま、笹島の顔を見やる。

　怪訝《けげん》な顔で見返してくる笹島に、源助は人差し指を左右に振ってみせた。人差し指は、玉三郎の顔と遺体を置いてきた納戸を、交互に行き来している。

　その指先につられ、笹島の瞳が左右に動き、やがて、ごくりと息を飲んだ。

「いかがでござる。似ておりましょう」

「魂消《たまげ》ました。瓜《うり》ふたつとはまさにこのこと。生き写しでござる」

「となれば、打つ手はひとつ」

　笹島の皺だらけの双眼が力を帯びた。

「奉行所からお借りできますか？」

「それは玉さんの存念次第。ゆくゆくは北町奉行所に迎えるつもりでしたが、今の今は小普請《むやく》の御家人・松平玉三郎でござる」

　笹島は大きく息を吸って吐くと、わけがわからずもじもじとしている玉三郎の背中を柔らかく撫でた。

「……ささ、殿、こちらへ。まずは、この爺の話をお聞きくだされ」

「と、殿！」

廊下で次郎右衛門が仰天《ぎょうてん》した。

「さようじゃ。当家はこれから、この頬被り殿に、殿の身代わりになっていただく」

笹島が、玉三郎の袖をつかんだ。

「と、殿の身代わり！」

次郎右衛門の半身が揺れ、危《あや》うく庭に落ちそうになった。

「……おい、爺さん。さっきから聞いてりゃ、わけのわからない御託《ごたく》を、ぺらぺら並び立ててやがるが、いったいどういう料簡だい。放しやがれ」

玉三郎は、老人の手を振りほどこうとした。

「駄目じゃ。せっかく捕まえた殿さまと瓜ふたつの御仁《ごじん》、決して放さぬ。当家の存亡の危機なのじゃ」

「冗談じゃねぇ。殿さま飛蝗《ばった》じゃあるめいし、そう簡単に捕まえられてたまるかい」

なおも玉三郎は、笹島の手を振りほどこうとする。

「松平殿、いや、玉三郎君《たまさぶろうぎみ》、お逃げめさるな。当家の窮状《きゅうじょう》はお聞きの通り。このままでは、お取り潰しの憂《う》き目《め》に遭《あ》うは必定《ひつじょう》。どうかお助けくだされ」

「た、たまさぶろうぎみだぁ！」

玉三郎は、ぶるぶると首を振った。

「冗談じゃねぇ。下痢気味だったことはあるが、玉三郎君なんて呼ばれたことは金輪際《こんりんざい》ねぇ。俺は堅《かた》っ苦しいのはごめんだぜ、逃げさせてもらう」

老人の皺だらけの手からようやく逃れ、玉三郎は廊下まで出た。

「お、お待ちなさい、玉三郎さん、逃げちゃいけません。義を見てせざるは、なんとかだと申しますですよ」

今度は、次郎右衛門が玉三郎の袖をつかんだ。

「それに……五万石の殿さまになれるなど、降ってわいた夢のようなお話。まさに玉《たま》の輿《こし》でございますぞ。いや、男だから逆玉《ぎゃくたま》の輿と申しましょうか」

「いいのかい。俺が身代わりになるっていうことは、奥で寝てる姫さまと所帯を持つってことだぜ。『夫婦《めおと》』になるってことだ。なぁ、ご老体」

「そ、それは、そういうことになり申す」

夫婦を強めに言われ、どことなく歯切れの悪さはあったが、笹島は即答した。

「こ、困ります。それは困ります。玉三郎さんは、あたくしどもの婿殿になっていただかなくては」

次郎右衛門の金切り声に、笹島は白い眉を八の字に吊り上げた。

「な、なにを申す。玉三郎君が婿入りされるのは、蔵前の札差などではない、都賀藩松平家じゃ。のう玉三郎君、同じ松平同士、親戚の間で養子のやりとりはしばしば起こること。ぜひにも身代わり藩主になってくだされ。拙者はなんとしても都賀藩に、亡き殿、亡きお方さま、そして佐奈姫のお血筋をつなげていきたいのじゃ」

笹島は玉三郎の前で、両手をついて平伏した。

「俺は身代わりにも、札差の婿にもならねぇぜ」

玉三郎はぐっと眉を寄せ、笹島と次郎右衛門を見据える。

「落ち着いてよく考えてみろよ。松平といっても、俺ん家《ち》はたったの三十七俵取りの貧乏御家人。五万石の大名と釣り合うわけねぇだろう」

正論であった。

さすがに笹島も、言葉に詰まってしまう。

「それにさ、この江戸には、松平なんて掃《は》いて捨てるほどいる。ほかにも似た顔がいるだろう。身代わりを立てるなら、もっと育ちのいいのを探すんだな。よりによって、ぐうたらで不行状なこの俺に、白羽の矢を立てることはあるまい」

もはや問答無用とばかりに三匹蜻蛉をぐいっと落とし差し、玉三郎は立ち去ろうとした。

「ならば、もう頼まぬ。当家の事情は差し迫っておるのじゃ。明後日にも日光社参に供奉《ぐぶ》する大名は、ご老中首座・水野越前守《えちぜんのかみ》忠邦さまのお屋敷に参集せねばならん。出席する藩主がいなければ、当家はそれまでじゃ。わしは死んで、亡き殿や佐奈姫さまの亡き母上さまにお詫《わ》びいたす」

笹島は落涙《らくるい》が止まらないまま、袴の帯をゆるめ、皺腹《しわばら》を撫ではじめた。

「おい、玉さん、年寄りをいつまでも困らせるもんじゃないよ。急場しのぎだ。ここはいちばん、するっと身代わりになっておやりよ。玉さんはいくつになる？」

源助が助け船を出すように取りなしてきた。

「俺は文化《ぶんか》十四年生まれだから、二十七ですよ」

玉三郎はぶっきらぼうに応える。

「佐奈姫さまは？」

「姫さまは文化十三年のお生まれじゃ。ひとつ年上にござるな」

笹島は、歯の隙間《すきま》から吐息をもらした。

「なんのなんの、かえって好都合だ。世間では、ひとつ年上の姉さん女房は『鐘《かね》や太鼓《たいこ》を叩いて探せ』というくらい相性のよいもの。それにまぁ、来てみな」

源助が片頬に笑みを浮かべながら、玉三郎を手招きした。

しかたなしに溜息をつきながら、玉三郎は源助に従う。

「どうしても玉さんが気に入らないなら、しかたない。けれど、急ぐ用があるわけでもなし、まぁ、おまえさんが危急をお助けしたご縁のある姫さまだ。ひと目お顔を覗いてから帰りな。まだ、はっきりとご尊顔を拝してはいないだろう」

笹島に向けて片目をつむりながら、源助は玉三郎の背中を押した。

玉三郎とて若い男。いくばくかの興味は、ある。

勧められるままに覗き込むと、うっと息を飲んだ。

そこには、姉の面影そのままの佳人《かじん》が臥《ふ》していた。細く長い眉を寄せて、苦しげに両目を閉じている。

障子は閉められていたが、冴え冴えとした風が通っていくような気がした。

胸のなかを清めてくれるような、はっとするような香りを感じた。

子どもの時分に姉のそばに寄り添ったときの、あの香りだった。

佐奈姫を背負ったときに感じた熱いものが、今は胸の只中《ただなか》で、ほとばしっていた。

玉三郎はもう一度、今度は大きく目を見開いて、佐奈姫を見た。

そこには、亡き姉・茜と瓜ふたつの、気品ある美しい顔があった。

玉三郎の胸は甘悲しく揺らいだ。姉への思慕とは違う、生身の佐奈姫への強い想いが生まれるのを感じていた。

「の、の、の、乗った」

玉三郎は上《うわ》ずった声で叫んだ。

「へ、なににお乗りになるんで？」

次郎右衛門が廊下から惚《とぼ》けた声で返してきたが、玉三郎は、さらに大きな声で叫んだ。

「その逆玉の輿、乗った！」

第二話　羽州からきた姉妹

一

（退屈だ。なんとかしてくれよ）

ひょんなことから都賀藩五万石の殿さまにすりかわって十日近く経《た》ったが、玉三郎はすこぶる退屈な日々を送っていた。

その間に三度《みたび》、江戸城に出仕して雁間《がんのま》という詰間に座り、形ばかり将軍に拝謁《はいえつ》した。大勢の大名が十把一《じっぱひと》からげに並んで拝謁するので、遠くのほうに将軍の顔がちらりと見えただけで、なにということもない。

その後はひたすら弁当の時分刻《じぶんどき》が来るのを待ち、食い終わるとすぐに下城の時刻となる。

一度、老中・水野忠邦の屋敷に呼ばれて、ふた月後に迫った日光社参についての説明があった。

もともと日光社参は、二年前の天保十二年の八月に、水戸斉昭から水野忠邦に向けて、強く発案されたものだという。忠邦の後ろ盾《だて》として斉昭もその場に姿を見せ、幕府の威信《いしん》のかかった一大行事だと吠《ほ》えまくっていた。

顔を見られて思い出されては大変だと、玉三郎はひたすらうつむき、欠伸《あくび》を噛《か》み殺していた。

あとは屋敷にいて、することとてない。肝心の佐奈姫とはまだ別居状態が続いていて、あれからまだ一度も会ってはいない。

天保十四年一月も末に近いある日、いつになったら初夜を迎えられるのかと、玉三郎は気を揉《も》む時を過ごしていた。


「解けましたぞ」

昼食後の茶を喫《きっ》していると、笹島老人が鬼の首を取ったような顔をしてやってきた。

「解けたって、なにが解けたんだい。ふんどしの紐《ひも》か」

玉三郎が軽口で返すと、笹島は鼻先で手を振った。

「お戯《たわむ》れを。さて玉三郎君、その前にひとつお聞きしたいことがある」

笹島は、えへん、とひとつ咳払《せきばら》いをした。

「玉三郎君は当家と同じ松平を名乗られておられましたが、ご先祖の話はお家に伝わっていますかな？」

「ご先祖なんていうほど、おこがましいもんじゃないが、死んだ親父は逆水松平家の末裔《まつえい》とか言っていたぜ」

先祖のことなど訊《たず》ねてくる笹島の意図がわからず、玉三郎はぶっきらぼうに答えた。

「やはりそうでござったか」

笹島は、ひとり上機嫌であった。

「世に徳川親藩《しんぱん》の十八松平と申しますが、玉三郎君は十九番目の松平と呼ばれる逆水家の、その末裔の若君であったのじゃな」

そう言って、あらためて玉三郎の顔をまじまじと見る。

「都賀藩・大給《おぎゅう》松平家もまた十八松平のひとつ。亡き対馬守さまもご親戚《しんせき》の旗本より養子にまいられた。大給家と逆水家は、遠い祖先をともにいたしております」

だからなんだ、という顔をしている玉三郎に、笹島は懇切丁寧《こんせつていねい》な口調で続けた。

「三河《みかわ》には、先祖を同じくする者同士が、何世か後《のち》の同じ時代に、同じ顔で生まれてくるという言い伝えがあります。これを『先祖返り』と申す。だからこの世には、自分と同じ顔をした人間がいても、おかしくないということでござるよ」

そんなものかと、玉三郎はなんの感慨もなく思った。

「考えてみれば、遠縁とは申せ、ご親戚じゃ。最初はどこの馬の骨ともわからぬ貧乏御家人を主君として仰ぐなど、情けないにもほどがあると思うたが……これで少しは救われ申した」

「貧乏御家人で悪かったな。俺から頼んですりかわったわけじゃないぜ」

玉三郎が尖《とん》がると、笹島はしまったとばかりに、畳の上に平たくなった。

「これは、とんだご無礼を。この笹島千左衛門。これよりは玉三郎君を文字通り主君と仰ぎ、お守りしてまいりまする」

「ちぇ、あんた、結構調子がいい爺《じい》さんだな」

舌打ちした途端に、いきなり閃《ひらめ》くものがあった。

「そうか、そういうことか」

玉三郎は、思わず笹島と同じように両手を打った。亡き姉の茜と、姉さん女房となった佐奈姫が瓜《うり》ふたつなのも、先祖返りとやらなのだろう。

「そうかい、そうかい……それで、その藩主の務めのことなんだが……そろそろ夜のお役目を果たさなきゃいけないだろう？」

いつ佐奈姫と同衾《どうきん》できるのか……玉三郎は身をよじるほど待ち焦《こ》がれていることを、催促した。

「そ、そのことでござるか」

笹島はいきなり、しどろもどろになった。

「姫さまは下屋敷で療養中にござる。ご夫婦の営《いとな》みのことは、しばし待たれよ」

「しばしとは、どのくらいだい。こっちの堪忍袋の緒は短いんだ。お世継ぎは必要なんだろう。姫さまのお血筋を繋《つな》げたいと、涙ながらに訴えていたじゃないか。それとも――」

玉三郎は刺すような眼差《まなざ》しで、笹島を睨《にら》んだ。

「俺を貧乏御家人と蔑《さげす》んで、夫婦の契《ちぎ》りは遂げさせないつもりかい。種馬《たねうま》役には、もっと育ちのいいのを引っ張ってくる魂胆《こんたん》じゃねぇだろうな」

「と、と、とんでもない」

笹島はきっぱりとした口調で反論してきた。

「先《せん》に申しあげた通りにござる。大給と逆水、ふたつの松平の血が溶け合うのじゃ。このように、めでたきことがござろうか。いや実は、佐奈姫さまは立腹でな。まだ当分、下屋敷におられると申されておる」

「ご立腹とは……いったい、なんのことを誰に対してご立腹なんだい？」

「姫さまもまた色の変わる頭巾《ずきん》のからくりを、見破っておいでであった。それでな……」

笹島は、言いにくそうに口元を歪《ゆが》めた。

「あなたさまが、水戸斉昭公の側妾《そばめ》と枕を交わされたのではと、勘繰《かんぐ》っておられる。あなたさまのことを、不潔極まりない、顔も見たくないと仰せなのじゃ」

「そ、そんな……助けたのに、逆恨《さかうら》みかよ……」

あまりの情けなさに、玉三郎は胸に木枯しが吹き抜ける思いがした。

「まぁ、おりおり拙者《せっしゃ》がお仲をお取り持ちいたす。それまで我慢なされよ。そうじゃ、人間辛抱《しんぼう》が肝要じゃ。おお、よいことを思いついた」

笹島は、またもや、ぽんと手を打った。

「急死された対馬守さまには、多くの側妾がござった。今もこの上屋敷の奥向きにおるが……目の毒じゃろうて。玉三郎君の奥向き出入りは、ご法度《はっと》ということにいたそう」

「ひ、ひでぇ、せっかく、殿さまになったのによ」

玉三郎は心底、悲しげに顔を歪めた。

「殿さまってのはさ、夕方になると老女みたいのが寄ってきてさ。『お殿さま、今宵は誰をお伽《とぎ》にお召しになりますか』なんぞと聞きにくるんじゃねぇのか」

玉三郎の言葉には、恨みがこもっている。

「いや、玉三郎君の奥向き出入り禁止には、揺るぎなき根拠がござる」

笹島は胸を張った。

「人は閨《ねや》の中でこそ、本性を表すもの。男の閨の振る舞い方は、似ているようで、千差万別と申しますぞ」

語り口が、いやに熱心である。

「そうかな。男が女相手にすることは、だいたい決まっている気もするが」

玉三郎が首をひねると、笹島は片膝《ひざ》を立て、身振《は》りまで添え出した。

「いえいえ、こう、口の吸い方ひとつ、乳に手を這わせる行き方ひとつとりましても、人によっていろいろと……あっ、いかぬ、この千左衛門としたことが」

笹島は、扇子《せんす》で自分の白髪頭を叩《たた》いた。

「とにかく、いかに玉三郎君のお顔が亡き対馬守さまと瓜ふたつとは申せ、閨に侍る女子《おなご》は、対馬守さまの手癖足癖を身体で知っておりましょう。偽者《にせもの》が馬脚を表すとすれば閨でござる」

笹島は自信たっぷりに断言した。

「なによりかにより、佐奈姫さまはしごく潔癖なお方。側妾に鼻の下を伸ばすようなご夫君に、決して御身《おんみ》はゆだねませんぞ。佐奈姫さまと結ばれたいとお思いなら、今はとにかく辛抱が肝要でござる」

こんないけ好かない年寄りに言われるまでもなく、佐奈姫と結ばれたいという一途な思いは、玉三郎には身もだえするほどにあった。

「……わかった、辛抱する。その代わり、せめて気晴らしに外に出してくれ。殿さま暮らしは息がつまってしかたない。それに、居候先の二兎屋の寮にもたまには戻らないとな。でないと、皆にいろいろ勘繰《かんぐ》られるぜ」

二

その翌日、玉三郎は久しぶりに上屋敷を出た。

とりあえず居候先に元気な顔を見せ、それから町に出て飲み仲間にでも声をかけようかと、浅草の鳥越町まで戻ってきた。

町場はやはり気楽でいい。なにか心弾む出来事が待っているような気がする。

玉三郎は足取りも軽く、鳥越川沿いの道を歩き、二兎屋の寮の近くまで来た。

（おっと、どこかで見た顔だな）

寮の斜向《はすむ》かいから、ひとりの女がじっとこちらをうかがっていた。中年増《ちゅうどしま》に見えるが、ぞくっとくる女ぶりである。

「もしかしたら、駒吉《こまきち》かい」

玉三郎は懐手《ふところで》を袖《そで》に戻しながら、その美形に歩み寄った。

「玉三郎さん、とんだご無沙汰《ぶさた》をいたしております」

自然に浮かんだ片笑窪《かたえくぼ》が、妙に艶《なま》めかしい。

「久しぶりだな、駒吉。あ、いけねぇいけねぇ、これは失礼な物言いをしちまった。今はお駒さんだったたね」

「いいのですよ。駒吉と呼んでください」

「そうはいかないよ」

「やぶから棒でお恥ずかしいんですがね。玉三郎さんにちょいと相談に乗ってもらいたいことがありまして。ほんの小半刻《こはんとき》ばかり、水茶屋であったかい宇治《うじ》のお茶でもご一緒させてもらえませんか」

返事の代わりに、玉三郎はすたすたと歩き出した。

駒吉ことお駒は、姉を失ってぐれていたときに覚えた岡場所通いで、一度だけ関係した深川の妓《おんな》であった。

今は身請《みう》けされて、大店《おおだな》の実質的な女房である。

お駒はいそいそとした歩みでついてくる。霰《あられ》を散らした地味な小紋が、お駒が着て歩くと、白金《しろかね》の粒が舞っているように華やかに見える。

ふたりは、大川をのぞむ鳥越橋の袂《たもと》にある汁粉屋《しるこや》に入った。

向かい合うと、ずっと愛想笑いしていたお駒の頰《ほお》から笑《え》みが消え、蒼《あお》ざめた色が浮かんだ。

「玉三郎さんは、わたしの妹のことはご存じでしたかね」

「会ったことはないが、妹がいることは知っている。一緒に羽州《うしゅう》から出てきたと、おまえが教えてくれた」

「三つ違いで、お糸《いと》というんです。そう、十四年前の、ちょうど今時分の季節に出羽国《でわのくに》から出てきました。在所はまだ一面の雪でしたよ。今と違ってまだわたしたちもうら若く、私は十四、お糸は十一でした」

遠くを見る目をしたお駒は、それから姉妹の身の上話を語り出した。

いずれ今日の用件につながってくるのだろう。玉三郎は、黙って耳を傾けることにした。

十四年前、うら若いというより、まだ幼なかった姉妹は川舟に乗せられ、生まれて初めて在所の村を出て、最上川《もがみがわ》を下り酒田《さかた》の町に出た。

酒田の煙草屋《たばこや》の斡旋《あっせん》で、江戸深川の煙草問屋に奉公に出されると聞いていた。酒田から西まわりの船に乗せられ、そのまま深川の佐賀町《さがちょう》の河岸《かし》まで連れてこられた。

だが、奉公先は煙草問屋ではなく、深川門前仲町《もんぜんなかちょう》裏の、姉は相模屋《さがみや》、妹は月浜屋《つきはまや》という子供屋《こどもや》であった。

子供屋とは、遊女を抱える置屋《おきや》のことである。

どうやら酒田の煙草屋は裏稼業として、器量よしの娘をあちこちから集める山女衒《やまぜげん》をしていたらしい。煙草問屋のほうは要するに女衒の元締めで、山女衒に集めさせた少女たちを、子供屋に斡旋していた。

ふたりは大曲《おおまがり》という村の貧しい百姓の娘だったが、姉は最上小町《もがみこまち》、妹は天童小町《てんどうこまち》という触れ込みで、売り出されていた。

「それで玉三郎さん。そのお糸がね、月浜屋のお嬶《かか》のお浜《はま》さんを殺《あや》めたんじゃないかって、八丁堀から目串《めぐし》を刺されているんです」

お嬶とは、子供屋の抱《かか》え主《ぬし》のことである。深川では、遊女は子どもで抱え主はお嬶……子供屋は屋号よりも、お琴宿《ことやど》だのお船宿《ふねやど》だの、お嬶の名を冠《かん》して呼ばれることが多い。

久しぶりに町歩きをしたら、いきなり剣呑《けんのん》な話である。

玉三郎は太い息を吐いた。

「経緯《いきさつ》を、もう少しくわしく聞かせてくれ。いずれにしたって、なにかの間違いだろうけどな。だって、たしかおまえたち姉妹は、いい旦那《だんな》にめぐりあって身請けしてもらったんだろう」

幸薄い少女時代を過ごした姉妹だが、五年前にそれぞれこのうえもないような幸せをつかんでいた。

姉の駒吉ことお駒は、日本橋・田所町《たどころちょう》の油問屋、升源《ますげん》の主人である源右衛門《げんえもん》に。妹の糸平《いとへい》ことお糸は、同じ日本橋・伊勢町《いせちょう》の紅花《べにばな》問屋、小野川屋《おのがわや》の若主人である弓之助《ゆみのすけ》に身請けされている。

ともに、ごくごく円満な身請けであったという。

どちらも商《あきな》いは順調な大店で、充分な身請金が子供屋には支払われていた。当時、知らせを聞いた玉三郎も、乏《とぼ》しい小遣いのなかから花を買って姉妹に届けた。

ふたりとも正妻というわけではないと聞いたが、これはしかたがなかろう。

「妹は絶対にお浜さんを殺めてはいません。お浜さんとの仲は円満でした。だって、誰しもが羨《うらや》む身請けを許してもらったんですから」

お駒の旦那である升源の源右衛門は今、六十五歳だが、お糸を身請けした小野川屋の弓之助は三十歳である。おまけに役者のように様子のいい若旦那だと、日本橋では評判であるという。

「北浅草の浅茅《あさじ》が原《はら》のなかに、鏡《かがみ》が池《いけ》という池があるんだそうです。三日前の明け方、その池畔《ちはん》でお浜さんが倒れていたのを、地元《ところ》の川漁師が見つけたそうで」

お糸に付き添って、大番屋に呼ばれて詮議《せんぎ》を受けたので、お駒は一件のあらましを玉三郎に語ることができた。

お浜に外傷はなかった。

ただ、下痢をしていたように腰巻を濡《ぬ》らして事切れていたという。

とはいえ、人は死ぬとき、多かれ少なかれ脱糞することも多いらしい。お駒は恥ずかしそうに、そんなことまで口にした。

「下痢では手繰《たぐ》る糸にはならないわけか。ほかには、なにか聞いたか？」

「お浜さんの首に、掻《か》き毟《むし》った跡があったそうです。それから、たなご用の小さな釣竿《つりざお》が落ちていた……鏡が池では、鮒《ふな》とたなごが釣れるそうなんですが」

ごく小さなたなごは、冬の釣り物とされている。

「首を掻き毟った？　毒を盛られて苦しんでのことかな？」

玉三郎は唇を歪めた。

「それとも、浅茅が原には鬼婆《おにばば》が出るっていうからな。鬼に脅《おど》されて、身包《みぐる》みはがれ、気が絶するように死んだのか」

奥州街道の脇にある浅茅が原には、昔から鬼婆が出るという怪談がある。鬼婆は宿を貸した旅人を殴り殺し、金品を奪うと言い伝えられていた。

「いいえ、お浜さんの懐中のものは、盗られていなかったようです」

お駒は苛立《いらだ》った様子を見せた。

「そんなことより、玉三郎さん。わたしは、たったひとりの妹を助けたい。羽州から一緒に売られてきて、岡場所で泥水を啜《すす》り合ってきた……やっとつかんだ幸せなんです」

妹を助けたい一心のお駒の気持ちが、ひしひしと伝わってきた。

「それで……殺《あや》められたお浜というのは、どんなお嬶だったたんだい。そもそも、なぜ八丁堀はお糸が怪しいと睨《にら》んだんだ？」

「そうですよね、それって肝心なことですよね」

お駒は長い息を吐いた。

「お浜さんは三十八。やりての宿《どや》のお嬶さんです」

「美形かい？」

「それはもう、人も羨《うらや》むような美人です。でも、悪い人じゃありません」

お駒は、お浜のことをよく知っているようだった。

「深川の子供屋のお嬶が殺められたんだ。考えられる理由は、たいてい金か男がらみだろうが、そのあたりはどうだい？」

「お調べになった同心の旦那も、同じことをお尋ねでした」

お駒の頬が、ほんの少し歪んだ。

「お浜さんには、宿の株を買ってくれた金主《きんしゅ》の旦那がいたようですが、今は切れているようです。それというのも――」

そこで舌に力をこめる。

「お糸を小野川屋の若旦那に譲《ゆず》ったお金で、お浜さんは自分の旦那に株代金を返し、関係を清算したんです。考えてみりゃ、お浜さんはお糸のおかげで自前のお嬶になれた。だから、ふたりの間に恨みなんて、これっぱかりもないはずなんです」

玉三郎はお駒の言い分に、もどかしさを感じた。

「なのに、どうして、八丁堀はお糸を怪しむんだ。さっきから、そこを聞いているんだぜ」

お駒の語気が弱くなった。

「その辺のところは、わたしもよくはわからないんです。お調べにも毎回呼ばれていたわけじゃありませんし……ただ」

かぼそい声で、お駒は続けた。

「三年前にも、妹は嫌疑《けんぎ》をかけられているのです。それも毒殺の」

玉三郎は、うっと息を飲んだ。

三年前、小野川屋の弓之助の正妻が急死した。そのときにも、お糸が正妻を毒殺したのではないかと、ささやかれたのだという。

「あのときも、お糸は詮議をされました。正妻が死んでいちばん得するのはお糸だって、ただそれだけの理由です。でも、最後は病死ということにされて、ことなきを得ました。当たり前ですよ、お糸はやっちゃいないんだから。それにしたって、妹の受けた心の傷を思うと」

まるで自分が辱《はずかし》めを受けたように、お駒は唇を強く噛んだ。

正妻が亡くなり、弓之助はお糸を正妻にした。

前年には弓之助の父親が亡くなっていて、お糸は一気に若主人の妾《めかけ》から、小野川屋主人の女房という立場に駆け上がった。

周囲のやっかみが、お糸を詮議の場に引き出した……お駒は、そう訴えているのだろう。

「心外でした。遊女上がりだから、そう見られていたに違いないんです。玉三郎さん、わたしはできれば三年前の毒殺の真相も、今回一緒に糺《ただ》していただきたいのです。妹の心の傷を癒《いや》すためにも」

（……お駒は、自分も恥辱《ちじょく》を受けたと思い込んでいる。遊女上がりということで意地になり、真っ当な人間であることを示したいのであろう）

玉三郎は、姉妹の心根が憐《あわ》れに思われてならなかった。できれば、三年前の汚辱も合わせて晴らしてやりたい。

（しかし、病死で落着した三年前の一件を持ち出して、かえってお糸の心をかき乱さないものだろうか）

「お糸にじかにあって話を聞いてもいいかい？」

なんにしても、玉三郎はすでにこの一件を、自分で解決するつもりになっていた。誰にも内緒にしていたが、お駒は玉三郎にとって初めての女だった。

「いえ、それは困ります。周囲の大店からも奇異の目で見られ、あの子は気鬱《きうつ》になりかけています」

嚙みすぎて白っぽくなってしまった唇から、お駒はふっと溜息をついた。

「子どものころから、ちょっとしたことで塞《ふさ》ぎがちになる子でした。自分のまわりでいろいろな人が動いていると知れば、あの子にかかる重しが大きくなってしまいます。大川に身投げでもしやしないかと、不安なんです。あの子に会うのはやめにしてください」

お駒の懸念も、わからないではない。

「よし、ならば、お糸には会わず、周辺から手繰《たぐ》ってみるさ。最後に聞くが、お糸に目串を刺したのは、町方のなんという同心だい？」

「はい、たしか北の等々力さまという、定町廻りの旦那です」

「なんだ、啓介か」

玉三郎は、急に気が楽になった。

「あいつはまだ定町廻りの見習いだぜ。あいつの見立てなら、たいていの結末は逆になる。お駒、心配はいらねぇ。お糸の嫌疑はすぐに晴れるぜ」

三

その日の夕刻、玉三郎はさっそく北町奉行所に、等々力啓介を訪ねた。

同心部屋の隅で、ふたりは小声でやりとりを始めた。

「おい啓介、おまえはなんで、お糸に嫌疑をかけたんだ？　とんだ見当違いだぜ」

最初から咎《とが》める口振りで、啓介に浴びせかけた。

「お、落とし文があったんだ。茅場町《かやばちょう》の大番屋に」

啓介はむっとした顔で、すぐにそう返してくる。

「落とし文だと、ふむ、なるほどな」

玉三郎は束の間、思案した。

「それで書いてあったのは、男文字か女文字か？」

「女文字だった。殺《あや》められたお浜のことを、糸平《いとへい》、つまりお糸が恨んでいた……そう走り書きしてあったんだ」

本名であるお糸ではなく、糸平と遊女の名で呼ぶからには、岡場所時代に縁のあった者による落とし文だと思われた。

「恨んでいるだと。見当違いもはなはだしいぜ。お糸はしごく円満に身請けさせてもらったんだ。それで、人も羨《うらや》む大店の女房になった……恨むことはねぇさ」

玉三郎はもみあげを、かりかりと掻いた。

「落とし文は、お糸の幸せをやっかんでいる奴の悪戯《いたずら》かもしれない。いや、そうに決まっている。ほかに怪しそうな奴はいないのか？」

玉三郎の剣幕に、啓介はたじたじとなった。

「いや、探索はまだ思うように進んでいないのだ。けれどな、お糸は三年前にも一度、大番屋に呼ばれているんだぞ」

「ああ、そのことなら聞いている。だから三年前の一件も合わせて、お糸の潔白の証《あかし》を立ててやりたい。どう考えたって、お糸がお浜を殺める理由なんかないんだからな」

姉のお駒から聞いた話を、玉三郎はあまさず啓介に話した。

「……玉三郎、おまえ、お駒に惚《ほ》れたんじゃないだろうな。二兎追うものは、と言うぞ。お駒の旦那は六十路《むそじ》の老人。そう長くはない。お駒を待つ気なら……頼む、お千瀬は俺に譲ってくれ」

啓介はすぐに下種《げす》の勘繰《かんぐ》りをする。そのうえ、今日は情けない顔をして手まで合わせてきた。

「お千瀬のことなら、俺をあてにするな。自分で行け、自分で」

「いいんだな。行ってもいいんだな」

啓介の必死の形相《ぎょうそう》を、玉三郎は持てあました。

「ああ。ただし逸《はや》りすぎるなよ。どこぞの助平中納言ではあるまいし、町方の同心が強淫《ごういん》で訴えられるなんて洒落《しゃれ》にもならねぇ。だが今はそんなことより――」

玉三郎は大きな手のひらで、男にしては華奢《きゃしゃ》な啓介の背中を、ばしゃりと叩いた。

「お浜殺しの下手人を早くあげることだ。それには、お糸以外の怪しそうな奴に目星をつけていけばいい。もたもたしていると、いつまで経《た》っても見習いが解けないぞ」

「そ、そうだな」

啓介は素直にうなずいた。

「明日からは、俺も一緒に探索に歩いてやる。お駒とお糸のためだ。おっと啓介、妙な勘繰りを入れるなよ」

「わ、わかった。よろしく頼む。俺はこの一件をものにして、男を上げたいんだ。そうなりゃお千瀬だって、おまえのほうばかりを向いてやしないだろう」

啓介も単純な男で、俄然《がぜん》、張り切り出した。

「それから、三年前にお糸に疑いがかけられた件だが……おまえが知っていることを、もっと聞かせてくれ。なんだって大番屋に呼ばれたんだ」

お糸の幸せをやっかんだ者による差口《さしぐち》……玉三郎はそう睨《にら》んでいた。

今回も、同じ者による密告かもしれない。

「弓之助の女房が風邪をこじらせて急死したんだ。そのときにも、落とし文があって、妾の糸平が怪しいと書いてあった」

「そうか、やっぱり同じ奴が差口したのかもしれんな」

玉三郎が軽く唇を噛んだ。

「そ、そうだな」

探索の主導権を奪われまいとしてか、啓介も必死に思案をめぐらせてくる。

「そのときも、遊女のころの名を使っていたわけだからな」

「で、三年前の詮議は、どういうことになったんだ？　お咎《とが》めなしにはなったのだろうが」

「調べたが、なにも証拠《あかし》はなかった。女房は、もともと丈夫なほうではなかったようだしな。それにまぁ、妾だから本妻が憎いのは当たり前。だから殺したのだろうというのも、酷《こく》な話だ。亭主《ていしゅ》の弓之助も、必死に糸平をかばった」

「啓介、そのときの詮議は誰がしたんだ？」

　ふと思いついたことを、玉三郎は口にした。

「俺の親父さ。屋敷に、親父の遺した手留帖《てどめちょう》がとってある。この一件の記録も、そこにあるはずだ」

　定町廻り同心だった啓介の父親は、一昨年、亡くなっていた。

「よし、これから八丁堀のおまえの屋敷に行こう。久しぶりに町に出てきたんだ。誰か誘って飲みに出ようと思っていたところだ」

「よ、よし、少し待ってくれ」

　啓介はあたふたと帰り支度を始めた。

「それから、五日前の浅茅が原の件だが……たなごの竿を見せてくれ」

急に話が『今』に飛んで、啓介はいっそうあたふたとして部屋を出ていった。

「ほら、これだ。しかし玉三郎、おまえは……」

すぐに戻ってきた啓介は、別室に置いてあったらしいたなご竿を、玉三郎の鼻先に突き出した。

「人を顎《あご》で使いやがって。まったく、奉行所のなかで我が物顔だな、それに――」

「竿だけか。それにしても細い竿だな。針と糸、それに浮《うき》はどうしたんだ？　だいたい、釣りをするにはまだ寒すぎるだろう。女のお浜が、野っ原で冷たい川風に頬打たせながら釣っていたのか？」

まだなにか文句を言いたそうな啓介に、玉三郎は矢継《やつ》ぎ早《ばや》に問うた。

「冬のたなごは、風流《ふりゅう》の釣りだ。むしろ、隠居の年寄りや女子ども向きの小魚釣りで、竿は細い。針と糸も小さいので、葦《あし》のなかに紛れてしまったのだろう」

自分も釣りをたしなむ啓介が、まことしやかな口調で推量した。

「そうか……ならば、普通に考えて、釣竿はお浜のものと思えるな。けれど、糸と針ってのは、普通、竿にくっついているもんだろうに」

啓介の組屋敷は、八丁堀の真ん中にある地蔵橋《じぞうばし》の袂《たもと》にあった。

「まぁ玉三郎さん、よく来ましたね。狭い屋敷だけど、ゆっくりしてらっしゃい」

啓介の母親が、笑顔で迎え入れてくれた。

同心に割りあてられる屋敷地は百坪ほどだが、たいていの同心は、三十坪ほどしか使っていない。あとは小さな借家をふたつ、三つ建てて、医者や手習いの師匠などに貸し、店賃《たなちん》を生活《たつき》の足しにしている。

啓介の母親は、若いころは美人で評判であった。

屋敷地の借家には、文化文政《ぶんせい》の昔、つまり啓介が子どものころまで、店子《たなこ》として斉藤十兵衛《さいとうじゅうべえ》という阿波藩《あわはん》抱えの能役者が住んでいた。

この役者は、東洲斎写楽《とうしゅうさいしゃらく》という筆名で片手業に浮世絵《うきよえ》を描き、その美人画のなかには、啓介の母親を描いたものもあるという。

玉三郎も啓介も、酒は強い。ふたりは浴びるように飲みながら、件《くだん》の手留帖を繰りはじめた。

「弓之助の女房は、身体に痙攣《けいれん》が起きていたとあるな。涎《よだれ》を垂らし、口の中がただれていたと、親父は書いている。検死にあたった医者の南庵《なんあん》が、そう言っていたそうだ」

「それは……やはり毒を盛られたのか？」

玉三郎の上がり眉が寄った。

「この手留帖には、そこまでは書いてない」

「そうじゃない。今のおまえに聞いているんだ。推量を働かせて鑑定してみろ。定町廻りだろう」

啓介は肩を竦《すく》めた。

「わからん、俺はまだ見習いなんだ」

「そんな調子なら、やっぱり当分、見習いは解けないな」

別に揶揄《やゆ》するわけでもなく、玉三郎は心底からそう思った。

「ほっときやがれ！　おっ、待てよ。よしよし、親父はこのことで、南庵に確かめているぞ」

啓介は、父親の遺《のこ》した記録の先を読み進めた。

「その時期に印弗魯英撒《いんふりえんざ》が流行《はや》っていたそうだ。流行病《はやりやまい》の『いんふりぇんざ』のせいで口の中に白い出来物ができて、涎が多くなったのではないかと、南庵は言っていたらしい」

「なんだ、その『いんふりぇんざ』てのは？」

「どうも、お染風邪《そめかぜ》のことらしい」

すぐに恋の病を患《わずら》ってしまう歌舞伎《かぶき》「お染久松《そめひさまつ》」のお染の名を取って、感染力の強い流行風邪《はやりかぜ》のことを、お染風邪という。

「ただ毒殺の疑いもこれあり、とも書いてあるな。うん、この一件についてはここまでだ」

啓介は手留帖に落としていた目を上げた。

「啓介よ、つまりは、毒死だかお染風邪にやられたのか、今さら詮議のしようがないってわけか」

「そうだ。もう三年前の一件だし、とりあえずは病死ということで、決着しているのだからな。お糸だって、少なくともこの件では咎人《とがにん》になっていない」

啓介の物言いには、切迫した様子が感じられない。

「だから玉三郎、手伝ってくれるなら、今回のお浜殺し一件のほうを頼むぜ。こっちはどうしても、俺の手で落着させたいんだ」

玉三郎は小首をひねって、考える素振《そぶ》りをした。

「つながっている一件だと、俺には思えるんだが……それで二通の落とし文だが、三年前も今回も女文字だな。三年前の落とし文は、まだ残っているのか？」

「たぶん、奉行所のどこかにあるはずだ。明日にでも探してみるか？」

「いや、いいさ。どうせ同じ女が書いたのだと、俺は確信している。お糸が遊女だったころの仲間が書いたという読み筋でどうだ」

　玉三郎は突きつけるように言った。

「身請けをされた遊女仲間に対するやっかみか？　やっかんでるほうは身請けもされず、月浜屋の年季が明けたあとは、夜鷹《よたか》などさらに身を落としている……そんな絵解きってわけか？」

「そうだ。俺は近いうちに、遊女仲間の線をあたってみる。お浜を殺しそうな、怪しい奴が浮き上がってくるかもしれん」

「俺はどうしたらいい？」

「おまえはとにかく、浅茅が原の現場に張りついていろ。大番屋でお糸の詮議なんかしてたって、いつまで経《た》っても埒《らち》はあかないぞ。そうなりゃ、いつまで経ったって見習いのままだ」

「ちぇ、まるで与力みてぇに指図しやがる」

　打ち合わせは、それで終わった。

　久しぶりに町場で飲み歩こうと思っていた夜である。途中で眠ろうとする啓介の頬を叩きながら、明け方近くまで飲み明かした。

四

玉三郎が昔の遊女仲間をあたり出す前に、少し進展があった。

その日、非番だった啓介が、ゆっくり朝寝を決め込んでいたところに、北町奉行所の筆頭与力である谷村源助から書付が届いた。

啓介は母親に起こされ、書付に目を落とす。

そしてすぐに、傍《かたわ》らで寝ていた玉三郎を揺り起こした。玉三郎も眠い目を擦《こす》りながら、書付を読んだ。

浅茅が原の目の前に、総泉寺《そうせんじ》という寺の大門がある。そこの寺男から、地元の御用聞きに訴えがあったのだった。

総泉寺の庭は、椿の名所である。

三日前の昼、三人の男女が寒椿を見にきていた、と寺男は言った。

そしてそのうちのひとりが、似面絵《にづらえ》に描かれたお浜に間違いない、と言い切ったのだ。連れのふたりは、男女ひとりずつであったという。

となると、遊女仲間の線を追うより、お浜と連れ立ちそうな男女を洗い出すほうが急務ということになる。

考えてみれば、明日は登城日であった。

都賀藩は、雁間詰の大名ということになっている。

雁間詰の大名は詰衆といって、本来は毎日登城が建前《たてまえ》だが、かなり昔から形骸《けいがい》化《か》して幾日かに一度の交代制になっていた。それだけに、決められた登城日に欠勤や遅参《ちさん》は厳禁と、笹島からは釘を刺されている。

啓介やお千瀬など町場の仲間には、藩道場の指南役として、都賀藩邸に住み込みで雇われているということにしてある。

藩士として仕官したわけではない、片手業の仕事として請けているので、ちょくちょく町場には戻れる、と告げてあった。

「啓介、俺は今日明日と、都賀藩の道場で藩士たちに稽古《けいこ》をつけてやらねばいかん。だからおまえとお千瀬とで、お浜と連れ立ちそうな男女を洗い出しておいてくれ。それで明後日に、三人で打ち合わせをしよう」

玉三郎はそう告げて、いったん浅草七軒町《しちけんちょう》の都賀藩上屋敷に戻った。

三日後の昼の時分刻《じぶんどき》、上屋敷に近い柳橋《やなぎばし》南詰の料亭・川長楼《かわちょうろう》に三人は集まっていた。

「やはりお糸の名前があがったぜ」

啓介が得意げに、そう口火を切ってきた。

「それから、人気役者の尾上《おのえ》菊弥《きくや》も浮かんできたわよ。この三人、とにかく仲がよかったようなの」

お千瀬は、ふたりに昼間酒の酌をしてくれながら言った。

いきなりお糸の名前が出て、玉三郎は苦い顔をして剣菱《けんびし》を干した。

尾上菊弥は男役である立役《たちやく》も、女形《おやま》も、器用に演じる役者である。

殺されたお浜とお糸は、ともに菊弥の贔屓筋《ひいきすじ》ということらしい。舞台がはねたあと、よく三人で芝居茶屋に繰《く》り込《こ》み、慰労の酒宴を催していたという。

「それでな、玉三郎。お誂《あつら》え向きの成り行きが見えてきたぞ」

お千瀬が酌をしてくれたので、啓介は上機嫌で大ぶりの杯を飲み干した。

――お糸とお浜との間に、役者の尾上菊弥をめぐる恋の鞘当《さやあて》があった。

芝居茶屋の女将《おかみ》や、三人が舟遊びに出るときに呼ばれる猪牙《ちょき》助《すけ》の証言で、そのことが明らかになった。

その日も、お浜、お糸、菊弥の三人で、浅草・橋場《はしば》の総泉寺まで、寒椿を見に出向いていたという。

「たった二日でよく調べたな。啓介もお千瀬もやるじゃないか」

玉三郎はまず、動いてくれていたふたりをねぎらった。

「とはいえ、酔狂《すいきょう》なもんだ。椿ならもっと近場でも咲いているぜ。それをわざわざ、あんなうらっ寂しい場所まで」

釈然としないものを感じた。

「寒椿を見たあとで、たなご釣りをしたかったんじゃないか。あの辺まで行けば、よく釣れるんだ」

啓介は、ぼそりと言った。

「恋の鞘当があったわりには、三人仲よくの茶屋酒や物見遊山《ものみゆさん》が多かったってことか？」

二度目の酌をしてくれるお千瀬に、玉三郎は聞いた。

「菊弥のほうが警戒していたみたい。ふたりきりでは付き合いたがらず、お浜、お糸、自分の三人でならってことで、茶屋酒や遠出にも応じていたようなの」

お千瀬は入念な聞き込みの結果を、あまさず伝えてくれた。

それによると、金主《きんしゅ》であった旦那と切れ、晴れて自由の身となったお浜が、ひと足先に菊弥に入れ込んだらしい。

お浜と尾上菊弥が、一昨年ぐらいまで、しばしば密会していたという証言もある。向島の料理屋まで出向くついでの舟遊びや、柳橋の船宿の二階で、ふたりはしごく仲睦《なかむつ》まじそうに寄り添っていたという。

そこに去年ぐらいから、お糸が割り込んできた形となった。

宿のお嬶であるお浜は四十路《よそじ》に近い。お糸は二十五の色気盛りで、菊弥も戸惑ったことだろう。

しかしそこは菊弥もさるもの、お浜とお糸の間で巧みな間合いを取り、振り合いを崩すことなく、立ちまわっていた。

なにせ、ふたりとも贔屓筋《ひいきすじ》の大物であった。

お浜は、『深川お嬶連中《かかれんちゆう》』の世話役であった。いつも二十人ほどで、緋毛氈《ひもうせん》をかけた桟敷席《さじきせき》に陣取る。

お糸も若いながら、日本橋の『伊勢町河岸連中《いせちようがしれんちゆう》』を束ねていて、三十人ほどの大一座で、桟敷席に繰り出してくる。

『連中』とは芝居見物の仲間の会のことで、お浜やお糸たちは、菊弥が舞台に上がると、掛け声などで競い合うのだという。

もっとも、証言のなかに出てきた恋の鞘当とは、この芝居小屋での声援合戦のことを指しているようで、ふたりが実際に罵《のの》り合ったとか、つかみ合ったとかいうわけではないようだ。

(どうにも困っちまったな)

玉三郎は迷った。

二度も名前が出てきては、さすがに奉行所の心証も悪くなる。

それにお糸は、身請けまでしてくれた亭主がありながら、役者買いの火遊びをしているようにも見える。

お駒から聞かされていた話をもとに、玉三郎が脳裏《のうり》に描いたお糸は、うら若い身空で生まれ故郷の羽州を離れ、苦界《くがい》のなかであえぎながら、やっと幸せをつかんだ慎《つつ》ましげな娘であった。

それが、たまに芝居見物に出かけるくらいならいざ知らず、しじゅう役者と連れ立って遊び歩くような真似をしているとは……。

「なぁ、お千瀬。お糸の亭主である弓之助のことで、なにか聞こえてきたことはなかったかい？　大店の主人だ。女道楽でもしていそうな奴か」

亭主のほうには、問題がなかったのだろうか。それに反発して、お糸が芝居小屋に入り浸《びた》ったということも考えられる。

「弓之助さんていう人は、端整な顔立ちをした穏やかなご主人と評判だよ。三年前に亡くなった奥さんが、まぁ悪妻だったと評判で、なんでも若い手代《てだい》と通じていたらしい。それで意趣返しに、自分も料理茶屋通いを始めて、そこで糸平ことお糸さんを見初《みそ》めたらしいんだけど」

実際、お千瀬は、いい御用聞きだった。

たった二日の間に、柳橋、日本橋の田所町、そして深川界隈《かいわい》まで歩きまわり、お浜とお糸の周辺を聞き込みまわってくれている。

「弓之助さんは、お糸さんを身請けして、正妻で迎えたかったらしい。お糸さんのお嬶であるお浜さんや、料理茶屋の尾花屋《おばなや》の女将さんも意気に感じて、ずいぶんと応援したって……だけれど、弓之助さんの前の奥さんは、どうしても離縁には応じなかった。『女郎《じょろう》になんか、負けてたまるかい』と、意地になっていたそうだよ」

殺められたお浜は、お糸の身請けに協力し、その身請け金で自分も自由の身となった。身請けに際し、お浜は深川の岡場所では破格の、千二百両という大金を弓之助から受け取ったという。

菊弥をめぐる恋の鞘当といっても、芝居狂い同士の、意地の張り合いといった程度のものだったようだ。お浜殺しに関して、お糸の動機は薄い、と玉三郎は読んでいた。

むしろ、気になるのは三年前の、弓之助の正妻が急死した一件である。

正妻はお糸を憎み、女郎上がりと蔑《さげす》んでいた。妾として、そんな正妻の下で日陰の身に甘んじていたならば、殺意が生まれなかったとは言い切れない。

「それとさ、ちょっと気になることがあるんだけど……」

お千瀬が口ごもりながら切り出した。

「なんだ、なんでもいい、言ってみな」

玉三郎が促《うなが》した。

「これは尾花屋の女将に聞いたことなんだけど、弓之助さんが深川で遊びはじめたころ、呼び出しをかけたのはもっぱら姉の駒吉……つまり、お駒さんだったって言うんだよ」

「へぇ、そうなのかい。まぁ姉のほうも、とびきりの美形だからな」

なにげなく返したが、玉三郎もまた、お千瀬同様に気にかかった。

深川には二種類の遊び方があって、遊女も二種類いる。

安手の店は伏玉屋《ふせだまや》と呼ばれ、女郎をじかに抱えて、客は直接登楼《とうろう》して手軽に遊ぶ。遊女屋の数としては、この伏玉屋が多い。

もうひとつは、やや格式のある遊所で、表向きは料理茶屋の体裁《ていさい》をとっている。客はその料理茶屋に上がり、子供屋から『呼出《よびだし》』という高級な遊女を呼んで、同衾《どうきん》するのである。

深川の仲町《なかちょう》では、尾花屋、梅本《うめもと》、山本《やまもと》が、『三軒茶屋』と並び称される料理茶屋であった。

「なぁ、啓介。料理茶屋と子供屋の組み合わせには、おおまかな色がついていたよな」

啓介はお千瀬の目線を気にかけながら、おずおずと答えた。

「そ、そうだ。尾花屋に上がった客は、相模屋や月浜屋から呼び出しを呼ぶことが多いと聞いた。あとは丸平《まるへい》と鶴亀屋《つるかめや》ぐらいかな。お、おい、誤解するな。俺がそういう遊びをしていたわけではないぞ」

「わかっている。おまえは伏玉屋の安女郎専門だったからな」

思わぬ暴露《ばくろ》をされ、お千瀬には不潔そうな目線で睨《にら》まれて、啓介は萎《しお》れきってしまった。

「姉のお駒は相模屋の、妹のお糸は月浜屋の板頭《いたがしら》だった――」

板頭とは、その子供屋でいちばん多く呼ばれる遊女を指す。

「弓之助は大店の主人で、金はある。しかも、女房とは疎遠《そえん》だった……ふたつの子供屋から、それぞれ板頭を呼び出していたとしても不自然ではない」

玉三郎は独言するようにもらした。

（とはいえ、見ようによっては、姉から妹に乗り換えたとも思えるが）

ここはやはり、どうしてもお糸の人となりを確かめたい。

だが、お糸にじかに会うことだけはやめてくれと、お駒から念を押されている。

お糸のことをよく知る人物を見つけて、会ってみなければなるまい。

「なぁ、玉三郎、そろそろ昼飯にしないか」

頃合と見ていたのか、仲居《なかい》が襖《ふすま》の際まで来て、座敷の様子をうかがっている。

啓介が仲居に声をかけて、三人分の蝶足膳《ちょうあしぜん》が運ばれてきた。

「俺はもう少し飲む。せっかくの鰻《うなぎ》だからな」

膳には、鰻の白焼きが乗っていた。神田川《かんだがわ》の、このすぐ上流で獲《と》れたものだという。

脂《あぶら》の乗った冬の鰻で好物の剣菱を流し込みながら、玉三郎は考えた。

（やっぱり、お糸とじかに会い、どんな顔をしている女だか、見てみたいな。だが、お駒はそれは困ると言っていた……いや、待てよ――）

お千瀬がなみなみと注《つ》いでくれた杯を、玉三郎は一気に干した。好物がいつになく苦く感じられる。

（もう一度会って、どんな顔をしているか確かめなきゃならないのは、お駒のほうかもしれねぇ……）

口元を手で拭《ぬぐ》いながら、玉三郎は胸にざわめくものを感じていた。


その夜は、鳥越町の二兎屋の寮に泊まることに決めていた。

夕飯前に寛《くつろ》いでいると、ちりんちりんと鈴の音が聞こえた。担《にな》い棒の先に鈴をつけた町飛脚《まちびきゃく》である。

お駒からの書付であった。玉三郎はすぐに開いて、目を落とした。

――その後、お願いした件は進展しているだろうか。自分のほうでも伝手《つて》をたどって探索の様子を聞き集めている。それで確信したのだが、下手人は尾上菊弥に違いない。玉三郎が菊弥のところに出向いて、問いつめてはもらえないか。

そういう意味のことが、切々《せつせつ》と書かれていた。

なるほど、殺められる寸前まで、お駒のそばにいたとされるのは、お糸と菊弥である。お糸の潔白を証明するには、菊弥を叩いてみるのが早道であろう。

啓介も当然、それは考えているだろうが、昼間会ったときには、菊弥を大番屋に引っ張るなどとは口にしていなかった。

書付で、お駒はぜひにと訴えてきている。

明日は、とりあえず菊弥のところに足を運ぶつもりになった。

「ああ、次郎右衛門さん。芝居の尾上菊弥の家はどこか知らないかい？」

拍子よく部屋の襖を開けて入ってきた次郎右衛門に、玉三郎は声をかけた。

「ええと……もとの芝居町《しばいまち》ですよ。木挽町《こびきちょう》の四丁目だか五丁目だったか……そうだ、お〜い、お千瀬」

三人で晩飯を食おうというつもりらしく、次郎右衛門はお千瀬と一緒にやってきていた。

「ちょうどいい。明日は玉三郎さんの露払いに、木挽町まで一緒に出張ってきなさい」

五

築地《つきじ》に近い木挽町は、去年、江戸三座が浅草に移転するまでは江戸の芝居町であった。四丁目に山村座《やまむらざ》、五丁目には森田座《もりたざ》があり、この界隈も含め、日本橋の東南側は明神のお千瀬の縄張り内である。

四丁目の菊弥の家の周囲には、贔屓筋の女たちが『連中』ごとにかたまりをつくって取り巻いていた。

「おっ、なんだ、なんだ」

啓介が連中を掻き分けて寄ってきた。

「なんだじゃない。おまえが薄ぼんやりしているから、しかたなしに俺が菊弥を詮議にやってきたんだ」

玉三郎は、いつものように啓介を軽くあしらった。

「俺は最初《はな》っから、今日は菊弥を絞る気でいたんだ。ところが、この贔屓連の女たちの数だ……帰りに石でも投げられるのではと、懸念してたな」

気弱な男らしい言葉を、啓介がもらした。

たのかな？」

「本当のところはどうなんだい。菊弥はどっちかと、あるいは両方と出来仲だっ

　玉三郎の問いに、啓介とお千瀬は首をひねり合った。

「菊さまが、ふたりにしつこくまとわりつかれていたのは、たしかなことさ。なかでも脂《やに》っこいのは、お糸って女だよ」

　立ち聞きしていたらしく、連中のひとりが割り込んできた。

「お糸は、げてもの食いでさ。麹町《こうじまち》の獣屋《けだものや》の常連だよ。紅葉《もみじ》や牡《ぼ》丹《たん》食いの女だ。それに、さすがは岡場所上がりじゃないか。傾城魚を刺身や煮つけにして食うのが好物らしい」

　もうひとりが、いかにも憎々しげに口をはさんでくる。

　傾城魚は、江戸前の海に多くいて、大川や神田川にも上《のぼ》ってくる。白身《しろみ》で美味とされ、好む食通もいるが、毒を持っていることから、傾城《けいせい》という仇名《あだな》がついている。

「そうだよ。おかげで菊さまは可哀想に……無粋《ぶすい》な木端《こつぱ》役人から詮議を受ける羽目になってさ」

　そう言ったもうひとりは、菊弥の不運を嘆いて半泣きだった。

木端役人とは、啓介のことに違いない。啓介は酢《す》を飲まされたような顔をして、十手《じって》で肩を叩いていた。

「とにかく、そこを退《ど》いとくれ」

お千瀬が十手をかざして女たちを蹴散《けち》らし、玉三郎のために道を開かせた。

役者の住まいらしい洒落《しやれ》たつくりの、しもた屋風の家であった。小庭に面した座敷で、菊弥はがたがたと震えていた。

「あ、あたしでは、ありません。お浜お嬶さんには、ご贔屓いただいておりましたが、あくまで役者とご贔屓筋。ただそれだけの間柄です」

役者特有といえばそれまでだが、菊弥はどことなく物言いがなよなよしていて、胸元には銀色の数珠《じゆず》のようなものを掛けている。

「おまえさんとは、できちゃいなかったのかい？　痴話喧嘩《ちわげんか》の果てという読み筋だってできるんだぜ」

女々《めめ》しいのが嫌いな玉三郎は、幾分癇《かん》にさわって、単刀直入に切り込んだ。

「そ、そんな、できてるかなんて……この尾上菊弥。芸は売っても、身は売りません。お浜さんにもお糸さんにも、なびいてはおりませんよ。お誘いも三度に一度はお供をしなければと思うからで、ちっとも楽しくはありませんでした」

菊弥は必死の形相で答える。

「あの日も浅草・山谷堀《さんやぼり》の八百善《やおぜん》でお昼をご馳走《ちそう》になり、それから総泉寺まで足を伸ばして、椿を見物しました。それで暗くなりはじめたんで、失礼してお別れしたんです」

「八百善とはまた、豪勢だの」

江戸の料理茶屋には、さまざまな番付があるが、値段の法外な高さという一点では、八百善の右に出る店はない。

「これだけ金と暇《ひま》をかけてるんだ。いい加減になびいたらどうだと、大年増《おおどしま》のお浜に無理に言い寄られ、ついかっとなって手にかけちまった……そんな成り行きだと、俺は睨《にら》んでいるぜ」

本意ではなかったが、玉三郎は恐い目で菊弥を睨みつけた。ここで菊弥に白を切られると、怪しいのはお糸ということになってしまう。

下手をすると「お糸の身柄を押さえておけ」などと言い出す奴が、奉行所のなかで現れかねない。

「と、と、とんでもありません。仮にもお客さまです。あたしは断じて、潔白の身でございます」

「証拠《あかし》はあるのかい？　総泉寺でお浜とお糸と別れてから、おまえさんはどうしたんだ？」

「歩いて帰りましたよ」

「嘘《うそ》をつけ。おまえさんのような稼ぎのいい人気役者が、浅草でも場末の橋場くんだりからこの木挽町まで、えっちらおっちら、歩くわけがねぇさ。お浜と一緒にたなご釣りにいったんだろう。正直に言いやがれ」

柄ではなかったが、玉三郎は語気を荒らげた。

「ほ、本当です、歩いて帰りました。そういえば、お浜さんとお糸さんは釣竿を持って、釣りにいく相談をしていたようですが……あたしは椿見物だけならということで付き合ったんです」

「だからその都合のいい申し分に、証拠《あかし》はあるのかい」

あと一歩で白状するかもしれないと期待して、鋭い目で睨《にら》んだ。

「証拠と申されましても……」

菊弥は身をよじって弱りきっていたが、とうとう知らぬ存ぜぬで、白を切り通した。

「どうもあの役者、嘘をついているようにも見えなかったな」

帰り道、玉三郎は溜息《ためいき》まじりに、そうもらした。

「けれど、やっぱりおかしい。だってそうでしょう。人気役者が江戸の外れから、ぶらぶらひとりで歩いては帰らない。寺まで駕籠《かご》を呼ぶはずよ。それも宿《やど》駕籠を」

お千瀬は玉三郎を励ますように言う。木戸脇で流しの客を拾う辻《つじ》駕籠と違い、宿駕籠は店構えの駕籠屋から呼ぶため、高価である。

近くまで迎えにきて行儀もよく、雲助紛《くもすけまが》いの者はいない。

「そうだな。江戸《えど》勘《かん》あたりの宿駕籠を呼べば、駕籠かきが証《あかし》を立ててくれるはずだ。となると、菊弥もまだ黒だか白だか、はっきりとはしないか……お千瀬、すまねぇが引き続き、お糸の人となりを聞き込んでみちゃくれないか」

それから、八丁堀の行きつけだという蕎麦屋《そばや》で、啓介に鴨肉《かもにく》と葱《ねぎ》のたっぷり入った南蛮蕎麦を奢《おご》らせると、玉三郎はふたりと別れた。

これから北に向かって、お駒のいる日本橋・田所町の油問屋升源を訪ねるか、東に足を向けて深川に行き、お糸の過去を知る人間をあたってみるか。

玉三郎は迷っていた。

田所町の升源は大店で、主人の源右衛門夫婦はまだ健在なはずだ。いきなり訪ねていっても、お駒は出てきにくいかもしれない。

お駒は事実上、女房として升源を切り盛りしていたが、体裁上は妾のままである。升源の周辺で会うのは嫌なのではないか。優しく筆下ろしの相手を務めてくれたひとつ年上の女に、玉三郎は遠慮するところがあった。

やはり、深川を先にすることにした。どことなく気が楽である。

「おい待て、待たぬか！」

茅場町から日本橋川に沿って永代橋《えいたいばし》に抜けようとする玉三郎の背に、刺すような言葉が投げかけられた。

「お主《ぬし》、八丁堀の飼い犬か。それとも、お糸の色香に騙されて手先となったか。いやがおうでも、菊弥を下手人にでっちあげるつもりだな」

年は三十路《みそじ》の半《なか》ば。黒縮緬《くろちりめん》の紋羽織《もんばおり》を着た、身分ある武士に見えた。一見するところ旗本のようであるが、当今の武士には珍しく頬髭《ほおひげ》を生やしている。

「どういうことだ？　あんた、身形《みなり》は立派だが、菊弥の家で盗み聞きでもしてたのかい」

玉三郎は軽く揶揄《やゆ》してやった。

「菊弥はやっていない。これはたしかなことだ」

武士は顔を真っ赤にして吠える。

「なら、あんたが大番屋に来て、そう口書に応じたらどうだ」

「それはできん！」

武士はいきなり抜いて、踏み込んできた。意外に鋭い諸手突《もろてづ》きを放ってくる。銀閃《ぎんせん》が音もなく喉元《のどもと》に迫った。

玉三郎はふわりと斜め左に跳び、飛びながら抜いた三匹蜻蛉を斬り上げて、間髪いれず落ちてくる武士の二の太刀を弾き上げた。

そこでふたりは示し合わしたように後退《あとずさ》り、三間の間合いをあける。

「あんた、直参旗本だろう。いいのかい、茅場町の大番屋のすぐ近くだぜ」

ふたりは相青眼《あいせいがん》で向かい合ったが、対手の意趣がなんなのか、玉三郎はまるで見当がついていない。

「問答無用じゃ。不浄役人風情《ふじょうやくにんふぜい》に裁かれる、わしではないわ」

武士は拝むように合わせた両手を上段に上げ、拝み打ちの構えを見せた。切っ先をくるくるとまわし、気が昂《たか》ぶりきっているのがわかる。

「ひ、ひぇ」

東からきた近目《ちかめ》らしい天秤棒《てんびんぼう》の納豆売りが、二本の白刃にそばまで来て気づき、一個三文の納豆を放り出して、這ったまま逃げはじめた。

「なぁと、なっと、なっとう〜」

動転しているのか、転がり逃げながら、掛け声を威勢よくがなり立てている。

「てやっ！」

売り声が遠ざかるや、武士は短い気合い声を発して間合いを詰め、片手で打ち下ろしてきた。

玉三郎は無意識に仰《の》け反《ぞ》ってかわしたが、横鬢《よこびん》をかすられた。日本橋川の横殴りの川風に、鬢《の》のほつれ毛が流れて目をくすぐった。

玉三郎は跳び退きながら、逆手に握り直した三匹蜻蛉を納刀し、即座に鞘ごと帯から抜き取った。

（納豆売りに大番屋に駆け込まれたら、町方が来る……啓介ならいいが、知らない奴がきたらまずいぜ。旗本は町方が恐くないんだろうが、俺は田舎大名の殿さまだ。町場で斬り合ってるところがばれたら、上手《うま》かねぇ）

勝負を急ぐべきであった。玉三郎は三匹蜻蛉を胸元で斜めに構える。右手を逆手にしたまま柄《つか》を握り、左手の親指でこつっと鯉口《こいぐち》を切った。

逆手で抜きやすいように、鞘の上下は反転させている。頭上を大きく空けたまま、武士にあらためて挑むような目線を投げた。

武士はすぐに誘いに乗ってきた。ふたたび拝み打ちの構えを取ると、ふたりはずりっ、じりっと半歩ずつ間合いを詰める。

「もらった！」

一間半の間合いで、武士は躍りかかってきた。煌《きら》めきながら落ちてくる白刃を、逆手に抜き打たれた三匹蜻蛉は難なく弾き返す。

武士が、二の太刀を畳み込むように落とそうとしたが、半歩踏み込んだ玉三郎は、抜き打ちで描いた四分の一の円弧の軌道を、三匹蜻蛉の剣先をそのまま引き戻す形で、武士の胸元をかすめながら納刀した。

じゃりん、という音が響き、二十個あまりの銀の数珠玉が、武士の胸元から飛び散った。

「うわっ！」

武士は胸元を斜めから抉《えぐ》られたと錯覚して、差料《さしりょう》を放り出した。

「ああ、念珠《ろざりお》が！　わしの念珠が」

三匹蜻蛉の切っ先は羽織と小袖の襟元《えりもと》を切り裂いたが、胸元はかすっただけだ。命冥加《いのちみようが》な武士は、必死にろざりおなる銀玉を拾い集めている。

「よくも、よくも、菊弥と交わし合ったろざりおを」

武士は這いつくばって、拾った銀玉を手のひらに乗せていく。

「おい、いい加減みっともないぜ……そうか、あんた、隠れ切支丹《きりしたん》か！」

ろざりおなるものが、切支丹が祈りに使う道具だという知識が、玉三郎にはあった。

「ち、違う、滅相《めつそう》もない。だ、断じて違う」

武士はぶるぶると首を振った。

「後生でござる。武士は相身互《あいみたが》いじゃ。ここは見逃《みのが》してくだされ」

地面にあぐらをかき、両手をついてきた。

「ということは、あんた……念者《ねんじや》か。女形《おやま》好きなのか。菊弥をかわいがっていたんだな」

男同士の愛で主導的に振る舞うほうを、念者とか、もっとくだけて兄貴分などという。男色を愛好する者同士の古い習俗として、ろざりおを交換し合うと聞いたことがあった。切支丹が弾圧される前からあった習慣であろう。

「め、面目ない。どうか見逃してくだされ」

身の破滅の恐怖があるせいか、武士は男泣きして、涙のしずくが頬髭ににじんでいた。

「なるほどな……菊弥の野郎、立役もこなすわりには、なよなよしてやがると思ったぜ。しっかし、おまえさんもよくやるのう。弟分が俺にいじめられたと見て、斬りかかってきたわけか」

玉三郎は呆《あき》れた顔で、両手をついたままの武士を見下ろしていた。

「わ、わしは、直参旗本四百石だ。玉木作左衛門《たまきさくざえもん》と申して、江戸城《おしろ》では書院番士を勤めている。のう、頼み申す。念者として菊弥と言い交わしていること、組頭や屋敷の者に知られては困るのだ」

「人目があるぜ、こっちに来い」

玉三郎は作左衛門の差料を拾ってやると、目についた茅場町の一膳飯屋に連れ込んだ。

とりあえず酒を頼み、妙な成り行きではあったが、献杯した。

「俺はさる人に頼まれて、この一件にかかわっているだけだ。八丁堀に多少の縁はあるが、同心でもなんでもない。安心しろ。俺の訊ねることに正直に答えれば、ここで別れたあとは、互いに見ず知らずの間柄だ。それでいいな」

「了解いたした。聞かれたことは、なんなりとお答えいたす。それにしても、貴殿は強い。わしはこう見えても、新陰流《しんかげりゅう》の団野《だんの》道場で大目録を得ておるが、そのわしが及ばなかった」

茶碗酒を一気に飲み干すと、作左衛門は落ち着いてきたらしい。涙も止まって図々しく、つまみを見繕《みつくろ》って持ってこいと、店の親父に声をかけた。

鰯《いわし》と牛蒡《ごぼう》の煮付がくると、作左衛門はさっと箸《はし》を伸ばし、玉三郎にも勧めた。

「まったく……あんた調子のいい旗本だな。おい、いい加減に茶碗を置きやがれ。聞きたいことも聞けないじゃねぇか」

玉三郎にどやされると、作左衛門は首を竦《すく》めて杯を置いた。

「あの日、つまりあのお浜という子供屋のお嬶が、浅草の場末で殺められた日のことだ。あんたもさっき、菊弥の家でこっそり聞いていたんだろう。菊弥がお浜を手にかけていない証拠があるのなら、教えてくれ」

かわいい弟分の疑いを解く正念場だと、作左衛門の頬が引き締まった。

「あの日、わしは大川で屋根船を仕立て、菊弥を橋場まで迎えにいった。むろん、逢引《あいびき》のためだ。菊弥が贔屓筋との義理を済ませたあと、口直しにどうしても、わしに会いたいと付け文を寄越してきてな」

作左衛門は、やに下がった。

「あんたのその頬髭が口直しになるとは、俺にはどうしても思えないが、まぁいい。続けてくれ」

「わしは屋根船の障子《しょうじ》の陰に隠れて見ておったのだが、お浜ともうひとり、ぞくっとするような美形が、未練たらしそうに、橋場の船寄せまで菊弥を見送りにきておった」

浅草・橋場の町は、総泉寺の山門から、まっすぐ大川の川畔《かはん》に下《くだ》ったところにある。

「菊弥と別れたとき、お浜はまだ生きていたと言いたいのだな」

「そうだ、わしは見ていた。船頭も見ていたぞ。お浜はもうひとりの美形と一緒に、小さな釣竿を持っていた。まだ寒いのに、酔狂なことだと思ってな」

玉三郎は苦しそうに唇を噛んだ。菊弥が作左衛門のことを口にしなかったのは、男色《だんしょく》を知られたくなかったということか。

「船頭のほかに見ていた者はいるか？」

「船寄せには、わしの船のほかに、屋根船がたくさん泊まっていた。そうだ、大店の隠居らしい夫婦も上《のぼ》ってきたぞ。夫婦で日本橋にでも買い物にいった帰りではないか。まだ明るかったし、道にも人通りはあった。聞き込んでみてくれ」

大川端に面した風趣のよい橋場には、大店の寮や隠居所が多い。

「それから、俺たちは千住宿《せんじゅしゅく》まで船足を伸ばし、千住大橋の南の橋詰に近い、川越屋《かわごえや》という船宿に上がったのだ」

「それがたしかなことだと、口書に応じてくれる者はいるかい？」

「むろんだ。女将にも男衆《おとこしゅ》にも、手厚く酒手《さかて》を渡しておるからな。だ、だが頼む。川越屋には、男ふたりの俳句の会だと言ってあるんだ。貴公《きこう》、確かめにいくなら、そう口裏を合わせておいてくれ」

作左衛門は、またもや両手をついてきた。

六

作左衛門は妙ちくりんな旗本であったが、嘘をついているようには見えなかった。

玉三郎は途方に暮れた。お糸に有利な材料が見つからない。

夕闇が迫って、空はほの暗い。腕を組み、首を下に向けて考え込んでいると、頬がひんやりとした。

顔を上げると、日本橋川の対岸には小網町《こあみちょう》の河岸蔵《かしぐら》がずらりと並び、白壁の上の黒い屋根に淡雪が舞っている。

蔵の前で車力人足《しゃりきにんそく》たちが、いっせいに頬被りをした。

大八車の上に積まれた樽《たる》には、剣と菱が重なった商標が描かれている。蔵に運び入れているのは、赤穂浪士《あこうろうし》が討ち入りの前日に蕎麦屋で飲んで以来、江戸一の人気となった伊丹《いたみ》の剣菱であった。

玉三郎は鳥越町の塒《ねぐら》に帰って、次郎右衛門を相手に剣菱でも飲《や》りたいところを、ぐっと我慢した。

幸いにも雪は本降りにはならないようだ。

玉三郎は、行く先を変えた。まず会うべきなのは、やはりお駒だった。

来た道を引き返し、右手に見えてきた大番屋をやりすごしながら、鎧《よろい》の渡しの渡船場まで行った。

「お～い、乗るぞ。待ってくれい」

船頭が艪《ろ》を握る手に力をこめようとした矢先、玉三郎は飛び乗ることができた。

淡雪が吹き込む日本橋川の流れは冥《くら》い色をして、潮の匂いが鼻についた。

小網町側に降り立ち、あとは人形町《にんぎょうちょう》通り沿いに西に進めば、すぐに田所町である。

升源は大店であった。田所町の角地に、人形町通りに面した側が間口二十五間。浜町川《はまちょうがわ》に通じる脇道側が十五間。

お駒はちょうど外出するところであったらしく、升源の暖簾《のれん》の下で鉢合わせになった。

今宵のお駒は、見違えるほど艶《あで》やかだった。いそいそとした物腰で、玉三郎を店の中に引き入れた。

主《あるじ》は仲買の店に行ってるらしく、店の中に客の姿は見えない。それでも、七、八人の奉公人が忙《せわ》しげに動きまわっていた。

「いま、玉露《ぎょくろ》を淹《い》れさせますから。それともお酒にしましょうか。雪でお冷えになったんじゃありませんか」

さすが出羽の産らしく、お駒は白磁《はくじ》のような白い肌目をしている。女にしては濃い眉がくっきりと模《かたど》られ、十代のころの玉三郎は、胸が震えるほどのときめきを覚えたものだ。

「いや、ここでいい。お駒、少しだけいいかい」

座敷に上げられそうなのを遠慮して、玉三郎は上がり框《かまち》に腰を下ろした。

「あいにく、出かけるところでした。番頭にでもお相手をさせようと思っていたんですが、少しなら大丈夫です」

お駒は玉三郎と並んで、上がり框に横座りした。

手代らしい男が、熱い麦湯を差し出してくれた。玉三郎はひと口啜《すす》り、さっそく切り出した。

「今日、八丁堀の仲間と一緒に、尾上菊弥の役者面《やくしゃづら》を拝んできた」

「さっそく、出向いてくださったんですか。玉三郎さん、この通りです」

お駒は涙ぐみそうな顔をして頭を下げた。島田《しまだ》に結った濡《ぬ》れ羽《ば》色の黒髪から、ほのかなよい香りがする。

「それがな……」

玉三郎は言いづらそうに、項《うなじ》のあたりを手で掻いた。

「菊弥はどうも白らしい。あの日、お浜たちと別れてから、菊弥本人と会ったという人間がいるんだ。別れ際までお浜はぴんぴんしていたと、口書に応じる奴もいる。それから、お浜とお糸はふたりきりになり、翌朝、お浜は骸《むくろ》となって見つかった……」

水を張ったようなお駒の目に恨みの色が浮かび、みるみる涙が頬に落ちてきた。

「となると、お糸にかかる疑いの目が強くなる……玉三郎さんは、そうおっしゃりたいのですね」

「待ってくれ。まだ、お糸が殺《や》ったと証拠が上がったわけでもなんでもない。そこでひとつ訊ねるんだが」

玉三郎は、まるで自分が詮議を受けているかのように、身を縮《ちぢ》ませた。

「お糸の昔の仲間で、お浜を怨《うら》んでいそうな奴はいないかい？　お嬶と子どもなんて言いまわしをしているが、要は抱え主と遊女だ。恨みを抱いている奴のひとりやふたり、いるはずだぜ」

お駒は涙を拭いながら、返してきた。

「抱えられていた子供屋が違うので、怨んでいる人間がいるかどうかは、私にはわからない」

泣いてしゃくりあげながら、お駒は続けた。

「ただ妹の口から、月浜屋の桃太《ももた》という妓《おんな》と親しくしていると聞いたことがあります。私のことをわかってくれるのは桃太だけだと、身請けされる前のお糸はつねづね言っていました。その桃太という子なら、玉三郎さんの問いに、心当たりがあるかもしれません」

それだけ聞くと、玉三郎はすぐに立ち上がった。

七

淡雪はまだ落ちてくる。

玉三郎はその足で、桃太に会いに深川に向かった。

お駒に先に会ったはいいが、つかみどころを得ないまま、またお駒の意のままに動かされている。そんな自嘲《じちょう》の念も、胸に浮かんでいた。

歩きながら、お糸は普段から釣りをするのかどうか、お駒に訊ねようと思っていたことを思い出した。作左衛門も言っていたが、女ふたりでこの寒空に釣りとは、やはり酔狂としか思えない。

まず足を向けたのは遊女見番《けんばん》であった。見番は遊女が抱えられている子供屋と料理茶屋との間に入り、客からの遊女の求めを取り次いでくる。

見番には物臭そうな中年の女がいた。
桃太の消息を尋ねると、面倒臭そうに欠伸《あくび》をした。小銭をつかませてやっても
よかったが、玉三郎も気が立っていた。
「おい、姉妹ふたりの一大事なんだ。言うのか、言わねぇのか」
凄《すご》んでみせると、女は背筋がぴんと伸びてしゃべり出した。
桃太は去年の暮れに月浜屋を出て、今は櫓下《やぐらした》の千福《せんぷく》という名の伏玉屋にいると
いう。
そのまま櫓下に足を向けると、千福の場所はすぐにわかった。
お糸や桃太のいた月浜屋は、子どもが門前仲町の料理茶屋に呼び出される。
場所は近いが、櫓下は場所柄として仲町よりいちだん劣《おと》るし、遊女としての格
も違う。
桃太はそのままの名で、千福にいた。
会って話がしたいというと、やり手婆《てばば》ぁが胡散臭《うさんくさ》そうに目を向けてきた。玉三
郎はその鼻先に揚《あ》げ代《だい》として、一分金をつきつけた。
現れた桃太は、もう三十路半ばに見えた。顔立ちも平凡な妓である。
抱えられていた月浜屋の年季は明けたが、身請けを名乗り出てくれる者がなく、

他に生活《たつき》の道もないので、伏玉屋の女郎に身を落としたのだろう。

「え？　勤めを果たさなくっていいのかい！」

同衾《どうきん》しなくていいと言うと、桃太は目を丸くした。

「あんたとなら、別に勤めは苦にならないんだけどさ。本当にいいのかい？」

「いいさ、それよりお糸、いや糸平のことで聞きたいことがあるんだ」

桃太にちょっと未練は残ったが、玉三郎の瞼《まぶた》には佐奈姫の姿が浮かんでいた。

今は佐奈姫に操《みさお》をたてると、玉三郎は決めている。

「糸平のことかい……思い出したくもない名だね。なら蕎麦を取ってもらうが、いいかい？」

「ああ、鴨南蛮にしようぜ。俺も付き合うから」

「そう、付き合ってくれるの。お客さん、ありがとう」

お糸の名を聞いたとき、桃太は顔をしかめた。

けれど、玉三郎が蕎麦を付き合うというと、一転、両手を合わせてくる。

寂しい妓のようだったが、気は悪くなさそうだった。

南蛮蕎麦を啜《すす》りながら、桃太はお糸のことを話してくれた。

月浜屋の二階で、桃太とお糸は四人の相部屋で数年を過ごしたという。

――不思議な子だった。

桃太は、まずそう言った。自分のものと他人のものの区別が、天性つかない女だったという。櫛《くし》でも紅でも蒸《ふ》かし芋《いも》でも、欲しいものは他人のものでも、平気で盗る娘であったと。

天童小町という触れ込みで羽州から来たお糸は、容色は図抜けていた。だからお大尽《だいじん》の客は、我先にお糸を呼び出そうとした。お糸は十六で、月浜屋の板頭になった。

腹に据《す》えかねて、お嬶であるお浜に、お糸の盗み癖を訴える妓もいた。そうしたとき、お浜は訴えた妓の頰を、思い切り張り飛ばしたという。

「『よけいなことというもんじゃないよ。一端《いっぱし》の口は、板頭か、せめて板脇《いたわき》になってからお言い』とこうだよ。おまえたちがうすのろだから、糸ちゃんに物を盗られるんだ。盗られるほうが悪い、ってなもんさ」

板脇とは、板頭に次いで呼び出しのかかる子どものことである。

お浜にとっての子どもは、呼び出しがかかる子か、かからない子かの、どちらかでしかないようだった。

「お嬶さんは稼ぎのいい糸平のことを可愛がっていたさ。あの人は釣り好きでね。

餓鬼《がき》の時分に、おとっつあんによく川釣りに連れていかれたらしいんだ」

お浜とたなご竿がつながった。

「それでときどき、糸平だけ連れて、よく近くの小名木川《おなぎがわ》に出かけてたよ。金をたんまりせしめられるもんだから、糸平の身請け話にも気持ちよく了解してやっていた。それに比べてこのあたしなんか、身請け話ひとつなかったんだ」

急に激してきたのか、桃太が涙ぐみはじめた。

「あの子は、部屋で朝顔を育てていた。なんだか普通の朝顔と違って、すごくいい匂いのする朝顔。それを、大喧嘩をやらかした妓の味噌《みそ》汁に、入れようとしたことがあってさ。自分の客の旦那に色目を使ったたってね」

玉三郎は蕎麦のどんぶりを置いて、桃太を見つめた。

「胸騒ぎがしてさ。あたしが気がついて止めたんだ。あれはきっと毒草だよ。そうしたらあの子はいきなり、あたしの頬を張った」

曼陀羅華《まんだらげ》……別名を朝鮮朝顔《ちようせんあさがお》。香りのよい美しい花を咲かせる毒草の名が、玉三郎の脳裏をよぎった。

「あたしたちは皆で、十四松《じゆうしまつ》を飼っていたんだ。松子《まつこ》という名をつけ、かわいがってたね。厳しかったお嬶さんも、十四松だけは許してくれた。それなのに、それなのに……次の日の朝、松子は死んでたんだ。糸平にやられたと、誰もが思ったよ。それからこんなこともあった……」

もう十分過ぎるほどだった。丼の汁を飲み干すと、玉三郎は千福を出た。

重い足取りで浅草に戻る途中、永代橋の南の橋詰近くに、小さな生薬屋《きぐすり》があった。店先を覗《のぞ》くと、主人らしい初老の男が店じまいの仕度をしている。

「親父、まだいいか」

そう声をかけると、愛想のいい顔で迎えてくれた。

「少し気がめいることがあってな。なんかこう、気が晴れるような薬種はねぇかい」

親父はうなずくと、店の奥から渋紙に包んだ生薬を手渡してくれた。

「半夏《はんげ》という草の根茎を日干しにしたものです。湯に溶いてお飲みになれば、気《き》塞《ふさ》ぎが消え、食欲が湧いてまいります」

「食欲は旺盛なんだが、まぁ、もらっとくぜ。ついてはひとつ訊ねたいんだが」

代金を大目に払い、玉三郎は声をひそめた。

「身体に痙攣《けいれん》が起きて、涎《よだれ》を垂らし、口の中がただれて死んでいた……これは、朝鮮朝顔にやられたと思っていいかな?」

啓介の父親が書き残した小野川屋の若女房の死に様を、そのまま口にした。

「お客さまは、お医者さまですか。それとも、八丁堀か小伝馬町の牢獄のお役人さまで?」

「まぁ、その筋だと思ってくれ」

親父はうなずいて、語り出した。

「毒薬を用いたときの死に様は、どれも似ておりますが……お客さまのお言葉通りだとすれば、たしかに曼陀羅華の可能性が高うございますな」


二兎屋に戻るとすでに夜半となっていたが、お千瀬が待っていてくれた。

「調べてきたわよ。お糸さんのこと」

日頃快活なお千瀬だが、今宵は蒼ざめた顔をしている。

「評判はひと言で言って最悪ね。とにかく気が多い女房だと評判よ。食べるもの着るものは贅沢《ぜいたく》放題だし、役者買いもしているって噂《うわさ》さ。夫婦仲はとっくに冷えていて、亭主の弓之助のほうにも、外に女がいるんだって」

それが誰だか、玉三郎には思い当たる節があった。

「それからね、出入りの魚屋からも奇妙な話を聞いたのよ」

お千瀬の声が強張《こわば》ってきていた。

「つい七日ほど前、お糸は好物の傾城魚を、尻尾《しっぽ》の毒針ごと台所に入れさせたんだって。普通は毒針を玄人《くろうと》の魚屋が切ってから、台所に持ち込むらしいけど」

（俺としたことが、ずっと踊らされていた）

玉三郎はふっと息をついた。眼前にもやもやとたちこめていた霧が、すっと晴れてきた。

（たなご竿の針は、傾城魚の針かい）

「お千瀬、俺は人がよすぎるようだ。とにかく、ありがとうよ。おっと、これは礼だ。おとっつあんにでも飲ましてやってくれ」

玉三郎は半夏の包みを、お千瀬に預けた。

「なぁにこれ？」

お千瀬は迷惑そうな顔をしている。

「俺みたいな、いい加減な御家人に貸し込んで、それで取りっぱぐれたら、親父さんでも落ち込むだろう。そんなときに飲ましてやりな」

お駒の言葉は、すべてが裏腹だった。なんとしてもお糸を助けたいと言いながら、玉三郎を通じて奉行所にお糸の正体を気づかせようとしている。

なぜなのか。それを確かめるまでは、いても立ってもいられなかった。

もうとうに町の木戸が閉まる時刻だったが、そんなことは気にも留めなかった。

玉三郎は、田所町に足を急がせた。

升源はもう大戸が下りている。どんどん、と脇戸を叩いた。

心張棒《しんばりぼう》が外れる音がして、夕方、麦湯を飲ましてくれた手代の顔が覗いた。

お駒はまだ戻らないという。

「お駒に夜遊びをさせて……源右衛門とか言ったな、亭主は、なんにも言わねぇのか？　本妻だっているんだろう。いったい、この店はどうなっていやがるんだ」

手代はぶるぶると怯《おび》え出した。玉三郎が八丁堀に通じた人間だと、お駒からでも聞いているのだろう。ぼそぼそとしゃべり出した。

亭主夫妻は橋場の隠居所に移っていて、升源でお駒は好きに振る舞っているらしい。

「それでお駒は今、どこにいる。間夫《まぶ》と一緒……そうだな」

気の毒だとは思ったが、手代の胸倉をつかんで揺さぶった。手代はすぐに吐いた。

一度やんだ雪が、また落ちはじめた。

玉三郎は足を北に向けた。

浅草橋で夜泣き蕎麦を腹に入れ、あとは一目散《いちもくさん》に走って、不忍池《しのばずのいけ》の池畔にある湯村という出会い茶屋に飛び込んだ。

土間の上がり框に腰掛けて雪を払っていると、湯上がりらしいお駒が、汗をふきながら二階から下りてきた。

「妹の亭主との睦事《むつごと》は堪能したかい」

いきなり玉三郎に浴びせかけられ、唖然《あぜん》とした顔をしたお駒だが、すぐに不敵な笑みを頬に浮かべた。

「ええ、堪能させてもらいました。なんたってもう七年越しに、惚れて惚れて惚れ抜いた仲ですからねぇ。どうです、旦那も二階に来ませんか。三人でご一緒に、お糸の悪口を肴《さかな》に飲むのも乙《おつ》じゃありませんか」

お駒ははだけて着た浴衣《ゆかた》の袖から、白く火照った二の腕を伸ばして誘ってきた。

「どうして、妹を売る気になったんだ？」

落ち着いて静かだが、玉三郎はずしりと響く声を発した。

「売る？　妹はふたりも殺したんですよ。獄門にされて当たり前でしょ」

「おまえも大切なものを取られたんだな。ただ、おまえは最後に取り返した。お糸の亭主の弓之助をな」

「さすがは旦那だ。思ってたより早く行き着きましたね。ついでに、あたしと弓さんとのことも、誤解のないように申しあげときますけどね」

六年前、小野川屋の弓之助に心底惚れてしまったのは、お駒のほうだった。

遊女の身でかなわぬ恋と知りつつ、お駒は弓之助にたぎる想いを打ち明けた。

すると、心優しい弓之助は情にほだされたか、いつしか相思相愛の仲となった。

ところが、尾花屋の廊下で、弓之助とお糸がすれ違ったのが運の尽きである。

たちまち弓之助にのぼせあがったお糸に、お駒は鳥屋《とや》が進んでいるという口任《くちまか》せの出鱈目《でたらめ》を流され、進んでいた身請け話を、無理やりぶち壊されてしまった。

遊里では梅毒《ばいどく》のことを鳥屋という。

身請け話が出ている遊女に、鳥屋の噂は致命的なのだった。

「小野川屋の番頭さんが、相模屋に来ましてね。尾花屋の女将さんも立ち会いのもと、身請け話は正式に流れたんです。帰り際にあの人も泣いていたと、番頭さんがこっそりと耳打ちしてくれました」
お駒は自嘲するように笑った。
「それから鳥屋の噂が消えるまで、わたしがどれほど苦労したことか……そして
どれほど妹を憎んだことか」
お駒の足元に、悔し涙が、ぽたぽたと落ちた。
「羽州にいたころから、そうでした。あの子は自分のものと他人のものとの区別
が、生来つかない子なんです。だから、わたしから弓之助さんを奪い、今度はお
浜さんから、菊弥を奪おうとした。もっとも菊弥はまだ、なびいちゃいないよう
ですが」
同じ言いまわしを、宵の口に深川でも聞いていた。玉三郎の心は、重苦しくな
るばかりだった。
「それで、妹はどうなります？」
「俺は同心じゃない。ただ啓介には言うしかないな。疑わしいのは、お糸だと。
啓介は俺の大事な友達だ。奴はこの件を、どうしても自分の手で落着させたいと
切望している」
お駒は長い吐息をついた。

「旦那、わたしは罪になるんですか？」

「さぁな。ただ咎《とが》めようがないだろう。おまえは、疑わしいのが妹だと、まわりくどく俺を使って町方に知らせようとした。言ってみりゃ、お上《かみ》に協力したわけだ」

その通りと言わんばかりに、お駒は急《せ》き込んでうなずいた。

「俺を間に入れて使ったのは、俺が八丁堀に通じていると知っていたからか？」

「そう。遊女上がりのわたしの言うことなんか、誰も本気になんかしやしない。それに、わたしは知っている。旦那はぼんくらの等々力啓介とは違う。すぐに、お糸を獄門にしてくれるってわかっていた」

玉三郎は身を切られるような思いで、お駒の訴えを聞いていた。

「わたしにだって、升源を切り盛りしている女としての体面があるんです。実の妹を刺したなんて評判が立つと、商売のほうにも、いろいろと不都合がありましてね。ですから、旦那の力をお頼りしました」

お駒は少しだけ殊勝な顔をして、こっくりと頭を下げた。

「あんたの気持ちはよくわかる。お糸は獄門になってしかるべきだ。だけれど、実の妹だろう……下手人だと知っていても、黙っているという道もある。お糸はおそらく獄門だ。黙っていたとしても、俺はあんたを責めなかったがな」

「いいですかい、旦那。妹は苦界にうごめいている私から、夢を取り上げたんですよ。それに、あの子は何回だってやる子です」

お駒の頬に、怒りの朱が走った。

「旦那、いや玉三郎さんは、そこまでやることはないとおっしゃりたいのですか。妹を獄門にしなければ、またすぐに誰かが殺められますよ」

「それはその通りだろうぜ。おまえさんの言うことは、どこも間違っていねぇ。幾度も言うが俺は今回の件で、なんにしたって、あんたを責める気は毛頭《もうとう》ないさ。ただどことなく、やるせない。それだけだ」

啓介には明日の朝、伝える。

そう言い残して、玉三郎はお駒に背を向けた。

第三話　坊《ぼう》主《ず》金《がね》

一

江戸城本丸の雁間《がんのま》にある玉三郎の席からは、中庭を隔《へだ》てた蓮池濠《はすいけぼり》の先に、広大な吹上《ふきあげ》の庭が見える。

ようやくと春めいてきた天保十四年旧暦二月の初め、玉三郎は新緑の息吹きを瞳に映しながら、弁当の時が来るのを待っていた。

御殿で諸大名の世話をする数人の表坊主《おもてぼうず》たちが、茶の給仕を始めた。ほっとなごやかな気配が漂い、雁間詰の大名たちは各々《おのおの》弁当を広げはじめた。

（おやっ？）

受け持つはずのいつもの表坊主が、自分にだけは茶碗を置かずに、黙って行き過ぎた。

玉三郎は部屋を見渡してみる。自分と、そのすぐ隣に座っている若い大名だけには茶が出ない。

若い大名は、黙って箸《はし》を使い出した。玉三郎とて茶などなくても、弁当のふたつや三つは平気で食える。頓着《とんちゃく》することなく、玉三郎も食らいついた。

弁当の中身は、決して豪華なものではない。白身魚の焼き物と季節の野菜の煮物、それに香の物が添えられている程度だ。

都賀藩の台所は逼迫《ひっぱく》しており、藩主の日常をまかなう奥向きの掛かりも減らされていると聞いた。

それでも白飯だけは、たっぷりと盛られている。

玉三郎は、またたく間に夢中で平らげた。

弁当箱に蓋《ふた》をした玉三郎は立ち上がり、自分で湯を飲みにいった。

ついでに手水場《ちょうずば》に行って用を足し、手を洗い終えると、懐《ふところ》の布《きれ》を取り出すのは面倒なので、小庭に向けて盛大に手を振った。

「対馬守さま、ささ、これを」

いつの間にかそばに来て、手布巾《てふきん》を差し出す者がいた。

「おっと、すまなねぇな。じゃなかった、うむ、大儀じゃ。それにしても、どういう風の吹きまわしだい」

たしか桐野《きりの》とかいう名の、自分の給仕役の表坊主を見下ろした。

表坊主は、登城した大名の世話を焼くのが仕事である。

国許《くにもと》や江戸屋敷では大勢の家臣や侍女にかしずかれている大名も、登城すればひとりきりでそばには誰もいない。

つい心細いので、諸事、表坊主を頼ることになる。

表坊主は二十俵二人扶持《ぶち》の御家人であるが、大名からの付け届けで大旗本のような暮らしをしているらしい。

「手前は桐野筑阿弥《ちくあみ》でございます。まさか、お見忘れではございませんでしょうが、対馬守さまのお家からご扶持を頂戴《ちょうだい》しております」

筑阿弥は都賀藩の家臣ではもちろんないが、付け届けが常習化しているので、あたかも家臣であるかのように、付け届けを扶持と呼んでいる。

「そのお見忘れだぜ。長いこと病気で寝込んでいてな。今はよくなったんだが、熱が続いたせいか、寝込む前の記憶がどうにもぼやける」

対馬守にすりかわったばかりである。殿中で他の人間から、玉三郎のあけすけな言動が奇異に思われる恐れがあった。

そこで笹島老人は、玉三郎に再三忠告していた。

——長患《ながわずら》いで、昔の記憶があやふやになっている。

そう、あらかじめ先手を打って、周囲に伝えておいたほうがよいと。

「なるほど、さようでございましたか。どうりで、例のこともお忘れになってお られたのですな。そういうことでしたら、先ほどはご不自由をかけ、大変ご無礼 をば、いたしました」

筑阿弥は道化た仕種《しぐさ》で、自分の額をぴしゃりと叩《たた》いた。

「無礼というのは、茶を淹《い》れてくれなかったことかい。別に不自由じゃないよ、 自分で湯を飲みにくりゃ済むことだ」

玉三郎は思ったままを口にした。

「これは、これは」

筑阿弥はひたすら低頭してみせる。

「考えてみれば、ご病気されていたことを忘れていたのは、手前の落ち度でござ います。平にご容赦くださいませ。それで、またこれまでのように、月初めには 白扇《はくせん》を賜《たまわ》りとうございます」

小ずるそうな笑みを浮かべて、筑阿弥は白扇なるものをねだった。じっと玉三郎の瞳の色をうかがってくる。

「『はくせん』てのは、白い扇子《せんす》のことかい？」

「さ、さ、さよう。無地の祝儀《しゅうぎ》扇子です。思い出していただけましたか」

世間の人間は、目上の人に挨拶《あいさつ》するときや慶事のお祝いを述べるときに、祝儀扇子を前に置いて頭を下げる……とはいうものの、玉三郎は、そんなしゃちほこばった席で挨拶などしたことがなかった。

「扇子をもらって扇《あお》ぎたいのか。あんた、暑がりなのかい。坊主は助平が多いとは聞くが、暑がりも多いのか」

「お、お戯《たわむ》れを」

筑阿弥は面食《めんく》らったように半身を泳がせた。

「他の表坊主たちも、受け持ちの諸侯から同様に頂戴しております。手前はこれまで通り、横並びで頂戴したいだけなのです。よぶんに寄越せとは申しておりません。どうか、どうか、これまで通りにお願い申しあげます」

桐野に平身低頭してせがまれ、玉三郎にもようやく、白扇の意味するところがわかってきた。

「白扇てのは、要するに紙花《かみばな》のようなものか。あとで金に変えられる祝儀か？」

紙花とは、遊里で客が遊女や芸者に渡す心づけのことである。座敷で現金代わりに小菊紙《こぎくがみ》を渡し、もらった者はあとで現金に換《か》えてもらえる。

「ささ、さようでございまず」

桐野は幾度も首を縦《たて》に振った。

「釈迦《しやか》に説法ではございますが、手前どもは、いただいた白扇をその藩出入りの献残屋《けんざんや》に持っていき、一両で買い取ってもらうのです」

献残屋はそれを藩の奥向きに持ち込み、いくばくかの手間代を乗せて引き取ってもらう仕組みらしい。

「……あいにくだったな」

玉三郎は次第に向かっ腹が立ってきた。

「筑阿弥だか竹輪《ちくわ》の蒲鉾《かまぼこ》だか知らねぇが、俺は紙花なら、岡場所の妓にしか配る気はないぜ」

「よくぞ申されましたな、対馬守殿」

啞然《あぜん》とした筑阿弥が立ち去ると、横から若い大名が話しかけてきた。頰《ほお》を紅潮させている。

「ええと……あんた、板倉《いたくら》さんだったかな。病気をして寝込んでいたものでね。同じ詰間のお仲間のことも、顔と名前が一致しないことがあるんだ」

玉三郎は照れたように、指でこめかみを押した。

「はい、備中松山藩《びっちゅうまつやまはん》の板倉勝静《かつきよ》です。いやぁ、胸がすく思いがしました。拙者《せっしゃ》はまだ部屋住みの身ですが、よろしくご昵懇《じっこん》にお願いしたい」

「ああ、こちらこそよろしく。あんた、じゃなくて貴殿はまだ部屋住みかい。それなのに出仕とは、ご苦労だの。退屈だろう」

板倉勝静は、名老中として名高い松平定信《さだのぶ》の孫であるという。養父・勝職《かつつね》が奢侈《しゃし》と淫乱の不行状を重ねていたので、幕閣の差し金により、由緒ある松平家から板倉家へ養子として送り込まれたらしい。

江戸城に出仕するのは、これが五度目とのこと。

勝静は憤慨《ふんがい》しながら、祝儀扇子にまつわる習《ならわ》しについて聞かせてくれた。

雁間詰の大名は、毎月、月初と月中に、祝儀扇子を渡す慣例となっている。

表坊主は月決めの手当てを取ったうえ、さらに追加の祝儀を臆面もなく要求してくるのだという。それも図々しく、殿中で藩主にじかに願ってくるとか。

「養父は千阿弥《せんあみ》と申す者を使っていましたが、私はやめました。もう殿中のしきたりにも慣れましたし、迷子になることもありません。湯茶などは、自分で汲《く》めばよいのです」

「同感だな。俺も金輪際《こんりんざい》、祝儀扇子などくれてやらない。ただな……」

自分は殿中での細かなことを、なにも知らない。玉三郎は、そのあたりが少し不安であった。

「これまで長く患《わずら》っていたもんで、俺、いや拙者は、殿中の作法のことをだいぶ忘れてしまったんです」

「お任せください。私がよろずご伝授申しあげますから。どうでしょう、これからは登城日をあらかじめ示し合わせ、同じ日に登城しませんか」

「そいつは妙案だな。ぜひにもそうしようじゃないか」

やっと退屈な詰間でも、友達ができた。

玉三郎は、なんだかやたらと嬉《うれ》しくなった。


先月から江戸に出てきていたお国御前《くにごぜん》の麻利姫は、本郷《ほんごう》の中屋敷に、今も居座ったままである。

中仙道《なかせんどう》からひと筋、小石川側に寄ったその中屋敷を、やはり国許から出府《しゅっぷ》したまま江戸を離れようとしない、巌十太夫が訪ねてきた。

「いかがしました、兄上。よき縁組の話でも、舞い込んでまいりましたか」

麻利姫の妖艶《ようえん》な眼差《まなざ》しが光った。

表向きには十太夫の妹ということになっているが、ふたりは顔がまるで似ていない。麻利姫は妖狐《ようこ》と仇名《あだな》される細面で、透《す》けるように色が白いが、十太夫は地黒ででっぷりと剛腹そうな面構《つらがま》えをしている。

実は、麻利姫は足尾《あしお》山中の呪術《じゆじゆつ》使いではないか……そんな噂《うわさ》もささやかれるなか、対馬守との間に娘をひとりもうけている。

強い後ろ盾《だて》となる大名から婿《むこ》を取り、この娘を利用して都賀藩の権力を手中にせんと、麻利姫と十太夫は画策しているのだった。

「お任せくださいませ。この十太夫、麻利姫さまのために、頼もしき筋との縁組み、すでに目算を立てて打診を図っております。脈は強くございますぞ」

「ふむ、お相手はこの坂下の方角じゃな」

麻利姫は庭先に、異人のように鼻梁《びりよう》の高い鼻先を向けた。

屋敷の横を通る本郷の壱岐坂《いきざか》をまっすぐ西に下《くだ》っていくと、小石川の水戸屋敷に突き当たる。

「ご明察にござる。天下の副将軍が、我らの後ろ盾となってくれましょう」

十太夫は、にたりと笑い、すぐに頰を引き締めた。

「さて、それはあとの楽しみとして……上屋敷の奥向きに放った手の者から、知らせがまいりましてな。殿が、殿らしくないお指図をされたとのこと」

江戸家老の笹島千左衛門が、藩主のご意向を受けたとの言いまわしで、上屋敷に抱え込んでいた側妾《そばめ》五人に、いきなりの暇《いとま》を出したのだという。

「なるほど、それは怪しいのう。あの女色《にょしき》に溺《おぼ》れた対馬守さまが、女子《おなご》なしで一夜たりとも済むわけがない」

麻利姫は細い眉を寄せて訝《いぶか》しんだ。

「なにかわけがあって江戸の女を遠ざけたとしても、わらわが江戸に出てきていることはご存じのはず。それでいて、上屋敷に呼ぼうとしないとは、いかなることか」

「さようでござる。殿はお人変わりなされたのですかな」

十太夫は腕を組んで、なにやら思案をめぐらせていた。

「いずれにせよ、なにかある。のう兄上、対馬守さまか、あるいは上屋敷の奥向きに、なにやら変調があると見た。調べたほうがよかろうぞ」

「ご安心めされよ。拙者、よい手を考えつきました」

腕を解いた十太夫は、お任せなされというように手のひらで胸を叩いた。

「手とは？　上屋敷に新たな諜者《かんじゃ》でも送り込むのか」

「それもようござるが、もっと対馬守さまの身近な者に手をまわし、調べさせましょう」

「それは誰じゃ？」

興をそそられたように、麻利姫は身を乗り出してきた。

「ふふ、江戸城《おしろ》の表坊主にござるよ」

「なんと、表坊主となー！」

「藩主などというものは、江戸城の中では赤子《あかご》同然。表坊主の介添えを受けなければ、弁当を使うときの湯茶一杯、飲むことができません。表坊主こそは、藩主をもっとも身近に知る者かもしれませんぞ」

二

「そうかい、坊主金《ぼうずがね》ってのは、そんなにえげつないのかい」

夜陰《やいん》に笹島と谷村源助が連れ立ち、上屋敷の玉三郎の居間を訪ねてきた。

その夜の用向きは、坊主金と呼ばれる高利貸しの件である。

近頃、都賀藩士のなかに、その坊主金から借り込んで首のまわらなくなった者が、数多《あまた》出てきているという。事態は、極めて深刻といってよかった。

「さよう『月踊《つきおど》り』などという悪質な手口を弄《ろう》して、利息を理不尽に貪《むさぼ》っておるとのことでござる」

笹島は白い眉をひそめた。

借金を期日通りに返せない者は証文を書き換《か》えて、借り換える形をとる。そして、利息に日割り計算などはない。あくまでも月ぎめで取られる。

つまり、その借り変えた月については、旧の証文分についても新の証文分についても、金利が取られることとなる。

借りた側からすれば、金利をひと月分、よけいに取られることになるが、この阿漕《あこぎ》なやり口を『月踊り』と言うらしい。

公儀から認められた高利貸しに、寺金、後家金《ごけがね》、浪人金、座頭金《ざとうがね》の四種がある。寺は別にしても、ほかは社会的な弱者ということで、高利で金を貸すことが公《おおやけ》に認められているのだ。

このうち、座頭金の取り立てのえげつなさは、つとに知られているが、最近では寺金が庶民金融として江戸の町で広がりを見せていた。

都賀藩の江戸詰藩士のなかにも被害者が続出し、それを憂《うれ》いた笹島千左衛門が、谷村源助に相談を持ちかけ、そして今夜の訪問となったわけである。

「ところで谷村さん、そもそも坊主金と寺金ってのは、同じものですかい？」

玉三郎は源助に目を向けた。

「寺金といえば、大名貸しをしている上野寛永寺《かんえいじ》が代表格だが、近頃では町民や浪人、下級藩士などを相手に、小口の金を融通する坊主金というのが現れてな」

源助は渋茶を、いかにも渋そうに飲んだ。

寺として貸すのではなく、坊主が個人で小額を貸すから、坊主金ということらしい。

「これも寺金の一種ということで、奉行所でも黙許《もつきよ》しているんだ。そのせいか、金貸し坊主が雨後《うご》の筍《たけのこ》のように増えておるのだよ」

「それでな、どうにも面妖《めんよう》なことなのじゃが、当家の藩士のなかでも、坊主金に手を出す者が増えておる。と申すのも……」

笹島は皺《しわ》ばんだ両眼《りようまなこ》をしばたたかせた。

江戸の世盛りであった文化文政が終わり、年号が天保となって十四年目となる。各地で天候不順が続き、地震や洪水などの天変地変が頻発していた。

「諸藩の台所は逼迫《ひっぱく》し、藩士の知行《ちぎょう》借り上げに踏み切る大名が続出しており申す。我が都賀藩も例外ではなく、知行の四分の一が借り上げとなっております」

借り上げとは、藩が家臣の俸給の未払い分を借りておくというのが本来の意味だが、言葉の綾《あや》にすぎない。

要は、返すあてなどない、単なる減俸である。

藩士が坊主金に手を染めるのも、そうした背景があってのことであった。

「でもさ、爺《じい》さん。どうしてまた都賀藩士が、たくさん借りてるってわかったんだい？」

玉三郎はしごく素朴な問いを口にした。

「知行借り上げに踏み切ってから、藩に対する拝借金《はいしゃくきん》願いが増えてまいりました。だが、苦しい藩とて、そのすべてに応じるわけにもいかず、対処に苦慮《くりょ》しておったのです。そんななか、最近になって、藩邸のまわりを目つきのよくない取り立て人と思《おぼ》しき者らが、うろつくようになったのでござる」

笹島は苦しげな息を吐いた。

「藩内の目付《めつけ》を総動員し、金銭に余裕のなさそうな者、身持ちの悪そうな者らを中心に詮議《せんぎ》をしました。するとほとんどの者が、坊主金から借りておったのです」

「他の高利貸しではなく、坊主金から借りている奴らばかりだったのか？」

笹島は重苦しい顔をして、大きく首を縦に振った。

事態の深刻さがわかってきた。玉三郎も、一応は藩主である。珍しく生真面目《きまじめ》な顔をして問《と》い質《ただ》した。

「なんという名の金貸し坊主から借りてるんだ。金貸し坊主はひとり……それとも大勢いるのかい？」

「いや、それが詮議はしたのですが……皆体面を気にしてか、くわしいことはしゃべりたがらんのでござる。もとは藩からの俸給が減ったことが原因、藩庁としても、そうは強気に責め立てられません」

「……なんだか、とんでもない貧乏藩の藩主役を仰せつかったらしいな。おっと、それでわかった。この間はなんのかんのと御託《ごたく》を並べていたが、要するに藩の経費削減のために、側妾たちをまとめて御払《おはら》い箱《ばこ》にしやがったんだな」

玉三郎は泣き笑いの顔になりながら続けた。

「まぁいい。そんなことより、どうして都賀藩士が、もっぱら坊主金に頼るのか……そのあたりの見当はついているのかい、爺さん？」

　極めてありきたりの問いを、玉三郎は発した。

「いや面目ござらん。それが、皆目《かいもく》、見当がつき申さん。それで弱り果て、谷村殿に相談に出向いたのでござる。そうしたら――」

　笹島の目線が、玉三郎と源助に等分に注《そそ》がれた。

「そうか、俺かい。谷村さんは探索役として、俺を推挙してくれたわけですね」

「玉さんも窮屈《きゅうくつ》な屋敷を出て、外の空気を吸いたくなる頃合だと思ってね。定町廻りの等々力啓介と、明神のお千瀬にも一件のあらましは伝えてあるから」

　源助は人懐《ひとなつ》こい笑顔を浮かべた。

「しっかし、爺さんも人にものを頼むなら、もう少し藩のなかで詮議を重ねておくもんだろうぜ。なんという名の藩士が、なんという坊主から、いくら借りたとかさ」

　玉三郎は機嫌のよい顔をしながらも、笹島にからかいまじりの苦情を浴びせた。

「重ね重ね、面目ない。ここは玉三郎君のお力に、すがるしかござらん」

「よし、都賀藩がらみの探索となりゃ断るわけにもいくまい。考えてみりゃ、俺が藩主ってことだからな」

「さようさよう。藩主公みずからのご出馬を願いあげる次第にござる」

笹島は扇子を開いて、玉三郎に風を送ってきた。

「おだてるない。あんたが結構、調子のいい爺さんだとは、わかっていたがよ。よし、次の登城日までに丸三日空いている。その間に、見事落着させてみせるぜ。任しといてくんな」

玉三郎はいとも頼もしげに、請け負った。笹島と源助が顔を見合わせ、安堵《あんど》の溜息をもらした。


そのとき、次の間で物音がした。

笹島が襖《ふすま》を開けると、侍女のお津留《つる》が控えている。

「そなたか。あわてさせるな。盗み聞きされたかと思ったぞ」

笹島の右手が脇差しに伸びかかっていた。

「ああ、この娘ならお津留といって、奥から俺の蒲団《ふとん》を敷きにきてくれるんだ。爺さん、耄碌《もうろく》して忘れたのかい。怖がらせちゃ駄目じゃねぇか」

お津留は二十歳になったかならずの、寂しげな面立《おもだ》ちをした佳人《かじん》であった。

藩主でありながら奥の出入りを差しとめられている玉三郎のために、笹島が奥女中のなかでいちばん身持ちの固そうなこの娘を選び、身のまわりの世話を命じていた。

「もちろん、覚えております。まだ耄碌はしておりませんぞ」

笹島はお津留に、声をやわらげて命じた。

「殿との用談はまもなく終わる。蒲団敷きはそれからにいたせ……むむ？」

お津留が、蓋《ふた》の開いた書状箱に、数本の扇子を入れて携《たずさ》えてきていた。

「その扇子は祝儀扇子か？」

「はい。お殿さまはご登城のとき、必ず無地の祝儀扇子をよぶんにお持ちになると聞きました。それで月に何本もご用命があると聞いていたのですが……最近、お申しつけがありません。それで今宵はご用意してみたのですが」

お津留は慎《つつ》ましい性格だが、入念でよく気がまわる。玉三郎はそう感じていた。

「なに、祝儀扇子を月に何本もか！」

雁間での表坊主の荒稼ぎを知らないらしい笹島が、不審そうに書状箱の中へ目を落としていた。

「俺は宗旨替《しゅうしが》えをしたんだ。これからはずっと、扇子はいつも持ち歩いてる一本だけでいい」

昼間の光景を思い出しながら、玉三郎は言った。

「さようでございますか」

お津留はすぐに、書状箱を背中の後ろに隠して平伏した。玉三郎の目には、なぜかお津留が落胆しているように見えた。

「だがまぁ、せっかくだから一本もらっておくか」

玉三郎なりに気づかうように腕を伸ばし、お津留の後ろから祝儀扇子を一本拾い上げた。

「殿とそなたは妙に波長が合っているようだの。さて、もしや殿とそちは――」

笹島は勘繰《かんぐ》った目つきで、お津留を見据《みす》えた。

「わしがそなたを推したのは、嫁入りが決まっていると聞いたからじゃぞ。まもなく暇を取る身だと」

咎《とが》めるような言葉を投げられて、お津留は震えながら平伏した。

「おい、爺さん、考えすぎだぜ。そういうのを下種《げす》の勘繰りっていうんだ。俺はなんともねぇが、この娘が可哀想じゃないか」

玉三郎に逆に責められると、笹島はあっさりと低頭した。

「これはとんだご無礼な勘繰りを。拙者《せっしゃ》、どうしても殿には、品行方正ですべての家臣領民に慕《した》われる君主にお成りいただきたい、と願っておりますのでな。と申しますのも……」

　笹島は目配せしてお津留を下がらせると、いわくありげに含み笑いをした。

「佐奈姫さまがな。こう仰せられるのじゃ。『過日、水戸屋敷で危難を救ってく

れた若侍の名が知りたい』となし

「ほっ！」

　玉三郎の頬が、にんまりゆるんだ。

「こうも仰せられる。『自分を背負って逃げてくれたときに、礼を申すべきとこ

ろを、今思えば、筋違いの怒りを覚えてしまった。それで心ないことを口から発

し、その者の背を下りた。爺、わらわはあの者にひと言、詫《わ》びを申したい。どこ

のなんという若侍か、行方を探ってくれませぬか』とな」

　玉三郎の鼓動が、どきんどきんと脈打った。

「いるぜ。俺はここにいる。『その若侍なら、上屋敷で、佐奈姫さまの帰りを待

ちわびておられます。一刻も早く、晴れて夫婦のご対面をなされませ』と、こう

言上してくれたんだよな、爺さん」

　玉三郎は、笹島の両肩に手を置いて揺さぶった。

「いえいえ『あの若侍なら、奉行所が雇った臨時雇いの者。残念ながら市井《しせい》でぶらぶらしておる遊び人で、行方を手繰《たぐ》るのは困難にござる』と、こう申しあげておいた」

笹島のつれない言葉に、玉三郎は見るも哀れに、意気消沈してしまった。

「ひどい。いくらなんでもひどすぎる。佐奈姫さんだって、俺に会いたがっているってのによ。爺さん、あんたいったい全体、どういう料簡で、人の恋路の邪魔をしやがるんだ」

今度は笹島が、玉三郎の肩に両手を置いて撫《な》でまわしてきた。

「考えてみてくだされ。あれほど対馬守さまを嫌い抜き、別居を貫いておられた佐奈姫さまが、急に上屋敷に戻られ、玉三郎君と懇《ねんご》ろになったところを見せられたら、家中や世間はどう受け止めますか」

「それは奇異な目で見るだろうな。玉さんと亡き対馬守さまじゃあ、顔は瓜《うり》ふたつでも、中身は糞《くそ》と味噌《みそ》ほど違う。都賀藩の殿さまはお人変わりをなされたと、世間の注目を浴びること間違いない」

黙って聞いていた源助が、笹島に呼応するようなことを口にした。

「ちぇ、一応は俺のほうが味噌ってことで、言ってくれてんだよね」

玉三郎はむすっともらした。

「さすがは八丁堀の切れ者与力、よくお見通しじゃ。今の今、玉三郎君に世間の目が注がれるのはまずい。すりかわったことが幕閣の耳に入れば、それなりのお咎《とが》めがあろう。それに、巌家老めが麻利姫さまとともに江戸中屋敷に居座り、上屋敷を注視しておる。油断は禁物じゃ」

笹島は皺眼《しわまなこ》を張りつめさせていた。

「それはそうかもしれないが……約束が違うじゃないか。次の殿さまには、ぜひとも俺と佐奈姫さんの子をと、爺さん、この間も言っていただろう」

あきらめきれないのか、玉三郎は恨みがましい目で笹島を見据えた。

「いま少しお待ちくだされ、玉三郎君。あなたさまが殿さま暮らしにもう少し慣れ、藩内も落ち着きましたら、必ずやご対面がかなうよう、この爺が段取りいたしまする」

「ご対面といっても、夜のご対面も入れておいてくれないと困るぜ」

「委細《いさい》、承知しております。承知しておりますが……」

笹島は力を落としたように項垂《うなだ》れた。

「正直、迷っておりましてな。姫さまには、対馬守さまと凜々《りり》しい若侍がすりかわったなどと、申しあげてよいものか……不仲とは申せ、ご夫君が亡くなられたわけでござるからな」

「しかし、佐奈姫さまは、玉さんのことを憎からず思っているご様子ではありませんか」

源助が、今度は玉三郎側に立って、口をはさんできてくれた。

「いやはや、それだからこそ迷っております。姫さまはとにかく清らかでまっすぐなご性格。『対馬守殿が亡くなられたからといって、むやみやたらとすぐさま後釜の婿殿を迎えるのは、人の道にそむくというもの。せめて三回忌なりを済ましたうえで……』などとおっしゃりかねぬ」

佐奈姫が童《わらわ》の時分から側に仕えている笹島は、その気性を熟知していた。

「じょ、冗談じゃねぇ。三年も待てるかい」

目尻を吊り上げた玉三郎のことは無視して、笹島は続けた。

「会えば、玉三郎君のことを憎からず思われるのは必定。それだけにお苦しみになるのであるまいか。ならばむしろ、もう少しだけ時間をかけ、対馬守さまが別人のようにお人変わりされたと説くほうが、得策のようにも思えるのでござる」

しんみりと思案を語る笹島に、玉三郎は言い返せない。

結局、玉三郎と佐奈姫の体面は、その時宜《じぎ》の判断を笹島にゆだねることになった。

お津留がもう一度呼ばれ、玉三郎のために蒲団を敷きはじめた。

「あんたは縁談が決まっているって話だったな」

お津留の慶事を先ほど初めて聞いた玉三郎は、すっぱりとした口調で告げた。

「よし、俺は明日から蒲団は自分で敷く。だから、わざわざ奥から渡ってこなくってもいいぜ。嫁入り前に変な噂を立てられても困るだろう。屋敷にはこの爺さんみたいに、口喧《くちやかま》しいのが多いからさ」

お津留は平伏して、玉三郎の言葉を聞いていた。慶事が近いと聞くわりに、お津留の姿はどこか儚《はかな》げに映っていた。

三

上野寛永寺門前は、北側は山下、南側は広小路と呼ばれている。江戸指折りの盛り場で、夜半までそぞろあるく人々でにぎわっていた。

この盛り場は、飲食店の数の多さでは江戸一との評判があった。

なかでも上野寛永寺・黒門前の雁鍋《がんなべ》は、最高の立地に店構えしている。寛永寺のまさに門前だし、山下と広小路をつなぐ繫《つな》ぎ目であった。

雁鍋は、三層の楼閣《ろうかく》風の建物が有名である。その最上階の座敷から中庭を見下ろしているのは、都賀藩国家老の巌十太夫。

相客は、江戸城表坊主の桐野筑阿弥であった。

「巌さま、わざわざのお店選び、この筑阿弥、恐悦至極《きょうえつしごく》に存じます」

筑阿弥の住む組屋敷は下谷同朋町《したやどうぼうちょう》にあり、広小路の盛り場のすぐ東側だ。まさに雁鍋とは、目と鼻の先である。

「音に聞こえた雁鍋の鴨肉を食うてみたかったのよ。しかし、たいした人気だな」

さすがは江戸随一《ずいいち》の人気店とされるだけあって、三層楼の各階に並ぶ座敷と庭に面した桟敷《さじき》は、満員御礼であった。

「この店の主《あるじ》にとってみれば、客こそが葱《ねぎ》を背負った鴨《かも》であろうな」

三層楼の上の屋根には、雁《かり》の透かし彫りを載せ、その背に実物の葱をうず高く積ませている。雁と鴨は同じ鳥で、小さいほうが鴨である。

「もっとも、そなたにとっては、この者どもこそが葱を背負った鴨であろう」

十太夫は小さな手控帖《てびかえちょう》を取り出すと、筑阿弥のほうへ押しやった。

「給金の前渡しや融通を願ってきた藩士と、奉公人の追加分だ。皆、俸禄《ほうろく》や給金を四分の一も減らされて、困窮しておるぞ」

手控帖に目を落とした筑阿弥は、にかっと目元をゆるませ、げへへと下品に笑った。

「下級の藩士が三人、足軽が四人、それに中間小者《ちゅうげんこもの》の類《たぐい》が六人で、都合十三人でございますね。さっそくにも手の者を差し向けて、お要り用なだけご融通させていただきます」

筑阿弥は酒器を取り、十太夫の杯に注《つ》いだ。頰をゆるめていた十太夫であるが、杯を口元まで上げたところで、表情を引き締めてきた。

「よいか、筑阿弥。それらは軽輩の取るに足りぬ者どもではあるが、都賀藩に籍のある者らじゃ。それをそのほうの坊主金の餌食《えじき》に差し出すからには、生半可《なまはんか》な見返りでは済まぬぞ」

酒は摂津伊丹《せっついたみ》産の最高級、諸白《もろはく》である。十太夫は喉《のど》を鳴らして飲むと、ふたたび頰をゆるめ、目だけは笑わずに筑阿弥を凝視《ぎょうし》した。

「それにな、そなたの阿漕《あこぎ》で苛酷《かこく》な貸し込みと取り立てのやり口で、藩士の身分をまるで株のように売りさばく不届き者まで現れる始末。当家では、坊主金を問題視する向きも出てきておる」

筑阿弥は大げさに首を竦《すく》めた。

「たしかに、月踊りと、証文の書き換えのときの手数料はいただいておりますが……これらは札差でも座頭金でも、金貸しなら誰でもがやっていること」

「だとしても、当家の正義派を気取る笹島の爺などが、騒ぎ立ててくるかもしれぬ。あの者は、町奉行所にも気脈を通じておるからな」

（この田舎家老め、人を脅《おど》かしおって）

町奉行所と聞いて筑阿弥は目を剝《む》いたが、すぐに丸い頭を撫でて、にたりと笑った。

「委細承知いたしております。利息の一割は、両替屋の三谷《さんや》にある巌さまの預け金口座に、為替《かわせ》で振り込みますので」

三谷三九郎《みたにさんくろう》は日本橋両替町にある、江戸いちばんの両替屋であった。武士でも僧侶でも町人でも、江戸で金を貯めこんでいる者は、たいていこの三谷に預け金口座を持っている。

「それはいつものこと。このたびは、もうひとつ頼みたいことがある。ずばり、我が殿のことじゃ」

「対馬守さまの？」

嫌な予感が、筑阿弥の背筋に走った。

「それがな、我が殿のご様子に、いささか疑念があるのよ」

手当てを渡しているとはいえ、藩に籍のない筑阿弥に、十太夫は身内にもなかなか聞かせられぬことを、平気《へいき》の平左《へいざ》で打ち明けた。

昼間から側妾と戯《たわむ》れていたほどの荒淫《こういん》な藩主が、五人の側妾に一度に暇を取らせたこと。

身体の不快を理由に休みがちだった登城を、怠《おこた》らずに勤めるようになったこと。

そして、死んだ魚のようだと陰口を叩かれていた眼差しが、若く活《い》き活きとした力にあふれて見えること……。

「なるほど、なるほど。それはまことに奇怪至極でございますな」

筑阿弥には思いあたることが多々あった。

昼間に、対馬守自身の口から、長患いのせいで以前の記憶がぼやけてしまっていると聞いた。

しかし、それだけではない。筑阿弥の目には、対馬守がすっかり人変わりをしたように見えていた。

(今、殿中で見る対馬守は、物言いこそ嫌味たらしいものの、いかにも女にもてそうな二重瞼《ふたえまぶた》の若殿であった。お目々ぱっちりじゃったな)

殿中で小競《こぜ》りあった対馬守の顔を、筑阿弥は瞼に浮かべていた。

(わしの知っておる対馬守は、よく見なければ二重とはわからぬ奥二重であったはず。顔は瓜ふたつだが……なるほど、これはちとおかしいのう。それにあのふぬけの馬鹿殿が、表坊主に白扇をやらぬなどという気概を示すとは信じられん)

「これ筑阿弥、聞いておるのか」

十太夫が苛立《いらだ》って訊《き》いた。

「よいか、殿中《でんちゅう》の雁間で我が殿に不審な言動があれば、すぐわしに伝えよ。どんな些細《ささい》なことでもだぞ」

十太夫は扇子を突き出し、その先を筑阿弥の鼻先に向けて、ぐりぐりと捻《ね》じ込むような仕種をした。

「ははは、かしこまってございます。気づいたことは、ただちに巌さまの耳にお届けいたします」

(実はこの筑阿弥めも、このところの対馬守さまについて——)

喉元《のどもと》まで出かかった言葉を、筑阿弥は飲み込んだ。

都賀藩には、なにかが起きているに違いない。

(これは、けちな金貸しをするよりも、もっとごそっと稼げそうな種にぶつかるかもしれないぞ)

いずれにせよ、もう少し様子を見たほうがよさそうだった。

筑阿弥は満面に愛想笑いを浮かべながら、また酒器を取り、十太夫に諸白を勧めた。

四

胸弾むはずの宿下がりをするというのに、お津留は気が重かった。

実家は、この都賀藩上屋敷から近い浅草の阿部川町《あべかわちょう》にある。都賀藩出入りの中規模の紺屋《こんや》で、屋号を染仁《そめじん》といった。

嫁入り前の行儀見習いということで、お津留は半年前に住み込みの奥女中として上屋敷に奉公に出た。

間もなく、その奉公も終わる。

いろいろなことがあった。裏の潜り戸を出たお津留は、屋敷に来るまでに起きたことを、思い起こしていた。

お津留の家は代々の藍染《あいぞ》め屋、すなわち紺屋であった。父親の織右衛門《おりえもん》は職人気質で、職人たちからも出入りの藍問屋の人間からも慕われていた。

商売のほうも、ずっと順調できていた。

江戸では、御用達《ごようたし》商人への支払いは節季《せっき》払いといって、盆暮れの年二回が原則である。

それを二十年前、江戸留守居役だった笹島千左衛門が、商人も金繰りが苦しかろうと、年五回の支払いにあらためてくれた。

盆暮れのほかに、三月三日の桃の節句《せっく》、五月五日の菖蒲《しょうぶ》の節句、九月九日の菊の節句にも中間払いがされることになったのである。出入りの商人たちは、涙を流さんばかりに喜んだという。

ところが時代が天保にあらたまって、五、六年が経つと、世の中全体の金繰りが悪くなった。都賀藩でも、新しい養子藩主である対馬守の贅沢《ぜいたく》な暮らしぶりが要因となり、台所が急に窮迫しはじめた。

そこで新しい留守居役は、出入りの商人への支払いを、極端なことに年末の一度きりにあらためたのだ。

しかも、一律に二割の出精値引《しゆっせい》きという申し渡しである。

出精値引きとは、呼んで字のごとく、精を出して諸経費を削減した結果の値引き、という意味であった。

年に一度の支払いが、商人たちに与える影響は甚大《じんだい》であった。

職人にはよい仕事をしてもらい、藍問屋にはよい原料を入れてもらう。それがよい染物の仕事につながる。

織右衛門はそういう考えで、職人には充分な給金を払ってきたし、世間相場より少々高い藍問屋の見積もりさえ、気にも留めなかった。

必然的に、染仁は、たちまち金繰りに窮した。

去年の梅雨のころ、都賀藩内で世話をする人があって、道筑《どうちく》という御徒町《おかちまち》あたりに住む坊主金貸しから、融通の申し出があった。

利息は年に二割。質屋などから借りれば、一割二分から五分ほどだから、高利には違いない。

とはいえ、質種《しちぐさ》は預けなくて済むし、まとまった金額にも応じてくれるという。

織右衛門は道筑の手先だと名乗る男と、とりあえず三十両の借り入れということで話を決めた。

手先は鎌蔵《かまぞう》といい、名の通り鎌の形に吊りあがった鎌髭《かまひげ》を生やしていた。素行の悪い中間などが好んで生やす髭で、奴髭《やっこひげ》とも呼ばれる。

そのうえ目つきも悪い男だったが、口先は意外にも丁寧《ていねい》だった。

だが、ひと息つけたのは、ほんの束の間。

三月もするとまた切迫《せっぱく》し、十両、二十両と、追い貸しを願わざるを得なくなった。

そのつど、鎌蔵が現れて、証文の書き換えをしていく。

「借金はどれだけ膨らんでいくのでしょう……」

暑い盛りのころ、母親が寝間で不安がる声が聞こえた。年末まで持ちこたえればなんとかなる。父親は弱々しい声でそう返していた。

そこに、お津留の縁談話が持ち込まれた。

仲人《なこうど》してきたのは、都賀藩の出入り商人の行事役を勤める呉服屋の日野屋《ひのや》。

相手は歴《れき》とした幕府の御家人で、二十俵二人扶持と小身ながら、小金をたくわえた豊かな家だという。だから持参金はびた一文望まず、身ひとつで嫁いできてほしい。とにかく、一日も早く来てほしい、と。

持参金なしというのは、正直、今の染仁にとってはありがたい話であった。相手の年は四十過ぎだというが、贅沢は言えない。

とはいえ、正式な返事は、せめて相手の顔をひと目でも見て、人となりを確かめたうえでのことにしたかった。屋敷も御徒町の近くだというが、どんな屋敷か、垣間《かいま》見てみたいのが人情である。

ところが仲人の呉服屋は、そのあたりもひっくるめて、すべて自分に任せてくれと胸を張った。

「先方はとにかく急いでいるんです。実は、以前にお津留さんを町で見初《みそ》めていたそうでしてね。それで、どうしても嫁に欲しいとおっしゃる。すでに結納金も五十両ほど、お預かりしてるんですよ」

呉服屋は傍《かたわ》らに置いた、紫縮緬《むらさきちりめん》の小さな風呂敷包みに目をやった。

お津留の二親《ふたおや》は息を飲みながら、それに見入った。

年の差はあるものの、見初められてぜひにと望まれ、しかも結納金も用意されている……そんなに悪い縁談ではないと、二親は思いはじめたようだった。

染仁は夏場に差しかかって、いよいよ逼迫《ひっぱく》していた。

またもや、金貸しに追い貸しを願うしかない。

だが、織右衛門みずから鎌蔵の住む長屋に足を運んだが、留守であった。いつもはすぐに駆けつけてくる鎌蔵が、今回はどこをほっつき歩いているのか、幾度訪ねても留守だし、会いたいと置手紙しても姿を現さない。

そんな事情を知ってか知らずか、呉服屋の話は、織右衛門の急所を見事に突いてくる。

「先さまには、もうひとつ縁談が持ち込まれていましてね。これが神田の大きな質屋の娘で、両親がどうしても娘を幕臣に嫁がせて見栄を張りたいという」

聞きながら、二親の顔に焦《あせ》りの色が浮かんだ。

「娘さんの器量はといえば十人並みで、正直、お津留さんとは比べるべくもない。ただ、あなた、そこは金貸しの質屋だ。『結納金はいらない。逆に持参金を百両用意した』と、こう豪語しているらしい」

「ひゃ、百両！」

二親は顔を見合わせて、頬をひきつらせていた。

「どうします、染仁さん。あなた方のご勝手になさるしかないが、味噌だ醤油《しょうゆ》だと、能書きを並べている場合じゃないと、あたしは思いますよ」

「ひ、日野屋さん」

織右衛門は意を決したように、両手を膝《ひざ》の上に置いてあらたまった。

「日野屋さんのお力で、御家人さまとお津留との縁組。急いで進めてはいただけませんでしょうか」

織右衛門夫婦は、日野屋に向かって両手をついた。

それならばめでたいことだと、日野屋は風呂敷を解いた。

こちらの膝に押しやられた五十両を押しいただき、織右衛門はあらためて、両手をついた。

そんなわけで、縁談はひと月後ということで取り決められた。


ところが、今回の話が、嫁ぐという言い方にそぐわないものであることが、追い追いわかってきた。

御家人はたしかに、桐野という名の歴とした御家人である。ただし武士とは言いがたく、頭を丸めた、御殿勤めの坊主なのだという。

織右衛門が人を頼んで調べてみると、その御家人坊主には妻も子もいて、おまけに妾《めかけ》まで幾人も抱え込んでいるらしい。

縁談とは名ばかりで、実態は妾奉公であった。

思いあまった二親は、お津留とも相談のうえ、日野屋を通じて破談にしてもらおうとした。手付かずの結納金には、菓子折りと丁寧な詫び状を添えた。

「そういうことなら、あたしはもう面倒は見切れない。染仁さんがじかに先さまに会ってお詫びを入れるがいいわさ。あたしのほうは、この話から金輪際《こんりんざい》、手を引かせてもらいますよ」

もともと短気で知られた仲人の日野屋は、すぐに尻をまくってしまった。

相手の屋敷の場所は知っていたが、訪ねていく踏ん切りがつかない。

「おいこら、染仁。おめぇいったい全体、どういう料簡でいやがるんだ」

そんなところに、例の鎌蔵が、久しぶりに姿を見せた。

薄気味の悪い酷薄《こくはく》そうな目つきで、藍染めの仕事場まで乗り込んでくる。

「図々しく追い貸しを引き出したうえに、結納金までせしめておいて、それで娘は出せませんで済むと思っていやがるのか」

怒鳴り声を張り上げるわけではなかった。むしろ、押し殺した低い声で凄《すご》んできて、それがいっそう不気味で怖ろしい。

「埒《らち》もねぇ紺屋だ。ならば、追い貸しはやめだ。証文の書き換えは、もう終わりだぜ」

　鎌蔵は証文を織右衛門の鼻先で、ぱんぱんと叩いた。

「結納の五十両に、これまで貸した金と未払いの利息が百二十二両と飛んで二朱と三十八文。あわせて百七十両ばかりだ。さぁ、耳を揃《そろ》えて返してもらおうか。期日は、明後日まで。ただの一日だって待てねぇからな」

　二親も、柱の陰から覗《のぞ》きこんでいたお津留も、耳を疑った。

　坊主金と縁談が、どういう成り行きか、ひとつになってしまっている。

　それに、八十両ほどと考えていた借金の額が、いつのまにか百両を越えてしまっていた。

「そ、そんな、没義道《もぎどう》な。桐野さまとの縁談と、道筑さんというお坊さまからの借金とは、まったく別の話じゃありませんか。そ、そもそも、あなたは――」

　織右衛門は、そこで絶句した。

　――桐野という名の僧形《そうぎょう》の御家人と、坊主金貸しの道筑とは、同じ人物ではあるまいか。

　織右衛門は恐る恐る、そのあたりのことを問うた。

「当たり前だろう。道筑ってのは、桐野さまが風雅《ふうが》を楽しむときの雅号ってやつだ。仲人の日野屋が、そのあたりもきちんと説明したと言ってたんだがな」

鎌蔵は惚《とぼ》けた顔で言った。

織右衛門はたちまち蒼《あお》くなり、声が震えてしまう。

「……当方としましては、お津留は御家人さまの嫁にしていただくものとばかり、思い込んでおりました。ですが、御家人さまには、もう奥さまやお子さまがおられるとか」

鎌蔵は指で耳の穴を掻《か》きながら、せせら笑った。

「そのあたりのことも、日野屋には断りを入れておいたぜ。そうしたら、こうだ。『あの家は、とにかく金欠が差し迫っている。妾奉公だろうが女中奉公だろうが、まとまった銭の面《つら》を拝ませれば、よろこんで娘を差し出すでしょう』とな」

折り崩れそうになるところを、夫婦は互いに支え合った。

「お、お借りしている金額だって……」

かろうじて気絶しないで持ちこたえている織右衛門が、絞り出すような声を出した。

「元金は七十両足らずであったはず。そ、それが、年二割の金利とはいえ、百二十二両に膨れるなんて、どう考えたって算盤《そろばん》が合わないでしょう」

鎌蔵は、いきなり織右衛門の胸倉をつかんだ。

母親が悲鳴をあげかけたが、鎌蔵はにっこりと笑って織右衛門の襟《えり》を直し、埃《ほこり》を払う真似をした。

「お忘れになられちゃ困りますぜ、染仁の旦那《だんな》さん。月踊りの仕組みや、証文の書き換えの手数料についても、このあっしから幾度もご進講《しんこう》申し上げたはずだ」

そういえばそんな話を、なにかのついでにしていたような気もする。

しかし、ただでさえ職人肌で算盤勘定が苦手、しかも金繰りに切迫していた織右衛門の耳に、すべての意味が聞き取れるはずもなかった。


二親はそれから二日の間、文字通り寝食を忘れて親戚筋《しんせきすじ》をまわり、頭を下げ続けて借りれるだけ借りた。

暮れに一年分の売り上げ金が入ることはわかっていたので、余裕のある親戚は幾ばくかずつの融通に応じてくれた。

織右衛門がささやかな道楽として集めていた根付けや、母親の着物、それに目ぼしい家財はすべて売り払われた。

そのうえ、取り立ての恐ろしさから敬遠していた座頭金にも手を出し、結納金を返して理不尽に膨らんでいた坊主金を払った。
お津留の家は、染仁の店ひとつ残った以外、すべてを失った。
それでも商売を続けていれば、きっと日の目を見る。織右衛門はそうみずから
に言い聞かし、職人たちを励ました。
その次の日から、また鎌蔵が通ってくるようになった。
――一度、借金を清算してもらって、染仁さんは信用ができるとわかった。つ
いては、座頭金なんぞに手を染めていると碌《ろく》なことはない。あとでどんな阿漕《あこぎ》を
言い立てられるかわからないから。道筑さんの坊主金に借り替えたほうがいい。
鎌蔵はそんなことを言い立てた。
道筑の金だけは、借りたくない。そんな羽目《はめ》におちいるなら、一家で首を括《くく》っ
たほうがましだ。二親は口を揃えて、鎌蔵を追い払った。
ところが、鎌蔵はしつこい。
断っても断ってもやってきて、借り換えを勧める。
そんなある日、都賀藩の御用達《ごようたし》商人の寄合から戻ってきた織右衛門は、妙に昂《たか》
ぶった顔をして、妻とお津留を呼んだ。
「おまえが気が向かないというなら、決して無理には勧めないが」

そうまず断って織右衛門が切り出してきたのは、藩の上屋敷に奥奉公をしてみないかということだった。

「奥奉公なら仕事は楽だ。嫁入り前の箔《はく》もつくってもんだしな」

奥女中に空《あ》きがひとり分出たのだという。

お津留さんの器量なら採用は間違いないと、日野屋に替わって行事役になった八幡屋《やわたや》という筆墨屋《ひつぼくや》の主人が、太鼓判を押してくれたらしかった。

「でも対馬守さまという殿さまは、たいそうな色好みだと聞いていますが……」

母親が眉に懸念を浮かべて言った。

「たしかにそう言う人もいるが、奥女中は大勢いる。うちのお津留ばかりがお目に留まるわけではあるまい。それになんといっても、お津留が御殿勤めをすることになれば、もうあの鎌蔵や、その後ろにいる道筑も寄ってはこまい」

どうもそれが、お津留を奥奉公に上げる織右衛門の眼目のようだった。

あの鎌蔵を通じて、道筑などという没義道《もぎどう》な坊主金貸しの妾にされるくらいなら、お殿さまの手がついたほうがずっとましだ……織右衛門は、そこまで考えていたに違いない。

「わたし、行きます。奥奉公に上がります」

お津留の口調はきっぱりとしていた。

坊主金は返したが、考えようによってはもっと恐ろしい座頭金をつまんでしまった。暮れまで持ちこたえるために、口はひとつでも減らしたほうがよい。

行儀見習いを兼ねた奥女中奉公は、給金はごくわずかだが、三食がついている。

「でも、おまえ……着る物のこともある。どうしたもんかねえ」

娘に持たせる衣裳のことに思いが至って、母親のほうが迷い出した。

同僚には富裕な御用達《ごようたし》商人の娘が多いに違いない。皆、きらびやかに着飾って勤めているだろう。

「おっかさん、そんなこと心配しなくて大丈夫だよ。あたしは古着でいい。まわりから笑われたって、恥ずかしくなんかないもん」

そう気丈に答えて、秋から奥奉公に上がったお津留だが、一家が本当の悲運に見舞われたのは、年が明けて江戸に筑波颪《つくばおろし》が吹き荒れる季節となってからだった。

五

「おっと危ねぇ」

桔梗色の羽二重の着流しに深編《ふかあ》み笠《がさ》の玉三郎は、通用門脇の潜り戸を出た途端、ぼんやりと佇《たたず》んでいた娘とぶつかった。娘の風呂敷から、使い古した蠟燭《ろうそく》が、ばらばらと落ちた。

「と、とんだ粗相《そそう》をいたしました。なんとお詫びをしたらよいか」

娘はひどく狼狽《ろうばい》して、幾度も詫びながら落とした蠟燭を拾い出した。

「お、おまえ、お津留じゃないか。どうしたい、ぼんやりして」

「お殿さま！」

深編み笠を上げて顔を覗かせた玉三郎を見て、お津留はなおのこと狼狽した。

「いけねぇ、いけねぇ、ちょっとこっちに来てくれ」

蠟燭を拾うのを手伝いながら、玉三郎はお津留の袖《そで》を引いて道の脇に寄せた。

「不味《まず》いところを見られちまったな。笹島の爺さんに、どやされちまうぜ。そうだ！」

玉三郎は両の手を打った。

「時分刻《じぶんどき》だ。いつも蒲団を敷いてもらっている礼に、貝柱《かいばしら》の天麩羅蕎麦《てんぷらそば》でも奢《おご》ろう。蕎麦一杯で恩に着せるのも厚かましいが、俺が屋敷を抜け出してるってことは内緒にしておいてくれるか」

玉三郎は白い歯を見せて、屈託《くったく》なく笑った。

お津留は、こっくりとうなずく。

風はまだ冷たいが、日差しは暖かい。江戸は、うららかな春を迎えようとしていた。

ふたりは上屋敷のある浅草・七軒町から、大川の方角に歩き出した。

すぐに手頃な蕎麦屋が見つかって、玉三郎はお津留の背中を押した。

「親父、貝柱の天麩羅蕎麦をふたつだ。つゆは濃い目で頼むぜ」

玉三郎は頭の禿《は》げた店主に、上機嫌で注文を告げた。

「これから宿下がりかい。婚礼の準備ってところだな」

身体を硬くしているお津留に、玉三郎はくだけた物腰で語りかけた。

「蠟燭はお許しをもらって家に持ち帰りました。おっかさんが喜ぶものですから。お恥ずかしいのですが、不自由な暮らしをしているのです」

奥女中の実家は概《がい》して小金を持っていると聞いていたので、玉三郎は意外な気がした。

「大変だな。おまえさんも、給金を減らされている口かい。まったく藩もしみったれてやがるぜ」

お津留は困ったような顔をしてうつむいていた。この娘は、以前の対馬守を知っている。口の利《き》き方に少しは気をつけよう、と玉三郎は自省《じせい》した。

「それより、さっき内緒にしてくれって言った件だが、本当に頼むぜ。事情を聞かずに、俺が町場でうろついていることは、黙っていてくんな」

玉三郎は片手拝みをしてみせた。

「お殿さまがそうおっしゃるなら、あたしは口が裂けたって誰にも申しません」

「指きりしてくれるかい」

お津留は、さっと小指を突き出してきた。

「……お殿さまって、もっと恐くて難しい人だと、あたしは聞いていました」

小指をからませながら、お津留は安堵したように溜息をついた。

「ちょっくら病気をしていてさ、昔の自分のことはよく覚えてないんだ。そうかな、今の俺って、そんなに難しくないかな。お、きたぜ」

相好《そうごう》を崩した玉三郎は、大きな音を立てて箸を割ると、丼を小脇に抱えるようにして食いはじめた。お津留も笑顔で相伴《しょうばん》する。

「それはそうと、近いうちに暇を取るそうじゃないか。祝言はいつだい？」

「祝言はまだひと月先です。でも、祝言ではなかったんです」

お津留は急に涙ぐんでしまった。

道筑という名の坊主金貸しのもとに、妾奉公に出なければならないのだという。

「なんだ、縁談じゃねぇのか。妾奉公ってのは、どういうことだ。力になれるかもしれねぇ、俺に話してみな」

黙っていられないという目つきで、玉三郎はあっという間に食い終わった丼を置いた。

「お殿さまが、あたしのような者の力になってくださるのですか？」

「俺は殿さまだぜ。男でも女でも、家来の難儀にひと肌脱ぐのは、あったりまえじゃねぇか」

涙目をして、とうてい信じられないという顔を、お津留はした。玉三郎の瞳の色をうかがっていたが、やがて意を決したように口を開いた。

一度は正式に断った道筑との、縁談とも言えない妾奉公の話が、ここへきてまたもや蒸し返されることになったのだという。

お津留は、一家が道筑から坊主金を借りるようになった経緯《いきさつ》と、無理を重ねてそれを返済し、代わりに座頭金に手を出してしまったこと。そして、自分が奥奉公に上がるに至った一連の出来事を、要領よく伝えてきた。

「あたしは、できればずっと、お屋敷で奉公をしていたかったのです。ところが……」

二十日ほど前に、実家である染仁の仕事場から火が出た。

幸いにも隣近所に類焼はなく、板塀《いたべい》が焦《こ》げただの、煙に喉《のど》をやられただのといった程度の被害しか出なかった。

しかし、染仁は仕事場も家も、染物道具や染料などの原料ごと灰燼《かいじん》に帰してしまった。

二親には、途方に暮れる間もなかった。

近所の皆さんにご迷惑をかけたと言って、店の土地を売って償《つぐな》い金を払い、職を失った奉公人にも過分な暇金《いとまきん》を手渡した。

とはいえ、土地の沽券状《こけんじょう》を譲《ゆず》った代金では、そこまでで手一杯である。

親戚筋から借りた金は、暮れの都賀藩やその他の客先からの支払い金で返し終わっていたが、座頭金はそのまま残っていた。

二親はその借金を背負ったまま裏長屋に移ったのだが、悪いことは重なるもので、母親が胸の病《やまい》に倒れてしまった。

その薬代もかさみ、座頭金に追い貸しを願ったが、家と地面を失った一家に貸す者などない。

とうとう、禅哲《ぜんてつ》という名の座頭金貸しが、回収に掛かってきた。にっちもさっちもいかなくなったところに、例の鎌蔵が、薄ら笑いを浮かべながら現れた。

「金は、道筑さまがなんとかしてくださる。ただし……」

今度は堂々と、お津留を妾奉公に差し出せ、とうそぶいたのだ。

それだけは断る、と二親は即答した。

すると鎌蔵は凄《すご》んでみせ、織右衛門の鼻先で、証文をひらひらと揺らした。

こんなことが、あるものだろうか。

座頭の禅哲は、証文をあろうことか道筑に売り飛ばしていたのだ。

一家はふたたび、道筑からの五十両の借金に、首根っこを押さえつけられることとなった。

——最後に、おまえの気持ちが知りたい。どうしても嫌なら、いっそ三人で。

母親からの最後の文《ふみ》には、末尾にそう書いてあったという。

「あたしは覚悟を決めました。妾奉公に行くしかないんです」

話をそう結んだお津留は、気丈な顔で微笑《ほほえ》んでみせた。

「お津留、おまえ、好いた男はいなかったのかい？」

お津留はうつむいたまま首を振った。

（いたんだな、こりゃ）

玉三郎はすぐに、ぴんときた。そして、お津留を絶対に助けると、瞬時に肚《はら》を決めていた。

「悩んでいてもしかたない。まだ坊主金貸しのところに行くまで、時があるだろう。そんなに気の進まない縁談、じゃない妾奉公なんざ、することはない。断っちまいな」

玉三郎は、あっさりとそう言った。

「……やはり、お殿さまなのですね」

お津留は顔を上げると、悲しげに微笑んだ。

「話を親身に聞いてもらっただけで充分です。もとからして、お殿さまに申し上げるようなことではなかったんですから」

「お津留よ、そいつぁ料簡違いだぜ。俺は嘘《うそ》と坊主の髪は結ったことがない。その金貸し坊主の因業《いんごう》な頭に、たっぷりと塩でも揩《す》り込んで、ひいひい言わせてやるから、まぁ見ていろ」

お津留のつぶらな瞳が見開かれた。

「とにかく、今日は家まで送っていく。俺にも役目らしきものがあってな。そいつを手早く片づけたら、おまえが身の立つ算段をしてやる……そうだ！」

玉三郎は懐《ふところ》に手を入れた。

「おとっつあんやおっかさんの土産《みやげ》に、これを持っていけ」

玉三郎は、夕べお津留から渡された祝儀扇子を、お津留の手に握らせた。

「こいつを藩出入りの献残屋に持っていくと、一両で引き取ってくれるらしい。それで当座の利子だけでも払っておきな」

蕎麦屋を出て、東に下っていくと、すぐに浅草の阿部川町であった。

阿部川町と玉三郎の住む鳥越町とは、御家人の組屋敷をはさんで向かい合っている。

「ふざけるんじゃねぇ」

西側から阿部川町に入った途端、横合いの裏店《うらだな》のほうから罵声《ばせい》が聞こえた。

「喧嘩《けんか》かな」

お津留に目を向けると、

「お殿さま」

お津留の瞳が、なにかを強く訴えている。

「もしかして、おまえの二親が移ったていう長屋はここかい？」

お津留は夢中で頭《かぶり》を振った。

「よし」

玉三郎は襟を合わせながら、裏長屋に通じる木戸を潜《くぐ》った。

ひとりの若い職人を、三人の破落戸《ごろつき》が囲んでいた。それを少し離れて目つきの座った浪人が、懐手をして眺めている。

「おい善の字、おめぇもこりねぇ奴だな。二度と染仁の家族には近づくなと、言ったはずだぜ」

肩に置き手拭《てぬぐ》いをした三十男が凄《すご》んだ。鼻の下から左右に、鎌髭を跳ね上げている。

「ふざけた野郎だ。それとよ、例の証文を返す約束はどうなったい」

別の破落戸が尻馬に乗るように、職人に罵声を浴びせかけた。

「返す約束なんざ、しちゃいねぇ」

職人は臆せずに言い返す。

「なんだと、この野郎。借金を棒引きにしてもらった恩も忘れやがって」

破落戸の三人目がいきりたった。

「そっちも証文に書いてある約束を守っちゃいねぇぜ。お津留ちゃんのおとっつあんやおっかさんは、小汚い裏長屋に移ったきりだ。老後の金だってびた一文、おまえからも道筑からも送られてこないじゃないか」

職人は血走った目で、破落戸たちを見まわした。

「よく聞けよ、鎌蔵。せめて約束通り、お津留ちゃんたちにまともな家を用意しない限り、証文は返さねぇ」

「なんだと、この野郎。兄貴を呼び捨てにしやがって。頭《ず》に乗って吠えるのもてえげぇにしやがれ」

弟分らしいふたりの破落戸が腕をまくった。

「おい、大丈夫か。その若僧は窮鼠猫《きゅうそねこ》を嚙《か》むような顔をしているが、なんなら手を貸そうか」

懐手のままの浪人が、億劫《おっくう》そうな声をかけてきた。

「なぁ〜に、こんな瘦《や》せ鳶《とび》一匹に、先生のお手を煩《わずら》わすまでもありませんや」

鎌蔵と呼ばれた男が、懐に呑んでいた匕首《あいくち》を取り出した。

「まぁ先生は、ゆっくり見物しててておくんなさい」

鎌蔵は匕首を右の逆手で抜くと、手のひらに唾《つば》を叩き込んだ。


「待ちな」

深編み笠を野次馬の女に預けながら、玉三郎が鋭い声で鎌蔵の動きを止めた。

「……妙な瘦せ浪人が入ってきやがったな。おい、両個《りやんこ》の出る幕じゃねぇ。すっこんでな」

「瘦せ浪人が、瘦せ鳶の助っ人をさしてもらうぜ。蛆虫《うじむし》みてぇな破落戸が三匹で寄って集《たか》って、瘦せ鳶一匹を痛めつけるざまは、見るも浅ましいんでな」

鎌蔵のげじげじ眉が吊りあがった。歯軋《はぎし》りして左右のふたりに目配せする。

鎌蔵の額には、脂汗《あぶらあせ》が浮いていた。喧嘩慣れはしているようで、ひと目で玉三郎の腕前に察しがついたらしい。

「おい、若《わけ》ぇの、命冥加《いのちみようが》なことだの。俺たちは真っ当な金貸し稼業の最中で、今はお取り込み中ってやつだ。見れば優男《やさおとこ》だし、今日のところは見逃《みのが》してやる。その辺の長屋の後家の相手でもしていな」

　鎌蔵は油断なく、弟分たちと玉三郎を囲みながら、去れとばかりに四角い顎《あご》をしゃくった。

「たいそうな鎌髭が震えてるじゃないか。もっとも、ぺんぺん草ぐらいしか刈れそうもない鎌だの」

　玉三郎は、小腹を揺すって笑った。

「ぺんぺん草だとっ！　よくも抜《ぬ》かしやがったな。野郎、許せねぇ」

　破落戸三人の顔つきが、沸騰《ふっとう》したように赤くなった。

　弟分ふたりは、懐から蹄《ひづめ》のような物を取り出して拳《こぶし》にはめた。よく見ると樫《かし》の木でつくった手甲《てっこう》のようなもので、そのまま殴るらしい。

「まぁ、待て。今、こっちも用意する。すぐに相手をしてやるからよ」

　玉三郎はすばやく三匹蜻蛉を鞘《さや》ごと腰から抜くと、組紐《くみひも》を鍔穴《つばあな》に通して、刀身が鞘から抜けないよう縛った。そしてひょいと、愛刀を肩に担ぐ。

「三匹の破落戸相手に三匹蜻蛉を抜くんじゃ、洒落《しゃれ》にもならん。さぁ、いつでもいいぜ。それはそうと、その懐手の先生に替わってもらわなくてもいいのかい。こういうときのために飼っているんだろ――」

「しゃらくせぇ」

小ずるく斜め後ろにまわっていた弟分ふたりが、左右から拳を繰り出してきた。ひょいと腰を沈めながら、鞘の先端を握った玉三郎は、三匹蜻蛉の柄《つか》でふたりの足元を薙《な》ぎ払う。

『ぐきっ』と鈍い音がした。

脛骨《けいこつ》を叩き割られたふたりは、膝を抱きかかえるようにして、芋虫《いもむし》のように転がって苦悶《くもん》する。

三匹蜻蛉の鍔には、頑丈な鍛鉄《たんてつ》を叩いたものを用いていた。装飾に似せて八角形にしてあるが、その八つの角を尖《とが》らせて打撃力をつけてある。

拳鍔《けんつば》と称して、今よりももっと若くて、ぐれていたころに発案し、喧嘩相手が段平《だんびら》を振りまわしてきたときに使っていた。

「せ、せ、せ、先生！」

鎌蔵は臆面もなく、懐手の後ろに逃げ込んだ。

「ど、どうしやす、先生」

「どうしてほしい？　俺が負けたら、鎌蔵、おまえはその髭を剃らされるぞ」

低く笑った懐手は、玉三郎に片手を上げると、背を向けて去った。

「せ、先生！」

鎌蔵は転がって泣きわめいている弟分には見向きもせず、尻に帆をかけるようにして逃げ出した。

「善五《ぜんご》さん」

「お津留ちゃん」

お津留と職人は、じっと見つめ合っていた。

そこに、騒ぎを聞きつけたお千瀬と啓介が駆け込んできた。


二兎屋の寮の座敷では、玉三郎、啓介、次郎右衛門父娘の四人が集まって、晩飯を食っていた
「……ふ～ん、本当だね？　本当にさっきの美人と玉三郎さんは、なんでもないんだね」

お千瀬は疑り深いところを見せながら、玉三郎に酌をした。

「当たり前だぜ。あの娘には、好いた男がいる……おまえも見ていたろう。どうも、さっきの善五という鳶職人らしいがな」

勘働きをさせるまでもない。玉三郎は、そう確信していた。

鳶職人は普請工事だけでなく、町火消しの主力としても知られる。

「それに、あの娘は坊主金の道筑って因業《いんごう》な野郎のところに、妾奉公に出る羽目になっているんだ。おっと、それはそれとして」

玉三郎は杯を置いた。

「坊主金の一件だ。谷村さんと都賀藩の爺さんから、手繰《たぐ》ってくれと頼まれている。おまえたちの助《すけ》もあてにしていい、と言っていたぜ」

「ああ、谷村さまから聞いている。坊主金に泣かされる奴が、都賀藩に限って多い。どういうわけだって件だろう。しかしそれよりも、染仁の火付けのほうが焦眉《しゅうび》の急なのだ」

啓介は難しい顔をして杯を口に含んだ。

「火付け？　染仁の火事は火付けだったたってことか」

火事は江戸の花などというものの、火付けは天下の大罪である。

玉三郎は、息を飲んだ。

「そう、それが私《あっち》の鑑定なんだよ」

お千瀬は、自信たっぷりな口調で言い切った。

「その鑑定には、しっかりした拠《よ》り所《どころ》があるのかい？」

「たしかに火事の多い季節だよね。空気は乾いててさ、筑波颪《つくばおろし》が吹けば火勢は江戸の町を縦横《じゅうおう》する……」

　過去の江戸の大火も、冬場に多く起きている。

「でもさ、一月の終わりのあの日は、前の前の日に雪が降っただろ。町は湿気《しけ》っていた。それにさ——」

　お千瀬は語気を強めた。

「紺屋は火を使う仕事じゃない。甕《かめ》に入っていたのは油じゃなくて、白布を染める藍《あい》だよ。火事が起こりやすい仕事場じゃないんだ」

「よし、すぐ近くだ。焼け跡を見にいってみるか」

　坊主金のことはしばらく置いて、玉三郎は三匹蜻蛉を引《ひ》っ手繰《たく》って立ち上がった。もとからして物見高い仲間内なので、晩飯もそこそこに皆してついてくる。

　寮を出て東に進むと、すぐに新堀川《しんぼりがわ》に行き当たる。

　新堀川は、浅草と上野の間の入谷田圃《いりやたんぼ》の水を集めて流れ出し、浅草の町を北から南に流れて大川に落ちる。

　その新堀川に沿ってものの七、八町も歩くと、輿屋橋《こしやばし》という小橋があって、染仁はその橋の袂《たもと》に建っていた。

「なるほどな。川の真ん前で、屋根は瓦葺《かわらぶき》、漆喰《しっくい》で仕上げられた土壁《つちかべ》の土蔵か。要は、火事になりにくい条件は揃っていたということだな」

玉三郎は焼け跡を見つめながら、お千瀬に言った。

「そうだよ。そのうえ主人の織右衛門夫婦は、律儀で几帳面《きちょうめん》。奉公人を寝かせたあとに、主人夫婦みずから火の後始末を確かめに、家と仕事場を一巡するほどだってさ。火のもとの管理には、充分に気を配っていたらしいんだ」

相変わらず、お千瀬はよく聞き込んでいる。

「それで、火付けの下手人には目星がついているのかい？」

お千瀬と啓介は黙って首を振った。

「それでなくても、火付けは証拠《あかし》をあげるのに手を焼くんだ。あたりをうろうろしていた奴を誰かが見ていない限り、下手人をあげるのは難しい」

得意の弱音を、啓介は吐いてみせた。

「おまえとお千瀬は、とにかく聞き込みを続けろ。まずは、火付けをしでかしてそうな奴の目星をつけなきゃな」

「玉三郎さんはどうするの？」

「俺は坊主金のほうを追う。いずれにせよ、坊主金の一件と火付けの一件は、どこかでつながっているに違いないぜ」

これは一本の糸だと、玉三郎の予感は告げはじめていた。

「火付けを食らったのは、坊主金を借りたお津留の実家の染仁。手繰《たぐ》らなきゃならないのは、道筑って金貸し坊主が、火付けにまでからんでいるかどうかだが」

玉三郎はそこで束の間、小首をひねって思案に暮れた。

「次郎右衛門さん、都賀藩を食い物にしてる坊主金のことなんだが、なにか思い当たることはないかい？　お津留のところに来たのは道筑という名だが、ほかにもいるかもしれない」

金貸しの同業ということで、玉三郎は次郎右衛門の助言に期待した。

「わたしども札差も金貸しには違いありませんですが、お貸しする先は、お旗本や御家人さんに限られておりますからな」

次郎右衛門は弱ったように首をひねる。

「お津留って人の実家も、道筑から借りていたんでしょ。縁談紛《まが》いの話だって進んでいたっていうじゃない。お津留さんの二親の長屋に行って、道筑のことをくわしく聞きましょうよ。それが、いちばん手っ取り早いわよ」

お千瀬が造作もなさそうな言い方をした。

「それはそうなんだが、あの娘が気の毒すぎてな……あまり根掘り葉掘り聞くのもどうかと思ってさ」

「よいお人の名が思い浮かびましたよ」

次郎右衛門は狸に似た面相に、にんまりとした笑みを浮かべた。

「新門辰五郎《しんもんのたつごろう》です。新門の頭領《かしら》なら、上野浅草界隈《かいわい》のことはなんでもご存じのはず。やくざ者や金貸しにも、めっぽう顔のきくお人です。道筑という金貸し坊主のことも、きっとご存じでしょうよ。ああ、そうだそうだ」

次郎右衛門は惚《とぼ》けた顔で両手を打った。

「新門の頭領は、『を』組の頭領。阿部川町は『を』組の縄張り内。むやみやたらと聞き込みをかけるより、新門の頭領に火付けをしでかしそうな奴の目星をつけてもらうほうが、速いし確かだ。そうでしょう、玉三郎さん」

相槌《あいづち》を求められた玉三郎は、とりあえず首を縦に振った。

「ああ、お千瀬、明日はおまえも玉三郎さんのお供をして、頭領のところに行くといいよ」

お千瀬はぱっと頬を赤らめ、啓介はがくんと項垂《うなだ》れた。

それで用談は終わり、明後日の夜、また寮で集まろうという取り決めになった。

これから八丁堀の組屋敷に帰るという啓介の背を見送り、玉三郎は自分の部屋に戻ろうとした。その耳元に、恵比寿顔をした次郎右衛門が、にんまりとした口を寄せてくる。

「うかがいましたよ、玉三郎さん。佐奈姫さまとは、まだ初夜の契《ちぎ》りをお遂げになれずにいるとか」

「あっ、誰に聞いた！　わかったぞ、さしずめ笹島の爺さんか谷村さんだな」

憤懣《ふんまん》やるかたない顔をして、玉三郎はまくし立てた。

「ほかのことも聞いてやがるんだろう。俺が江戸城に弁当を食いにいく以外に、用事らしい用事がねぇことや、その弁当のときも、茶は出してもらえず自分で湯飲み場に行っていることも……もしや、伝わっているのでは」

「はぁ？」

次郎右衛門も、そこまでは聞いていないようだった。

「……玉三郎さん、窮屈な暮らしが性《しょう》に合わないのでしたら、やはり谷村さまにお願いして、北町で同心におなりなさい。どうしても、都賀藩から足抜けできないようでしたら……」

口調が急にしんみりとしてきた。

「お千瀬のこと。たとえ側室でもよいので、お屋敷に迎えてやってください。あなたさまと佐奈姫さまとは、所詮《しょせん》、閨《ねや》でのご縁がないのです。それに、お千瀬なら何人でも強い男の子が生めますですよ。ひとりは都賀藩に差し上げ、ひとりはあたしにください」

次郎右衛門は浮ついていた顔を引き締め、父親らしく娘を案じる顔をしていた。

六

浅草寺《せんそうじ》境内《けいだい》の雷門《かみなりもん》の並びに、花川戸《はなかわど》という名の貸し座敷屋があった。

翌日の昼下がり、その二階座敷で、玉三郎とお千瀬は新門辰五郎と向かい合っていた。

「玉三郎さんですかい。お名前は与力の谷村さまや、二兎屋さんからもうかがっておりますよ」

結城紬《ゆうきつむぎ》の上に火除《ひよ》けの紋とされる三つ巴《どもえ》紋の羽織《はおり》を着た辰五郎は、歳は四十をいくつか越えた男盛り。上野、浅草の界隈に三千人の子分を持つと噂されているが、話十分の一とみても凄《すご》い男だった。

玉三郎は、あくまで北町にかかわりある御家人という立場として、簡単にこれまでの経緯《いきさつ》を伝えた。

都賀藩の台所が苦しく、俸禄や給金を半減された藩士や奉公人が困窮し、坊頭金に手を出していること。

そして、悪質な坊主貸しに引っかかっている被害者が、都賀藩に集中しているらしいこと。

さらには、上屋敷の奥向きに勤める、お津留という奥女中の力になってやりたいということも含めて。

なにも包み隠さず、小半刻《こはんとき》ほど夢中で語った。

辰五郎は、ときどき相槌《あいづち》を打ちながら、じっと耳を傾けてくれた。

「ようがす、私《わっし》が知っていることは、なんなりとお教え申しましょう。ひとつ目は、道筑という坊主金貸し。ふたつ目は、この前の阿部川の火事で、赤猫《あかねこ》を這《は》わせた野郎に心当たりはないかということですね」

赤猫を這わすという言いまわしが、火付けを指すらしいことは、すぐにわかった。玉三郎は大きくうなずき返した。

「この上野浅草の界隈だけで、金貸し稼業の連中がいったい何人いるか……地元《ところ》のことは知り尽くしているつもりのわっしでさえ、正直見当もつかねぇ」

辰五郎は「ごめんなすって」と断りを入れ、煙管《キセル》に刻み煙草《たばこ》をつめた。

「と申しますのも、金貸しの世界は複雑怪奇ってやつでしてね。金貸しに見えている奴はただの使いっ走りで、金主《きんしゅ》は別にいるってことが多いんですよ」

玉三郎は、道筑と鎌蔵の関係を思い浮かべて聞いていた。

「御家人さんに貸し込む札差や、貧乏人を食い物にしている座頭金貸しなんてのはわかりやすい口でして。あっと驚くような善人や人徳者が、間に何人も入れて、裏では金主として高利貸ししてるなんてことも、ままありましてね」

札差である二兎屋に、借金をまとめて面倒見てもらっている玉三郎だが、辰五郎のいう意味はよくわかった。

「坊主金貸しや後家金貸しは、座頭金に比べれば、頭数は限られている。ただし、道筑という名に心当たりはありませんね。ひょっとすると、いくつも名前を使いわけている野郎かもしれません。少し時間をもらえれば、子分たちを動かしてみます。それから、染仁の件ですが……」

辰五郎の語り口は、流れがよかった。

「染仁は火を出しやすい稼業じゃないし、火の用心のいい店でした。実はわっしも、ありゃ付け火かもしれねぇと、踏んでおりましたんです。あれは、俺たちのような火の玄人《くろうと》の仕業《しわざ》ですぜ」

玉三郎とお千瀬は、ぎょっとしたように目を見合わせた。

「お恥ずかしい話ですが、江戸には火をよろこんで弄《もてあそ》ぶ手合いがおりましてね。畜生働きをする連中です。風の強い日を狙《ねら》い、火を放って盗み仕事をする」

辰五郎は口元を歪《ゆが》めながら、灰吹きに煙管の雁首《がんくび》を叩きつけた。

「そのほかにも、ただ大火事を起こして皆があわてふためく様を見たいなんて、頭のいかれちまった手合いもいる。お店《たな》を首になったことや、女に振られた腹いせ。なかには、贔屓《ひいき》の役者にすげなくされたと、役者の家を狙って火付けをする者まで出てくる始末です」

辰五郎は雁首に、ちょんと火を乗せた。さして美味《うま》くもなさそうに煙を吐く。

「そんな手合いのなかで、染仁を狙った者に心当たりはないかな？　火の玄人というのは、火消しを指しているわけではないのでしょう」

玉三郎は、まさかとは思いながら訊《たず》ねた。

「付け火をしそうな連中の消息は、おおよそ頭に入れているつもりですがね。遠島になっていたり、小伝馬町の牢にいたり――」

辰五郎は頭の中で指を折っているようだった。

「この間の一件は、変わった手口でした。少なくとも、火事場泥棒の仕業ではありませんね」

「とすると、頭領が目串《めぐし》を刺すとすれば……」

「お恥ずかしい。先《せん》にも申しましたが、これは俺たちの同業の仕業と見ましたね。火消しを勤める鳶職人のなかには、『継ぎ火』をやらかす外道《げどう》がいるんです」

継ぎ火とは、出火したときにその火を導いて、わざと他の家屋に延焼させることをいうらしい。

「つまりは火消しとして、火事を盛大にし、そのうえで消し止めて見栄を張ろうってことなのか」

玉三郎の語気が荒くなると、辰五郎は黙って目を伏せた。

「しかし頭領《かしら》、あの夜、染仁一軒だけが燃え、ほかに類焼はごく少なかった。継ぎ火したようには思えないが」

「類焼させるための継ぎ火です。類焼させなかったってことは、裏を返せばそれだけ火の扱いに慣れた、継ぎ火をやりこなす手合いの手口だと、こう申しあげてるんで」

玉三郎は唸《うな》り声を飲み込んだ。

「それで、頭領の読み筋通りだとして……」

言いにくそうに、声をひそめた。

「あの夜、付け火をしたかもしれない継ぎ火使いのなかに、頭領が引っかかっている名前はありますか？」

「……そんな野郎は、継ぎ火したすぐそばにいるもんです。あるいは、近くに潜んでいて目敏《めざと》く駆けつけた真似をする」

玉三郎は、じっと辰五郎のなめし皮のような口元を見つめている。

「あの日、半鐘《はんしょう》が鳴るやいなや、いのいちばんに駆けつけたのは、を組の善五というわっしの子方《こかた》です」

お津留の相手の名が出た。玉三郎は重い息を飲んだ。

「善五の野郎、獅子《しし》奮迅《ふんじん》に気張って、ほとんどひとりで消し止めました。いやね、あの夜は弱い風が西から吹いていた。染仁は、東向きに新堀川を前面に建っている。火勢は川がせきとめてくれます。龍吐水《りゅうどすい》も備えてあって、隣近所に迷惑をかけない火事にするには、お誂《あつら》え向きの条件が揃っていやした」

「それで、頭領の目から見てどうなんです。善五ってのは、継ぎ火をしでかしそうな男なのですか？」

　黙ってふたりのやりとりを聞いていたお千瀬が、そこで口を入れてきた。

「とんでもねぇ」

　辰五郎は大きく首を振った。

「野郎は命知らずでね。男のなかの男でさぁ。身体中に火消しの勲章《くんしょう》である火傷の跡があるが、その代わりに、大勢の人の命を救ってきたんです」

「頭領――」

　玉三郎は、頭の中を必死に整理した。

「つまりは、もし染仁の火事が継ぎ火による付け火で、しでかしたのが善五だとすると……なにかやむにやまれぬ深い理由があるって、そう言いたいのか」

「へい」

　辰五郎は短く応えて、唇を噛んだ。

「玉三郎さんのお話をうかがっていると、染仁の火事と坊主金貸しがのさばっていやがる件は、どうもつながっているようですね」

　辰五郎も、お頭《つむ》のめぐりは速い。

「そうなんだ。お津留の実家が、坊主金の道筋ってのにまとわりつかれ、借金の担保《かた》に妾になれとまで脅されている。そのお津留の想い人が、鳶職人の善五だ。そいつが染仁に火付けしたかもしれねぇと聞いて、肝《きも》を潰《つぶ》したわけよ。あっ、待てよ」

玉三郎は、昨日の長屋での立ちまわりのやりとりを思い起こした。

「善五は『約束通り、お津留ちゃんのうちにまともな家を用意しねぇと、証文は絶対に返さねぇ』とかなんとか息巻いていたな。あの破落戸どもは、道筑の手先の取立屋だ。道筑と善五の間で、なにか取引があったのかもしれない」

「玉三郎さん、それはいい読み筋だ」

辰五郎は、ぽんと両手を打った。

「その『証文』というやつに、善五が火付けせざるを得なかったわけが、書いてあるかもしれませんぜ」

「よし、それなら俺は善五の長屋に行って、『証文』を見せろと迫ってくる。俺のほうもわけありでな。お津留を幸せにしてやりたいんだ」

早くも三匹蜻蛉を握って、玉三郎は腰を浮かしかけた。

「わっしのほうは、道筑の正体を洗っておきましょう。金貸し坊主と善五の接点を手繰《たぐ》ってみます。いやはや——」

揉《も》み上げを撫でながら、辰五郎は恥じ入る素振《そぶ》りをした。

「今回は迂闊《うかつ》でした。火付けを疑ったときに、もっときっちり詮議しておけばよかったんだが……まさか、あの善五にかぎってと思ってしまいましてね」

煙管入れの革袋を帯にはさみながら、辰五郎は後悔しきりであった。

「子方の善五のことは、親方であるわっしが責めを負わなくっちゃならねぇ。玉三郎さん、よろしく助《すけ》をしておくんなさい」

「いやぁ頭領、そう言ってもらえると、こっちも渡りに船だ。俺も藩主……じゃねぇ半端《はんぱ》な御家人だが、たまには人の助になりたいと思ってさ」

「これを機会に、ひとつご昵懇《じっこん》に願いますぜ」

別れ際に、辰五郎はそう嬉しそうに投げかけてきた。

七

玉三郎はその足で、昨日、鎌蔵たちと小競り合いをした善五の長屋に寄った。

善五とお津留は、同じ阿部川町に住む、幼馴染《おさななじみ》であったらしい。

火事のあとは、お津留の両親もこのすぐ向かいの長屋に移ったのだと、昨日、お津留から聞かされていた。

ところが善五は不在で、玉三郎は証文の文言を確かめられずにいた。

夜半、急に笹島から使いが来て、玉三郎は屋敷に戻された。

日光社参の日程説明が水野老中からあるので、登城日が早まったのだという。

翌日、玉三郎はしかたなしに登城した。

「これを機会に、将軍家と公儀の権威をより高めるのだ」

などと、水野とその後ろ盾を自認する水戸斉昭が、何度も聞いた言葉をまた吠えていた。玉三郎はいつもの調子で、欠伸《あくび》を噛み殺しながら聞いていた。

弁当の時刻になった。

筑阿弥が恐る恐るという体《てい》で、玉三郎と板倉勝静のところにも茶碗を置いた。おまけに、媚《こ》びるような目でしきりに覗き込んでくる。

(この坊主、なにかびくついていやがるな。尻に火がついたって顔だぜ。殿中での付け届けの取りすぎを、老中にでも叱《しか》りつけられたのかな)

玉三郎は訝《いぶか》ったが、隣の板倉勝静が片目をつぶって見せた。どうやら、板倉が営中での綱紀粛正《こうきしゅくせい》を、水野老中に建議したらしい。

「今後は、このような建議をするとき、ご一緒にやりましょう」

板倉は飯を噛みながら、そう誘ってくれた。

町場では辰五郎。殿中ではこの板倉……友と呼び合えそうな仲間と出会い、玉三郎はむやみに嬉しくなった。

午後、江戸城から下がると、玉三郎はふたたび阿部川町の善五のところに寄ろうと考えた。

七軒町の屋敷からぶらぶら東に下《くだ》り、安倍川屋《あべかわや》という菓子屋で、徳川家康の好物だったという黄《き》な粉餅《こもち》を土産に買った。阿部川町は、駿河《するが》の安倍川の住人が家康の命で住み着いた町、という謂《いわ》れがある。

店の角から、裏店の長屋に入った。

善五は、またもや留守であった。

長屋のかみさんたちに聞くと、昨日の朝から姿を見かけないという。ついでに評判も尋ねると、善五を悪くいう者などいるはずがないと、逆に食ってかかられた。

表通りに戻ると、背後につけられているような気配を感じた。

玉三郎は気にかけない素振りで、そのまま東に進む。新堀川に行き当たり、丁子路を左に折れた。

すぐに、件《くだん》の染仁の前に出る。

つけてくるのは、見覚えのある浪人者だった。

玉三郎は、輿屋橋を渡って、新堀川の対岸に出た。対岸は龍宝寺《りゅうほうじ》という寺の小さな門前町になっていたが、細長い参道には参詣客の人影はない。

「おい、用があるなら聞くぜ。俺は御家人・松平玉三郎だ」

玉三郎は振り返った。

「ふふふ、お主、江戸者だな。わしは但州《たんしゅう》浪人、五木《いつき》幹三郎《みきさぶろう》」

浪人は昨日と同じで懐手をしながら、片頬を歪めて笑った。

「へぇ、あんた但州の人間かい。珍しいな、初めて見たぜ。いかにも、こっちは先祖代々江戸住まいの貧乏御家人だが、江戸者だろうと推量した心を聞こうか」

「輿屋橋を渡って、死地に向かってきたからよ。ずいぶんと、洒落《しゃれ》たあの世への道筋選びと思っただけだ。ついでに、輿屋にひと声かけてくればよかったではないか」

輿屋とは、棺桶《かんおけ》を載せる台を作る店である。大口の輿屋は、葬儀屋も兼営していた。名の通り輿屋橋の袂《たもと》には、輿屋が何軒か集まっている。

「あいにくだったな。俺は質屋には出向いても、死地におもむく気はないぜ」

「つまらぬ駄洒落だのう。すぐその手の混《ま》ぜ返しをするのが、江戸者の悪いくせだ。まぁよい、ならば、証文のありかを言え。お主が善五の長屋のまわりをうろうろしていることは、先刻承知だ」

証文の二文字が対手から出たので、話が手っ取り早くなってきた。

「つまらなくて悪かったな。それより、俺のほうもその証文を追っていたところなんだ。それで二度も足を運んできたんだぜ」

「役者よのう。それでこちらはあの痩せ鳶が、証文をお主に託したと踏んでおるのだ。さぁ持っているのであろう、出せ」

昨夜とは違い、今日の五木幹三郎からは剣気が漂ってきていた。

「あいにく、託してもらう前に行方知らずのありさまだ。あんた、坊主金貸しの道筑に雇われているんだろう。その証文の書き文句を教えてくれたら、安倍川餅ぐらいなら奢《おご》るぜ」

「江戸者の駄弁と駄洒落はきりがない。ならば、こいつで聞かせてもらうぞ」

いきなり刃《は》唸《うな》りがした。

「うおっと、あぶねぇ」

玉三郎は後ろに半間跳び、臍先《へそさき》二寸ほどで抜き打ちの横一閃《よこいっせん》をかわした。二の太刀は左からの袈裟斬《けさぎ》りがきた。玉三郎は右に横っ跳びして逃れた。

参道の玉砂利の上で、玉三郎は三匹蜻蛉をゆっくりと抜いた。

「きぇっ」

大上段に上げた五木は、甲高《かんだか》い声で気合を発すると、ざくざくと玉砂利を雪駄《せった》で蹴《け》散《ち》らしながら躍りかかってきた。

「おりゃ」

玉三郎はいつもの逆手居合の構えは見せず、青眼《せいがん》を右目に崩して待ち構えた。(目線がこそっと下を向いているぜ)真っ向上段から下ろしてくると見せかけて、脛《すね》を払ってくる……狡辛《こすから》い実戦剣使いがよく用いる手であった。

玉三郎は、柄《つか》から左手をそっと離した。

「きぇっ」

同じ気合を放ちながら、五木は身体を沈ませた。右手一本を伸ばしてこちらの足元を薙ぎ払い、左に受身を取るよう転がろうとする。

ぎりぎりまで見切った玉三郎は、跳んで脛払いをやり過ごし、こちらも右手の片手打ちを、五木の籠手《こて》を狙って落とす。

手ごたえがあり、血飛沫《ちしぶき》がぴゅっと、しぶいた。

「おりゃ」

振り向きざまの五木の横鬢《よこびん》めがけ、玉三郎は二撃めの片手打ちを放つ。

五木はすばやく刀を戻し、『ごん』と弾かれる音がして、右手にびりびりするほどの痺《しび》れがきた。

「あんたの剣筋は、めっぽう疾《はや》いな。金貸し坊主の用心棒をさせておくのは惜しいぜ」

「そっちも減らず口の江戸者のわりには、よく使う」

手首の下から白い脂肪が覗いていたが、五木は痛みをまるで感じていないかのようだった。八双《はっそう》の構えから、踏み込んでくる潮目をうかがってくる。

「あんた、痛くないのかい。坊主の用心棒のわりには豪気だな、感心したぜ」

五木の顔面に朱が浮かんだ。

「坊主、坊主と申すな。俺の家も坊主だった。但馬《たじま》出石《いずし》藩《はん》の、歴とした藩士だが、茶坊主を務める家に生まれた。そのなれの果てだ」

つつっと八双に構えたまま迫ってきた五木は、こめかみの横から諸手で突いてきた。

手傷を負う前より疾《はや》いひと突きは、玉三郎の喉笛《のどぶえ》半寸まで切っ先が伸びた。

玉三郎は大きく仰《の》け反《ぞ》り、応酬できないまま後ろに跳んで立て直す。

「そうか、あんたは仙石騒動《せんごくそうどう》の煽《あお》りを食った口だな。相当数の藩士が禄《ろく》を失ったらしいからな」

八年前の天保六年、但馬出石藩で、仙石騒動と呼ばれる家中の紛争が明るみに出た。家政不行き届きを理由に、五万八千石の禄高が三万石にされている。

「笑うがいい。口減らしされた茶坊主藩士がありついた口が、金貸し坊主の用心棒だ」

少しずつ血を失っていくせいか、顔面に浮いた怒りの朱が消え、五木はやけに青白くなってきていた。足元には小さな血の池ができている。

「なぁ、腕は五分と五分だろう。五分の割合で、俺が負けるとしてだ。冥土《めいど》の土産に教えてくれ。雇い主の道筑の正体は、何者なんだ。道筑ってのは、金貸し用の偽名なんだろう？」

「江戸者は、やはり役者よのう」

五木は機嫌を直したように、歯を見せて笑った。

「おい松平、虚仮《こけ》を申すな。己《おのれ》が負けるはずがないと思うているのであろう。ただわしも、ひとりでは死なぬぞ」

五木はふたたびこめかみの横で差料《さしりょう》を寝かせると、必殺の突きを狙う目つきをした。

「おい、待てって。俺は相打ちの相手になんざ、なりたくないよ。俺とあんたはだいたい互角だったろう。それでいいじゃねぇか」

玉三郎が至極真面目な顔で訴えると、五木の頬がいよいよゆるんだ。

「気が変わった。手掛かりだけ教えてやる。あの者は、歴とした昼間の顔を持っているらしいぞ。ざくざく付け届けがくる役柄だ。御徒町あたりの御家人の組屋敷に住んでいるという噂だが、本名も屋敷のくわしい場所も知らぬ」

（やはり、そうか。あの野郎だな）

それだけ教えてもらえば十分だった。

「道筑は、このところ機嫌が悪い。表の稼業でも、うまくいかないことがあったのではないか。善五から証文を取り上げるのに、邪魔立てする御家人を斬ったとしても、五両しか出さぬなどとほざきおった。所詮は、けちな金貸しよ」

「ちぇ、俺はたったの五両かよ。こう見えても五万石なんだけどな。だがまぁ、ありがとうよ。これではっきり見当がついたぜ。ついちゃあ、もう終わりにしようぜ」

玉三郎は納刀した。

「よくはない。わしは茶坊主の修行に屈辱《くつじょく》を感じながら、剣だけを縁《よすが》に生きてきた。その剣で、おまえのような若僧に遅れを取ってまで、生きながらえたくはないのだ。頼む。立ち合いを続けてくれ」

願ってくる目に必死の色があった。

「しかたねぇ。そういうことなら、三途《さんず》の川の渡し船、水竿《みさお》は、この俺が握ってやろう」

玉三郎は三匹蜻蛉を柄ごと腰から外し、胸元で斜めに構えた。

八

その帰り道、玉三郎は新堀川の道筋で、啓介とお千瀬に行き合った。

「おい玉三郎、聞いて驚くな。火付け野郎の目星がついたぞ」

啓介は得意満面の顔である。

「聞いてもたぶん驚かないぜ。こっちも種があらかた出揃ってきた。寮に戻って飯でも食いながら話そうぜ」

三人は、一緒に寮に向かって歩き出した。

寮には新門辰五郎も先に来ていて、次郎右衛門と一緒に迎えてくれた。

「皆さんお揃いになると聞きましたのでな。弁松《べんまつ》の弁当を頼んでおきましたよ」

賑《にぎ》やかなことが好きな次郎右衛門は、恵比寿顔をして皆を座敷に招いた。

「そいつはありがてぇな」

日本橋室町《むろまち》一丁目の弁松は、最近江戸で人気がうなぎ登りの、仕出し弁当屋である。甘い、辛い、濃い、のわかりやすい三拍子の味で、大人から子どもにまで喜ばれる。

「よし、勢揃いしたな。弁当を食いながら車座になって、種を割り合うとしようぜ。おっと、この蛸《たこ》の桜煮は、宮戸川《みやとがわ》によく合うな」

弁当の菜《さい》を肴《さかな》に銘酒《めいしゅ》を飲んで、玉三郎は上機嫌だった。

「わっしは、この生姜《しょうが》と昆布《こんぶ》の佃煮《つくだに》で、宮戸川をやるのが楽しみでしてね」

好物と地元の酒に、辰五郎も相好《そうごう》を崩した。

「ではまず、俺のほうから行こう。いいか、聞いて驚くなよ」

なみなみと注《つ》いだ杯を干して、大きく息を吐いた啓介が口火を切ろうとした。

「啓介の種はわかってる。火付けの下手人は、鳶の善五だと聞き込んできたんだろう。火事の起きる前に染仁のまわりをうろうろしていて、人の目に留まったんだろうな。肝心なのは、善五が火付けに巻き込まれた理由だぜ。そのあたりは、どうなんだい」

啓介は酢を飲まされたような顔をして押し黙り、一緒に聞き込みに動いていたお千瀬も、ぷっと頬を膨らませた。

「そのあたりのことなんですがね」

辰五郎が、遠慮がちに口をはさんできた。

「を組の連中を集めて問い質《ただ》したんだが、善五の奴も坊主金に手を出していたらしい。坊主の名は、やはり道筑だ」

一同は一様にうなずいた。

「善五は、兄貴が谷中《やなか》の叩き大工でしてね。屋根から落ちて、仕事ができなくなっちまった。野郎は独《ひと》り身だが、兄貴というのは女房と三人の子持ちらしい。兄貴が薬代にも事欠き、甥《おい》っ子が三人腹をすかしているのを見て、なんとかしてやろうと思った。といって、奴も宵越しの金はもたない口。つい、性質の悪い金に手を伸ばした……どうも、そんな成り行きらしいんです」

さすがに自分の子方のことであるので、辰五郎はしっかりと事情をつかんできていた。

「どっちからかはわからねぇが、善五とお津留は、坊主金の道筑を紹介し合ったのかもしれないな。火付けをするほど阿漕《あこぎ》な金貸しとまでは、思いも寄らなかったんだろう」

善五も道筑から借りていた。となれば、火付けの黒幕は道筑に違いない。玉三郎はすぐにそう確信した。

「玉三郎さん、火付けをしたのは、善五という鳶じゃなくて道筑ですか！」

次郎右衛門は、眉を八の字に吊り上げた。

「ああ、間違いないな。実地に火付けをしたのは善五かもしれないが、唆《そそのか》したのは道筑だろうぜ。しっかし、金貸しってのは吝嗇《けち》なうえに因業《いんごう》で阿漕だな。次郎右衛門さんなんか、人情味のあるほうだぜ」

玉三郎に妙な形で持ち上げられ、次郎右衛門はもじもじと膝をさすった。

「それで頭領、道筑の正体についちゃ、見当がつきましたか？」

次郎右衛門が照れ隠しをするように、辰五郎に問いかけた。

「いやそれが思いのほか、てこずりましてね。蛇《じゃ》の道は蛇《へび》。浅草上野の界隈で、わっしの息のかかっている金貸しには、残らず声掛けしたんだが、道筑という名すら知っている人間が少なかった」

「金貸し稼業を大っぴらには、やっていないということだ。大きく看板を上げるんじゃなく、自分とかかりのある、つまりは金に窮しているとわかっている人間を狙い打ちにして、貸し込んでくるんだろう。たとえば、都賀藩のようにな」

玉三郎は口元を思い切り歪めた。

「なあに、玉三郎さん。もう道筑の正体が見えているわけ？　だったら、勿体《もったい》ぶってないで早く教えてよ」

「そうですよ、玉三郎さんこそ、けちはいけません」

急《せ》かす父娘には応えず、玉三郎は辰五郎に笑いかけた。

「俺にも目星はついているが、新門の頭領のことだ。なんらかの目星はつけてきたんでしょう」

「いえいえ、風聞をひとつ拾っただけでね。なんでも、上野・同朋町《どうぼうちょう》あたりの組屋敷に、新しく金貸し稼業を始めた御家人が住んでいるという噂なんですよ。御徒町に住む御家人は、皆してピィピィしてるんだが、隣の同朋町あたりには、小金を貯めてる御家人も多いっていうからね」

「頭領、その同朋町で当たりですぜ。同朋衆のなかの表坊主に、殿中でせっせと付け届けを拾い集めてる嫌な奴がいるんだ。それを元手に、あの野郎、金貸しを始めていやがったな……しかも、俺の都賀藩の家来や奉公人をまとめて狙ってくるとは、とんでもねぇ野郎だ」

『俺の都賀藩』と聞いて、皆、きょとんとした顔をした。

「いや、俺が片手業で雇われているという意味さ。それより、お津留も善五も、相当追いつめられているに違いないな」

玉三郎は急に胸騒ぎがしてきた。

「悪い予感がする。これからひと走り、お津留と二親が身をひそめている阿部川町の長屋に行ってくる」


次郎右衛門までが一緒に行くと言い出し、結局、皆で夜の浅草の町を南から北へ歩き出した。

道々《みちみち》、玉三郎は自分の絵解きを、あらためて皆に語った。

道筑の正体は、表坊主の桐野筑阿弥に違いない。

筑阿弥はおそらく、都賀藩のなかの手蔓《てづる》から、藩内で困窮している者の名を聞き出し、坊主金を貸し込んでいる。そこからさらに枝葉を広げて、善五のような者にも貸しているに違いない。

筑阿弥はお津留の美貌《びぼう》に邪《よこしま》な心を抱き、借金をたてに自分のものにしようとした。

だが、お津留がなびかず、借金まで返してきたので、あろうことか火付けまでしでかし、一家を追い込もうとした。

「それで実地に火付けをしたのが、鳶職の善五さんなんだね。でもさ、いくらなんでも、好いた女の実家に火付けなんかするものかしら？　本当だとしたら、ずいぶんひどい男じゃない」

お千瀬は戸惑う顔になった。玉三郎と辰五郎は、うなずき合う。

「善五は、そんな非道なことができる男じゃない。だから、火付けに手を貸した理由を、これから聞きにいくのさ。奴は自分の長屋にはいない。転がり込むとすれば、お津留の一家のところだろう」

一行は新堀川に突き当たって左に折れ、流れに沿って北に歩き続けた。

阿部川町の角で、猪牙舟《ちょきぶね》に乗り込もうとしている四人の男女が、月灯《つきあ》かりに浮かんだ。

「おっと、いけねぇよ」

玉三郎は目敏《めざと》く、もやい綱を解こうとしていた善五の腕をつかんだ。

「一家四人で大川へ身投げの道行きかい。『死んで花実が咲くものか』なんて臭い台詞《せりふ》は、今時、田舎芝居の役者ですら口にしねぇだろうが、あえて今夜の俺はそれを口走ろう。死んじゃいけねぇぜ」

突然現れた玉三郎の顔を見て、お津留が声をあげそうになった。

あわてて玉三郎が目で制す。なぜ殿さまが、いきなり町人を伴って現れたのかと、不思議に思っていることだろう。

「あっしが悪いんです。あっしが半端者《はんぱもん》だから、お津留の家を台無しにしちまった……」

玉三郎がお津留になにか言おうとしたところで、善五が崩れ落ちるようにへたり込んだ。

二親は押し黙ったままだったが、お津留と善五が、交互に経緯《いきさつ》を語りはじめた。

道筑を紹介したのは、お津留のほうだという。まだ正体を知らぬころ、お津留は金に困っていた善五に、道筑を紹介した。

お津留と善五は、末を誓い合った仲だった。

ところが二親は、ひとり娘のお津留に婿を取って染仁を継がせようと、善五との仲を認めなかったらしい。善五は鳶ひと筋に生きてきた男で、当然、商人になるつもりはなかったのだ。

「お津留を取り逃した道筑は、業を煮やしたのでしょう。あっしのところに鎌蔵を通じて、火付けの片棒を担げと迫ってきたのです。あっしのほうの借金は、棒引きにしてやるからと。あっしは、とんでもねぇ、と即座に断りました。ところが……」

鎌蔵は、まとわりついてきて離れない。

――皆がうまくいく方策がある。それは、おまえにしかできねぇ。鳶なら継ぎ火の技を持っているだろう。染仁だけ、まるっと焼いちゃくれないか。

善五は耳元でささやかれ続けた。

どうしてもあの場所に長屋を建てて、家作を増やしたいという家主《いえぬし》がいる。火事で染仁がなくなれば、その家主は大枚の金で地べたを買ってくださる。そうなりゃ、染仁の親父が座頭から借りている借金は返せるし、染物道具がなくなれば商売への未練も捨てられる。

このまま商売を続けて借金の嵩《かさ》を増やすより、きれいに焼いちまったほうが、よほど一家のためだろう。

なにによりかにより、染仁さえなくなりゃ、おまえさんもお津留ちゃんと一緒になれるってもんだ――。

「愚《おろ》かでした。お津留と一緒になりたいばっかりに、あっしはとんでもないことを……」

善五の声が潤《うる》んだ。

「やっぱり、火付けは、おまえがやったのかい？」

玉三郎が確かめると、善五はあわてて首を振った。

「いや……鳶として、それだけはできねぇ。その代わり、証文を書いてくれれば、他に類焼させない付け火の仕方は教えると……そう言ってしまったんです」

「その証文には、付け火の仕方と引き換えに、お津留の二親にまともな住まいを用意し、老後の金も持たせてやる――そんなようなことが書いてあったんだな。それで、道筑の署名と押印がしてあった」

「へ、へい、その通りです。あの鎌髭の鎌蔵にも添え印を押させました。あの鎌蔵は、都賀藩の中間《ちゆうげん》崩れの破落戸ですが」

「なるほどな。それでうまく染仁だけ焼いて、待ち構えていたように、おまえさんが消し止めたのか」

善五が身体をまっぷたつに折って、一同に詫びた。

「半鐘がなると、この善五はすぐに飛び込んできて、連れ合いを背負い、わたしの手を引いて逃げてくれました」

黙っていた織右衛門が、そこで初めて口を開いた。

玉三郎は冷笑して、話を継いだ。

「ところが、道筑と名乗っていた筑阿弥は、約束を守らなかった。あんた方夫婦は、老後の金どころか裏長屋住まいを余儀なくされ、お津留を妾に出せと居丈高《いたけだか》に迫られたってわけか。それで、善五のほうは証文を返せとねじ込まれた……そういうことだな」

「そうです……座頭金の証文は、いつの間にか道筑の手に渡っていました。その証文をたてに取り、どうしてもお津留を妾に出せと」

織右衛門は男泣きに、崩れた。

「偽名は使っちゃいるが、なにかの拍子に、道筑と筑阿弥が同じ男だとばれたら身の破滅だ。お津留、善五、それにご両親も、もう心配いらねぇ。あとのことは、俺にまかしてくんな」

玉三郎はすっぱりと請け負った。

「放火をした者でも、別の放火をした人間を捕まえて奉行所に差し出せば、罪を許されるという特例が奉行所にはある。おまえの場合は少し苦しいが、俺が筆頭与力の谷村さまに談判してやろう」

啓介が少しだけ、いいところを見せた。

「いや、大丈夫だ。なんせ、おまえさんには、道筑を捕える手助けをしてもらうんだからな。ついてはさっそく一筆認《したた》めてくれ。いいか、書き文句はこうだ」

『証文は千両箱と引き換えだ。明日の正午に、入谷《いりや》の鬼子母神《きしもじん》先の空き地まで、ひとりで千両箱を担いでこい。嫌なら、奉行所に訴え出る。道筑だか竹輪《ちくわ》の蒲鉾《かまぼこ》だか知らねぇが、おまえの正体は知ってるんだぜ。善五』

冬に逆戻りしたような筑波颪が、入谷田圃《たんぼ》の白い蓮華《れんげ》の花を揺らしていた。

「おっと、やっぱり知った顔が現れたな。こいつは恐れ入谷の……と言いたいところだが、筑阿弥、おまえが火付けまで働く外道の坊主金貸しってことは、先刻《せんこく》承知だぜ」

他に人気《ひとけ》のない空き地で、玉三郎は、丸頭巾《ずきん》を被った筑阿弥の姿を認めた。

鎌髭の鎌蔵、それに、にわかに掻き集めたらしい三人の浪人が、筑阿弥に付き従っている。

「こっちもなんとなく、あなたさまの顔が夜に昼に浮かんできましてね。都賀の対馬守さまとは双子《ふたご》の兄弟ですかな。それとも、似面絵師《にづらえし》もびっくりの、そっくりさんですか」

「そんなこと、どうだっていいじゃねぇか。おまえを乗せる三途の川の渡し船、水竿《みさお》はこの俺が握ってやろうと、待っていたぜ」

「先生方！」

鎌蔵に付き添われて現れた三人は、本当に痩せ浪人だった。

玉三郎は、三匹蜻蛉を抜いて斜めに構えるのも煩《わずら》わしく、へっぴり腰で立ち向かってきた三人を拳鍔で次々と叩きのめし、ついでのように鎌蔵も悶絶《もんぜつ》させた。

あっという間に手下が倒され、背中を向けて逃げ出そうとする筑阿弥を、空き地の入口で大槍を抱えた笹島が待ち構える。

「おのれ桐野筑阿弥、よくもよくも、当家の家臣や所縁《ゆかり》のある者らを、食い物にいたしたな」

怒り心頭の笹島は、長槍の穂先でしゅっしゅっしゅっと筑阿弥の臍先《へそさき》を煽《あお》った。筑阿弥はたちまち腰を抜かすと、玉三郎のほうに這《は》って戻ってきた。

「あ、あんた、どこの誰かは知らないが、対馬守さまとすりかわったのだな。巌家老がうすうす気づいて、わしに探りを入れてくれと頼んできたぞ」

玉三郎は冷然と、往生際《おうじょうぎわ》の悪い筑阿弥を見下ろしていた。

「と、取引といこう。あれからまだわしは巌家老には会っていないし、文《ふみ》のやりとりもしていない。ここを見逃してくれて証文も返してくれれば、あんたが偽者《にせもの》だということは絶対に黙っておく。金が要るなら、百両でも二百両でも貸してやる……あっいや、差し上げる。だから、だから助けてくれ」

玉三郎は三匹蜻蛉を鞘ごと帯から抜いた。

「土壇場の切り札としちゃ弱すぎるぜ。ひとつ教えてやるが、ばれようがばれまいが、俺にとっちゃ、どうでもいいことだ。そんなことが取引の材料になると、本気で思っているのか」

逆手で鯉口《こいぐち》を切った玉三郎は、堪《こら》えきれない怒りをたたえた目で、筑阿弥を見据えた――。

第四話　赤い石榴《ざくろ》の絵馬

一

旧暦二月半《なか》ばの、春光《しゅんこう》うららかな日であった。

玉三郎は桔梗色の羽二重を着流して、江戸の西北となる雑司《ぞうし》が谷《や》・鬼子母神の境内《けいだい》に遊んでいた。

今日は明神のお千瀬の発案で、江戸の西北の行楽地を一日で制覇しようと、日帰りの行楽に出てきたのだった。二兎屋の次郎右衛門はもちろん一緒だし、どこで聞きつけてきたのか、等々力啓介もこの行楽に同行した。

江戸城中で都賀藩主の世話役を務めていた表坊主・桐野筑阿弥が謎の失踪《しっそう》を遂げて十日あまり。玉三郎たちは、久方ぶりの平穏な日々を楽しんでいた。

川越《かわごえ》街道をえっちらおっちら鬼子母神までやってくると、次郎右衛門は一目散《いちもくさん》に土産物屋《みやげ》に走り、安産と子授かりに霊験《れいげん》あらたかな石榴《ざくろ》の絵馬《えま》を買おうとした。

四角い板に、赤い石榴と緑の葉がかわいらしく描かれている。

いくらなんでもまだ早かろうと、お千瀬は照れた。

買うか買わぬか、父娘でもめているのをよそに、玉三郎は、ある武士のことが妙に気にかかっていた。

その武士は、本殿である鬼子母神堂の脇にじっと佇《たたず》みながら、絵馬掛けの台を食い入るように見つめている。

武士はやがて泣き出し、玉三郎の横を駆け抜けていった。手には、赤い石榴の絵馬が握られていた。

走り去った武士の様子は、尋常ではなかった。

「さっきの武士を知ってるかい？」

玉三郎は、土産物屋の婆さんに声をかけた。

「ええ、覚えてますとも。もうずいぶんと前ですが、ご夫婦で絵馬を買いにこられましてね。それは仲のよさそうなご夫婦で、おふたりで、にこにことしていましたよ。本当にお幸せそうでした」

婆さんは皺《しわ》だらけの口元をほころばせた。

「今日は、そのときの絵馬を持ってきたんだろうが……奉納はしなかったのだな。願いは、かなわなかったわけか」

人々は、絵馬に願い事を書いて奉納する。あるいは願い事がかなったときに、もう一度参詣《さんけい》に来て奉納する。

「そうですねぇ、赤ちゃんを水子にでもしたんでしょうか」

「ならば、わざわざ足を運んでこなくても、よさそうなものだがな」

玉三郎はそれ以上は気に留めず、鬼子母神をあとにした。

帰りに護国寺《ごこくじ》に寄り、参道である音羽《おとわ》通りをそぞろ歩いた。鬼子母神に人気が出てから人出が減ったといわれるが、どうしてどうして、参道の左右にはびっしりと土産物屋や茶店などの出店が並んでいる。

一行は昼飯代わりに団子をたらふく食い、お千瀬は名物の豆大福を買った。

さらには小日向《こひなた》の金剛寺《こんごうじ》坂《ざか》の上で、江戸いちばんの音色《ねいろ》と評判の鶯《うぐいす》のさえずりを聞いた。

暮れ切るまで鶯を堪能したお千瀬は、さらに小石川の牛天神《うしてんじん》にも願を掛けたいと言い出す。

牛天神の隣は、水戸藩の小石川上屋敷である。境内の入口からも、夕闇に包まれていく小石川後楽園の黒々とした森がのぞまれた。

「まだ物詣《ものもうで》する気かい。もう勘弁してくれ」

玉三郎は悲鳴をあげた。門前町に、美味《うま》そうな〆鳥屋《しめどりや》があった。

「春といっても、日が落ちると寒いぜ。頼む、鳥鍋で一杯やらせてくれ。なぁ、啓介」

「そ、そうだな。昼も団子だけだったし。そろそろ飲《や》りはじめたいところではある」

お千瀬の顔色を気にしながら、啓介も同調してきた。

「なら、私《あっち》はおとっつあんとふたりで行くから。ここで別れましょう」

お千瀬は別に怒った素振《そぶ》りも見せず、ここで別れようということになった。

啓介は未練たらしい顔をしているが、丸一日、お千瀬には付き合ったのだから、そろそろ男同士になるのもいい。玉三郎は、それじゃあ気をつけてな、と片手をあげ、啓介の背中を押して〆鳥屋の暖簾《のれん》を額で分けた。

「いいのかい、お千瀬、なんなら四人で〆鳥屋に寄ってから、牛天神に詣《もう》でたってよかったのに」

境内に上がっていく石段は、意外と急であった。次郎右衛門はお千瀬に尻を押してもらいながら、しきりに後ろを振り返る。

「いいの、いいの。赤い顔をして詣でたら、それこそ、ばちが当たるわよ」

それに、丸一日言うなりに付き合ってくれたのだから、そろそろ飲ましてあげたい。お千瀬は、そうも考えていた。

石段の両脇には、天神さまの菅原道真《すがわらみちざね》が愛した梅の木が並んでいる。咲き残りの梅の甘い香りが、宵闇のなかに香っている。

広い境内を歩いて、四方を注連縄《しめなわ》で囲まれた願い牛のところまで来た。

牛の形に似た岩石で、頭の部分を撫《な》でると、願い事がかなうのだという。

考えてみれば、ずいぶんとのどかな謂《いわ》れではあったが、父娘ふたりして幾度も撫でた。

お千瀬は玉三郎と結ばれることを、ひたすらに祈った。

「やれやれ、父娘して、こうして願をかけているのに、肝心のご本尊は門前町でもう、お顔をよい色に染めているだろうね」

合掌《がっしょう》を終えた次郎右衛門は、ぶつぶつとぼやいた。

「おとっつあんは、なんの願をかけたの。あっちと玉三郎さんのこと？」

「もちろんそれもあるが、その前に難問があってね。このまま玉三郎さんが、佐奈姫さまとなんでもないことを祈っていたのさ」

「なぁに『さなひめさま』って。それって、例の都賀藩の奥方さまの名前でしょ」

あわてて口をつぐんだ次郎右衛門の襟元《えりもと》を、お千瀬は激しくゆすった。

「な、なんったっておまえ……」

次郎右衛門は目をまわしながら、なにかを必死に算段していた。

「都賀藩の屋敷で、玉三郎さんとその佐奈姫が、わけありになってるってこと？」

お千瀬の顔が般若《はんにゃ》のようになった。

「ち、違う。姫さまなんかじゃない。お屋敷にはお貞《さだ》という、こわぁい女中頭《じょちゅうがしら》がいて、これが四十をまわった大年増《おおどしま》なんだか、玉三郎さんに色目を使うらしい」

次郎右衛門はとっさに、お千瀬の怒りをそらす嘘《うそ》を並べ立てた。

「そ、それでね。その大年増のお局《つぼね》さまは、若い腰元たちに自分のことを『さだひめ』って呼ばせているらしいんだよ」

お千瀬は、父親の顔を容赦なく睨《にら》みつけた。

「怪しい。玉三郎さんのことで、おとっつあん、なにか隠しているわね」

次郎右衛門に詰め寄ろうとしたそのとき、後楽園の森から気合声がほとばしった。

　そして、絹を裂くような女の悲鳴。大勢が地を蹴《け》って駆ける音。

　父娘は、ぎょっとした顔を向け合った。

「あたし、ちょっと見てくる」

　今日のお千瀬は、娘だてらに尻端折《しりはしょ》りしたいつもの御用聞き姿ではなく、無地の黄紬《きつむぎ》に娘らしい花車模様《もよう》の絞り帯をしていた。それでも襟元には、鉄の素十手《じって》を呑《の》んでいる。

「こ、これ、待ちなさい。そういうことは、玉三郎さんに相談してからにしなさい。危ない真似はいけませんよ」

　次郎右衛門はあわててお千瀬の袖《そで》をつかみ、振り放そうとするお千瀬と揉《も》み合った。

　後楽園の森のほうから、足音が聞こえた。父娘して目を向けると、闇のなかに、若い女の白い顔が浮かび上がった。

「あ、危ない」

　女は、両手で赤ん坊を抱いていた。その女が転げそうになり、お千瀬は自分も半転がりになりながら、転がる寸前の女と赤ん坊を介添えした。

女の顔は恐怖に竦《すく》み切っていた。白くなった唇を、わなわなと震わせている。それでも赤ん坊だけは、しっかりと抱いていた。

さして間を置かず、大勢が地面を蹴る音が響いて、闇が激しく揺れた。

六人ほどの抜刀した武士が現れて、お千瀬と女を囲んだ。

お千瀬は無意識に素十手を抜いた。次郎右衛門は願い牛の横でとうに腰を抜かし、両手で空を掻《か》いている。

「そこを退《ど》け、その女に用があるのだ」

羽織袴《はおりはかま》姿の若い武士が、切羽《せっぱ》詰《つ》まった顔で叫んだ。

「邪魔立ていたすと、ためにならぬぞ」

別のひとりが、右手で大刀を突き上げて凄《すご》んできた。

「ちょっとあんたたち、大勢で女子どもになにするのさ、それでもお侍なの」

怖かった。

東の空に十四夜の小望月《こもちづき》が光り、武士たちのかざす大刀を照らしている。それでも、お千瀬は震えながら、母子を守ろうとした。

「町人、退けと言ったら退け、さもないと」

また別のひとりが大刀を上段に上げた。有無を言わさず斬るつもりに見えた。

お千瀬は胴震《どうぶる》えが止まらなくなった。

「ぎゃあ！」

男声の悲鳴が響いた。

次郎右衛門が、武士たちの注意を引き寄せようとして、大口を開けてわめいたのだ。

武士たちが、きょろきょろと左右を見まわす隙《すき》に、お千瀬は女の背中を押し、みずからは両手を広げて楯《たて》になろうとした。

「くっそう、どうなってんだ。おまえから斬ってやる。往生しろ！」

「ぎゃう！」

思わず目を閉じたお千瀬が聞いたのは、またもや男の絶叫だった。

恐々《こわごわ》と目を開くと、大刀を握る武士の小指の付け根に、小柄《こづか》が突き刺さっている。

（玉三郎さん？）

周囲に目を泳がすと、頬《ほお》に微醺《びくん》を帯びた玉三郎の姿が、常夜灯《じょうやとう》の淡い明かりに浮かんだ。懐手《ふところで》をしていた手を袖に戻し、玉三郎は三匹蜻蛉を鞘《さや》ごと抜いたところだった。

「げぼっ」

拳鍔《けんつば》を胃袋に食らった小太りの武士が、ふたつ折りになって地に転がった。

「お千瀬、こいつら何者だい。もしかして、頭がおかしいんじゃねぇか。本気で段平《だんびら》振りまわして、女を斬ろうとしてるぜ、おっと」

後ろからの袈裟《けさ》斬りを、ひょいと半身をくねってかわした玉三郎は、二の太刀も後ろから放とうとした卑怯者《ひきょうもの》の眉に、片手打ちで距離を伸ばした拳鍔を叩《たた》きつけた。

ぐしゃっと、眉間《みけん》が潰《つぶ》れる音がする。

「どうする、まだやるのか」

玉三郎は鞘先端の鐺《こじり》の部分を持ち、三匹蜻蛉をくるくるとまわして威嚇《いかく》した。

残りの三人は互いに眉を読み合っていたが、

「てやっ」

と、いちばん若いひとりが、大刀を右腰に添えて低い姿勢から突進してきた。

まるで猪《いのしし》の突進だった。上段も脇もがら空きにして突っ込んでくる。

玉三郎は拳鍔をくれてやるのが気の毒になった。

とはいえ、しっかりと腰脇で固められた白刃は、一条の槍のように、ただがむしゃらに迫ってくる。

ぎりぎりの間合いまでふんばり、玉三郎は寸《すん》でのところで小脇に跳ぶと、右足だけをすっと伸ばした。

対手がつんのめって倒れたところを、可哀想だとは思ったが、踏み込みざま、頭を蹴り飛ばす。ぶぉんという音がして、頭は首のまわりを一回転し、がくっと項垂《うなだ》れて動かなくなった。

「ふ、ふぎゃー」

残ったふたりは不甲斐《ふがい》ない悲鳴をあげて、逃げていった。

「来てくれたんだね。あたしのことが心配で、来てくれたんだね」

お千瀬は玉三郎にしなだれかかった。

母子は騒ぎに紛れ、いつの間にか姿を消している。

「そうに決まっていますよ。あたしもいつ来るか、いつ来るかと、やきもきしてたんです」

そばに寄ってきていた次郎右衛門が、両手を広げて玉三郎とお千瀬を抱き込もうとした。玉三郎は、ふいっとやりすごすようにして逃れた。

「そうじゃねぇ。〆鳥屋で啓介の奴が、今夜は持ち合わせが少ないとかなんとか、頼りないこと言い出したんだ。それで、次郎右衛門さんに少しばかり借りとこうと思ってさ」

父娘の恨みがましい目線を受けながら、玉三郎は、母子が消えた闇に目をやっていた。


「ご老中には、くれぐれもよしなにと伝えるがよい。いや、大儀であった」

水戸藩邸の表書院で水野忠邦の用人・佐藤総兵衛《さとうそうべえ》をねぎらうと、斉昭は傍《かたわ》らに控えていた東湖と、ほくそえみ合った。

斉昭の依頼を受けて都賀藩に使者におもむいた佐藤が、復命するためにやってきていたのだった。

水戸斉昭の十一男・余一麿《よいちまろ》を、松平対馬守のひとり娘である久米子《くめこ》の婿《むこ》にと、佐藤は巌、笹島の両家老に会って、正式な縁談として伝えてきた。

十一番目の男子には、余一あるいは与一《よいち》と名付ける習慣が武家にはある。十に余《あま》りひとつで余一であった。

佐藤が去ると、斉昭の口調が急に、いつもの調子のくだけたものになった。

「あれを孕《はら》ましたときは一発一中であった。余の筒鉄砲《つつでっぽう》は百発百中。ドライゼ銃のようなものじゃぞ」

余一麿の母は、江戸藩邸詰の下級藩士・野路市蔵《のじいちぞう》の妻であった。名を菊江《きくえ》と言い、細面《ほそおもて》の佳人《かじん》で、歳はやっと二十歳の新妻である。

水戸藩では年に一度、後楽園の庭を下級藩士や出入りの商人にも開放する日がある。そこで菊江に目をつけた斉昭は、無理やり奥奉公に召し出し、有無をいわさず強淫《ごういん》した。この正月明けに生まれた余一麿は、つまりはまだ生まれたばかりの赤ん坊であった。

公儀からの祝儀の品として、正式に結納を取り交わした暁《あかつき》には、三方領地替えの沙汰《さた》が下ると、佐藤から都賀藩の両家老に伝えたという。

その三方領地替えとは……。

都賀藩領、都賀郡の出流村《いずるむら》周辺の五千石を、水戸藩領に。

水戸藩領、鹿島浦《かしまうら》周辺の海岸線沿いにある五千石を、公儀の天領に。

公儀の下野国内の天領のうちの五千石を、都賀藩に。

という内容であった。

三者がそれぞれ五千石ずつの領地を交換しあうわけであるが、都賀藩に有利で水戸藩に不利なのは一目瞭然《いちもくりようぜん》である。

都賀藩が手放す出流村周辺は石灰岩《せつかいがん》の多い山地で耕地少なく、実収が五千石あるか、おおいに疑わしい。片や公儀から下される新領は、すべて耕作に適した平野部にあり、実収はといえば一万石はかたい。

その一方で水戸は、海岸沿いの漁業にも農業にも適した土地を公儀に譲《ゆず》り、耕地に適さない土地をあてがわれ、大損したようにも見える。

しかしこれは国防《こくぼう》の見地から、斉昭みずから建議した領地替えであった。

水戸藩領の海岸線に、昨今しきりと外国船が寄ってくる。そこで、公儀の砲台を築いて睨《にら》みを利かすべきと、斉昭は幕閣に向かって吠えていた。

実質五千石以上の加増に、巌家老はごくりと唾《つば》を呑んだ。反対するかに見えた笹島家老も、押し黙ったままであったという。

「ふふ、出流村の、ごつごつした石灰の山になにが埋まっているかもしれず、おめでたい奴らよのう。余は五万石の都賀藩を我が意のままに操れるうえに、夢にまで見た黄金を手にすることができる。これでドライゼ銃が買えるぞ。となれば、天下は水戸のものじゃ」

斉昭は上機嫌で、鯰髭《なまずひげ》をしごいた。

そのとき、廊下に気配があった。

斉昭に一礼した東湖が、すぐに襖《ふすま》を開ける。

うずくまっていたのは、後楽園お庭方の元締めである藤林門九郎《ふじばやしかどくろう》であった。藤林家は服部《はっとり》家と並ぶ、伊賀《いが》忍者《にんじゃ》の頭領の家柄である。

「後楽園のお庭から、お方さまがひとり、屋敷の外へ逃げ出しました」

門九郎は面《おもて》を伏せたまま、そう言上した。

「お方さま？　よもや菊江、いや余一麿さまの生母、お菊《きく》の方ではあるまいな」

わずかにうなずく門九郎に、東湖の顔面が、すっと蒼《あお》くなった。

「余一麿さまも一緒に姿をくらましたのか。まさか、もとの亭主《ていしゅ》の野路市蔵が、奪い返しにきたのか」

野路夫婦は、この小石川藩邸のなかでも、夫婦仲のよさでよく知られていた。

門九郎は、苦しげに首を縦に振った。

「それで、むざむざ余一麿君《ぎみ》ごと、亭主に奪われたというわけか」

「さようにございます。面目次第もございません」

門九郎は額を地面にすりつけて詫《わ》びた。

容易でない事態が出来《しゅったい》したと感じたらしく、斉昭も廊下に出てきた。

門九郎は声を上ずらせた。

「亭主の市蔵は、庭方の者が返り討ちにしました。その間に、お菊の方さまは牛天神の境内に逃げ出し、庭方が追いついたのですが、腕の立つ御家人風の男に阻《はば》まれたとのこと。庭方の藩士にも、幾人か手負いが出ました」

斉昭のこめかみのあたりが、燃えるように熱くなった。

「由々《ゆゆ》しきことじゃ。庶子《しょし》とはいえ、我が子と我が妾《めかけ》を、我が屋敷から奪い去るとは」

斉昭は縁側の端から身を大きく乗り出し、門九郎の月代《さかやき》の上を、扇子《せんす》で二度、三度と派手な音をさせて叩いた。

「むざむざと、せっかく養子の売れ口が決まった……いや、とてつもない大望をかなえてくれるかもしれぬ子を――。よいか、草の根を分けても探し出し、余のもとに連れ戻してまいれ」

二

啓介は姿をくらました母子の件で、近くの番屋に寄ってから帰るという。

玉三郎と、お千瀬、次郎右衛門の三人は啓介と別れると、水道橋《すいどうばし》まで迎えにきていた二兎屋の猪牙舟《ちょきぶね》に乗った。

神田川から一度大川に出て、御蔵前《おくらまえ》の米蔵の手前を左に折れて新堀川に入り、幽霊橋《ゆうれいばし》の袂《たもと》で猪牙舟を降りた。

空に月はなく、群雲《むらくも》が流れている。風が強くなり、幽霊橋の前の柳が、鳴きわめくように枝を揺らしていた。昼間は春そのものであったが、夜陰《やいん》に入って季節が逆戻りしたようであった。

今夜はまだなにか起こりそうな予感がしながら鳥越町に入ると、あにはからんや、寮の前に笹島が立っていた。

玉三郎は笹島を自室に招き入れて、向かい合った。

次郎右衛門は同席を許されたが、お千瀬は部屋の外に出され、ふてくされている。

笹島は玉三郎に、水野忠邦の用人・佐藤が上屋敷に来て、水戸家から養子縁組の話を持ちかけられたことを伝えた。

「ふ～ん、水戸の助平からの縁談なんて、いかにもぞっとしない話だが、そのお国御前《くにごぜん》が産んだ娘というのは、いくつになるんだい？」

自分に娘がいることは、すりかわってすぐに笹島から聞いていた。ただ、年までは聞かなかった気がする。

「久米子姫は三歳にござる」

「なんでぇ、まだ寝んねじゃねぇか。それで、押しかけ婿になろうってぇ水戸の助平の倅《せがれ》はいくつだい」

笹島は人差し指を一本、突き立てて、片眉を吊り上げてみせた。

「なんだい、爺《じい》さん、謎掛けのつもりかい。十一か。まさか二十一じゃ、年が離れすぎだぜ」

笹島は黙って首を振った。

「一本ぽっきりじゃ。この正月にお生まれとのこと。婿殿はまだ一歳にござる」

玉三郎は呆気《あっけ》に取られた。

「飯事《ままごと》もできない夫婦だな。父娘揃《そろ》って、連れ合いとの閨《ねや》の営《いとな》みは、まだ当分先ってわけかい」

玉三郎は右腕を目にあてて泣き真似をしたが、笹島はすぐに話を転じて三方領地替えの件を説明した。

「つまりこっちにとっては、すこぶるいい条件での領地替えってことか」

玉三郎はわかりが速いところを見せて、そう返した。

「斉昭公は『我が国を狙《ねら》う外国船に対する備えを、国として早急に図ることこそ肝要。そのためにならら、水戸藩が多少の損を被《かぶ》ることなど、なにほどのことやあらん』とこう見得《みえ》を切られたとか。さて、もうひとつ、おまけの話がござる」

笹島は恐い顔をして眉を寄せた。

「使者が帰ったあとで、巌家老がしたり顔で申すのじゃ。めでたき縁談を祝して、我が殿にもご祝儀を差し上げたいと」

「我が殿ってのは、俺のことだよな。俺に祝儀ってなんだい」

祝儀と聞いて、玉三郎は何事かと期待して目を輝かしたが、笹島の目は焦《こ》げそうになっている。

「お国御前の麻利姫を、江戸に呼び寄せてあるというのでござる。殿もおひとりでお寂しいであろうから、上屋敷にお連れしようとのこと」

「お、俺の寝間に来るのかい？」

玉三郎は期待半分、戸惑い半分という顔をした。

「なにを鼻の下を伸ばされておられますか。佐奈姫さまをないがしろにするなど、言語道断」

「そうですよ。玉三郎さんは、あちこちに色目を使いすぎです」

笹島と次郎右衛門が一緒になり、いささか理不尽な物言いで、責め立ててきた。

「どうして俺ばっかり叱《しか》られるのか、今ひとつ納得がいきかねるが、まぁいいや。とにかく爺さんは、佐奈姫の血筋で家督をつなげたいんだよな」

「申すまでもないことにござる。それに、久米子姫に亡き対馬守さまのお血が流れているかどうかも、怪しいものなのじゃ」

笹島は藩内で以前からささやかれている風説を、玉三郎に聞かせた。

麻利姫は巌家老の妹ということになっているが、実は下野・足尾山中の呪術使いの女で、久米子姫の真の父親は巌なのだと。

「巌家老は、近頃の藩主のご様子が違うようじゃと、うすうす感づいておりますな。それで麻利姫に、まことの対馬守さまかどうか、閨で確かめさせようとの

「魂胆でござろう」

玉三郎には、笹島がなにを言いたいのか察しがついていた。

「閨で親しんでお子を産んだ愛妾にござる。前にも申しましたが、閨の仕種《しぐさ》においては、男はそれぞれ癖があるもの。麻利姫ならば、玉三郎君が偽者《にせもの》だと、たちどころに看破《かんぱ》いたしましょう」

笹島は真顔で懸念していた。

「皆まで言うない。麻利姫には手を触れるなってことだな。なら目の毒だから、その麻利姫って色っぽそうなのは、上屋敷には入れないでくれよ」

笹島はひと安心した顔で一礼した。

「かしこまりました。殿のご意思ということで、申し伝えまする。それから水戸家との養子縁組の件でござるが」

「それも、俺に藩主として断れってなら、そうするぜ」

「それは、ぜひにもそうしていただかねばなりませんが、それだけでは足りません。ご老中首座が取り持たれる、御三家との縁組にござる。角《かど》が立たぬように断る方便を考えることこそが肝要」

笹島の口調は重々しかった。

「そうかい、なら爺さんがその方便を考えればいいじゃないか。家老だろうに」

玉三郎は興味なさそうに、笹島に任せようとした。

「た、玉三郎君」

笹島はひきつりそうな顔で睨《にら》んできた。

「あなたさまは、今や当家の大黒柱。姫さまも拙者《せっしゃ》も、玉三郎君だけが頼りでござる」

笹島は悲痛な声で、すがってきた。

「……つまりは、その方便を俺に考えろってか。爺さん、あんた本当に調子がいいなぁ」

玉三郎が呆《あき》れ返ると、笹島は皺だらけの額の上で両手を合わしてきた。

「しかたねぇ。なんとか考えてみるが、問題は根本から解決しなくちゃな」

玉三郎は、いつになったら佐奈姫との間を取り持つのだ、と催促した。

「佐奈姫さんの血筋を残すには、不肖《ふしょう》、この玉三郎が気張る以外にない。なぁ、爺さん、そうだろう」

笹島は観念したように、こっくりとうなずいた。

「委細《いさい》承知いたしました。上屋敷に来られるのを早めるよう、姫さまに言上いたしまする。殿はご病気が癒《い》え、見違えるほどご立派な君主になられたと……やはり、その手でしょうな」

笹島は、最後はすっぱりと、そう言い切った。

「頼むぜ、至急に言上してくれ。よし、俄然《がぜん》、やる気になってきたぞ」

玉三郎は逸《はや》る気持ちを抑えきれないように、両腕を天に突き上げた。

「ちょ、ちょっと待ってくださいまし。それでは、うちのお千瀬はどうなるのですか。なんのために今日はご一緒に、てくてく雑司が谷まで足を運び、子授かりと安産の祈願をしたのです。玉三郎さん、まさかお千瀬を見限るなんてことは、なさいませんですよね」

途端に、次郎右衛門が騒ぎ出した。

「こ、これ、無理を申すでない。玉三郎君は姫さまの婿殿じゃ」

笹島は次郎右衛門を押さえつけようとする。

「いいえ、無理など申しておりません。うちのお千瀬は、もう何年も前から自分は玉三郎さんの許婚《いいなずけ》だと、そう思い込んできたんです」

次郎右衛門は一歩も引かなかった。

「跡取りが欲しいのは、二兎屋も同じこと。玉三郎さんには同心株を買って差し上げて、二兎屋はお千瀬と玉三郎さんの間に生まれてくる子に継がせようと、あたしだってそう決めていたのです」

次郎右衛門の剣幕を、さすがの笹島も持てあました。

「よいか、二兎屋。都賀藩五万石と札差一軒と、どちらが大事か、よおっく考えてみよ」

「札差一軒に決まっているでしょう」

三

その翌朝、水戸藩邸の斜め前にある水道橋の橋桁《はしげた》に、武士の骸《むくろ》が引っ掛っているのが見つかった。

玉三郎とお千瀬をその現場に呼び出したのは、夕べから小石川に居残り、消えた母娘の行方を追っていた啓介であった。

「おまえの見立てを聞こうと思ってな。だから骸にはまだ手を触れていない」

神田川の川風にあたりすぎたのか、骸を見たためか、啓介の顔はひどく蒼ざめていた。現場の周囲では、町方の手先が野次馬を追い払っていた。

「上流から流れてきたのかな」

玉三郎は右手となる神田川の上流を眺めた。

「土左衛門《どざえもん》というほど、水を飲んじゃいない。近くで斬られて放り込まれたんだろう。まったく、ひでぇことをしやがる」

啓介は初手の鑑定を口にした。三人は骸を見下ろして合掌した。

斬られたうえに大石でも落とされたのか、骸の面相は、生前の目鼻立ちがまったくうかがい知れないほど、潰されてしまっていた。

「刀傷らしいものが、四つ五つ、いやもっとあるわね。きっと、激しい斬り合いに巻き込まれたんだね」

お千瀬が、見るも無残な死に様から目をそらさずに、そうつぶやいた。

「放り込まれたとすれば……そうだな、あのあたりじゃないか」

玉三郎が指差す先に、水戸藩邸の地下を通って神田川に落ちる排水路があった。

十万坪を越える広大な水戸屋敷には、川の流れがふたつ、屋敷内を横断している。

ひとつは神田上水の流れで、後楽園自慢の大小の泉を潤《うるお》したのち、南面から屋敷の敷地を出て、水管橋《すいかんきょう》である掛樋《かけひ》を伝わって神田川を越えていく。これが江戸っ子自慢の水道の水である。

もうひとつは北からの小石川の流れで、水戸屋敷を縦断して南から神田川に落ちている。玉三郎が指差したのは、この小石川の落ち水の排水溝《はいすいこう》であった。

「夕べの牛天神での騒ぎのときだ。後楽園の庭から気合声のような音が聞こえてきたと、お千瀬は言っていたろう。水戸屋敷のなかで、斬り合いがあったに違いないぜ」

お千瀬と啓介が、骸に目を落としたまま うなずいた。

「俺が斬り合ったのは、どう見てもどこぞの藩士……場所からすれば、水戸藩士と考えるのが普通だ。とすれば、この武士も水戸藩士かもしれない。もしくは、水戸藩とかかわりのある者だ。ん？」

骸の懐《ふところ》が四角く膨らんでいた。玉三郎は手を伸ばした。

「絵馬だ。赤い石榴《ざくろ》の絵馬だ。とすると、この武士は……」

玉三郎は絵馬を手布巾で拭き、懐に納めようとした。そのとき、

「あのう、まことにもって恐れいりやすが」

六十路《むそじ》にかかった男が腰を屈《かが》めてきた。

「ああ、この爺さんは甚作《じんさく》といってな。水戸屋敷に出入りの植木屋だ。この武士

の骸を最初に見つけたのは、この男なのだ」

啓介が顎《あご》をしゃくって、甚作にその先を続けさせた。

「その絵馬を、あっしに預からせちゃもらえませんか。仏さんを見つけたのもなにかの縁だ。できたらあっしの手で、その絵馬を供養してやりたいんですがね」

懇篤《こんとく》な申し出であった。

甚作は物腰も穏やかで、優しそうな目をしている。

「そ、それは困る。この骸の身元を手繰《たぐ》る、大切な証拠《あかし》になるかもしれん物だ。せっかくの申し出だが、預けるわけにはいかん」

啓介は首をぶるぶると振った。

「いいじゃないか、啓介。この爺さんは、なにかの仏縁でも感じたのだろう。さあ、かまわないから、持っていけ」

玉三郎は啓介の言を無視して、甚作の手に絵馬を握らせた。

甚作は絵馬を押しいただくと、ぺこりと頭を下げて立ち去った。その痩《や》せた背中を見送っていた玉三郎は、お千瀬に目配せした。

あとをつけろと、眉と目で告げている。お千瀬は猫のようなしなやかな足取りで、甚作の背を追いはじめた。

四

ふたりと別れた玉三郎は、小石川から湯島《ゆしま》のほうに歩きはじめた。

頭に、笹島からの頼み事を浮かべていた。

どうしたら水戸からの押し付け養子を、角《かど》を立てずに断れるか。

そのことと、水戸藩士かもしれないさっきの骸のことが、玉三郎の脳裏《のうり》のなかで、付いたり離れたりしていた。

自分が殿さま役を引き受けるきっかけとなった歌垣の一件も、舞台は水戸藩の下屋敷である小梅屋敷だった。

我ながら、ずいぶんと巨《でか》い相手と喧嘩《けんか》を始めたものである。

考えはじめると、すぐに腹の虫が鳴った。

このあたりは武家屋敷ばかりで、町場が少ない。湯島天神の門前町まで行けばいくらでも美味《うま》い飯屋があるが、そこまで腹がもちそうもない。

玉三郎は水戸屋敷をぐるりとまわって、反対側の富坂町《とみさかちょう》に出た。小石川は武家屋敷が多いが、富坂町には町場がある。

目についた最初の一膳飯屋に入った。まだ昼の時分刻《じぶんどき》には早かったので、力仕事の人足《にんそく》らしいふたり連れが、湿気《しけ》た顔をして飯を食っているだけだった。

「親父、飯だ。それから一本つけてくれ、ぬる燗《かん》でいいぞ」

玉三郎は長床机《ながしょうぎ》の隅に腰をかけた。

「へ～い」

嬉《うれ》しそうな声が響いて、ほどなく馬面の四十男が、ぬる燗と突き出しの空豆《そらまめ》の煮物を持ってきた。

「旦那《だんな》、昼間っからいい景気ですね。一本と言わず、どんどん飲《や》ってくださいな」

「そうだな。おまえの店も一汁二菜で二十五文の昼の定食だけなら、たいして儲《もう》からねぇよな」

玉三郎は杯になみなみと置き注《つ》ぎして、くいっと口元に運び、ぷはっとばかり美味《うま》そうに息を吐いた。次々に置き注ぎしては、一気に干す。

「違ぇねぇ。ご当代になって水戸さまがすっかり渋ちんになったもんで、こちとら庶民も、すっかりと左前だ」

親父は玉三郎の飲みっぷりに目を細めながら、こぼした。

「そうだ、あの渋ちん藩主。俺たちゃ、下っぱ藩士にばかりにわりを食わせて、ご自分さまのちんちんには、大盤ぶるまいときてやがる」

　人足がぼやき声で応じてきた。

「そうかい。よし親父、なら、もう二、三本、つけてこい。おい兄《あに》いたちもこっちで一緒に、やろうじゃねぇか」

　玉三郎は人足たちを手招きした。

　人足ふたりは弾かれたように立ち上がり、揉み手をしながら玉三郎と差し向かいに座った。

「屋敷ん中は、とにかく倹約《けんやく》倹約でよ。下の者には、紙切れ一枚使うのにもうるさいらしい。風邪っ引きになっても手鼻をかめってなもんだ。自分は馬鹿っ高い枕紙を盛大に使って、真っ昼間から、妾どもとやり放題だってのによ」

　後楽園の庭に出入りする植木職人の下働きというふたりは、滅多《めった》にありつけない昼間酒にたちまち酔ったのか、口がぺらぺらとまわり出す。

「そうかい。斉昭ってのは、そんなにけち助かい」

「ああ、だから、水野越前とうまが合うんだろうぜ。水野の天保改革ってのは、水戸の助平のけち助ぶりを手本に始めたって、もっぱらの話ですぜ」

　ふたりは思いのほか、世事《せじ》に疎《うと》くはなかった。

「そうか、そこまで助平で、そこまで吝嗇《けち》か……」

玉三郎は物思いに沈んだ。

であれば、海岸沿いの豊かな領地を手放し、がりがりとした石灰岩だらけの都賀藩の領地と、交換などするものだろうか。


その日の午後もその翌日も、玉三郎は二兎屋の寮の縁側で寝転びながら、水戸斉昭の真意と、押し付け養子の断り文句を、考え続けていた。

「玉三郎さん、今いい？」

庭先からお千瀬が近づいてくる。

「尾行はうまくいったわ。世間は狭い。よいこと、驚かないで聞いてね」

お千瀬はいやに勿体《もったい》をつけた。

「おっと、そっちもあるんだった。一昨日の小石川の骸の件だったな。よし、聞かせてくれ」

寝転んでいた玉三郎が起き上がると、お千瀬は縁側から上がり込んで、自分で奥に行って茶を淹《い》れてきた。

玉三郎の前にも茶碗を置くと、お千瀬はおもむろに語り出す。一昨日からずっと、近所に聞き込みをかけてまわってくれていたらしい。

　甚作の家は、小石川伝通院《でんづういん》の裏手にある小さな植木屋だという。

　甚作はそこでひとり暮らしをしながら、何人かの通いの植木職人を使って、植《うえ》
甚《じん》という屋号で近所の大名屋敷や旗本屋敷の仕事をしていた。

「腕はいいってことらしい。だから小さな植木屋だけど、あちこちの武家屋敷から、仕事の声がかかってるって」

　玉三郎はときおり茶碗を口に運びながら、黙って聞いていた。

「もとは上方で植木職人をしていたんですって。苦労をともにしたお内儀さんがいたんだけど、『ころり』にかかって、あっけなく亡くなったらしいわ」

　聞き込みの腕がいいので、お千瀬はいやというほど話を仕入れてくる。

「ほら、二十年ほど前、私《あっち》が生まれた文政五年に、上方で『ころり』の大流行があったっていうでしょ。それを機会に、上方からそのころ十七歳だった娘さんを連れて江戸に出てきて、小石川で植木職人としてやり直したらしいのよ」

　勿体をつけておいて、お千瀬の話はちっとも本題に入ってこない。玉三郎はもどかしそうに、こめかみを掻いた。

「わかってるわよ。早く、今回の一件にかかわりのありそうなことをしゃべれと

言うんでしょ。待ってよ、話は今からなんだから」

お千瀬の口からもれてきたのは、たしかに一驚に値する成り行きであった。
二、三日前から、男やもめの甚作の家で、赤ん坊の泣き声がするのだという。狭い家のことで、垣根の隙間《すきま》からは、まだうら若い女の姿も垣間見れるらしい。
「お千瀬、すまん。話がこんがらがってきた。その赤子を抱えた若い女というのは、甚作が上方から連れてきた娘が、子を作って戻ってきたのか。それとももしかして、牛天神で俺たちが助けた子連れの女か？」

玉三郎は、お千瀬の口元を見つめた。

「たぶん、いや絶対にあとのほうよ。だって、上方から来た娘はもう四十近くになっているはずだし、牛天神の娘はどう見ても、あっちと同じで二十歳そこそこくらいに見えたもの。それに――」

お千瀬はそこで言いよどんだ。

「その甚作さんの娘さんは、もうこの世の人ではないのだから」

江戸に出た甚作は、後楽園出入りの植木屋となった。

江戸に来て七年目の秋、甚作が右腕と頼む植木職人と祝言をあげることが決まっていた娘に、藩主に就任したばかりの斉昭が目を留めた。

娘はすぐさま、御殿の奥奉公に召し出された。そのまま一度も宿下がりが許されず、一年ほどが経ち、流行風邪《はやりかぜ》でみまかったとして、亡骸《なきがら》の下げ渡しがあったのだという。

「少しずつ読めてきたな」

玉三郎の脳裏で、何本かの糸がゆるやかに結ばれはじめた。

「甚作という爺さんは、自分の娘と同じような境遇の女が、水戸屋敷で籠《かご》の鳥になっているのを知っていた。それで、逃げた母子を匿《かくま》っているわけだな」

推量は混じっているが、まずはそんなところであろう。

「あっちもそう思う。すごく優しくて男気のある人だと、近所でも評判のお爺《じい》さんだから」

「よし、明日にでも、また小石川に出向くとするか。その爺さんに会いにな」

斉昭の餌食《えじき》になったらしいふたりの女のことは、身につまされたが、突破口が開けた気がして、玉三郎は急に気分が晴れてきた。

「ならば、あっちが道案内するよ」

「いや、男同士のほうがいい。あの爺さんとは飲んで話をする」

玉三郎がそう決めつけると、お千瀬は猛然と反撃してきた。

「なんなの、そのいけ好《す》かない言い方。あっちの拾ってきた種で道が開けたってのにさ」

「おまえは啓介と一緒に、与力の谷村さんのところに行け。植甚のまわりに、人を配る算段をしてくれと伝えるんだ。明日は俺も出向くが、そう毎日、張り付いていられるわけじゃない」

水戸家でも母子の行方を追っていて、植甚に行き着くかもしれない。お千瀬もそう思い至ったらしく、

「わかった、そうする」

と、赤い唇を噛《か》んで短く応じてきた。

「それから、もしかしたら奉行所で、若い母親と赤ん坊をしばらく預かってもらうことになるかもしれない。そのことも、谷村さんの耳に入れておけ」

夕刻、玉三郎は、七軒町の都賀藩上屋敷に戻った。

五

その翌日は、登城日であった。奥から手伝いにきていたお津留が屋敷を去った

いま、玉三郎の身のまわりの世話をするのは、男ばかりである。

近習頭《きんじゆうがしら》は新任で、笹島の倅である笹島又四郎《またしろう》であった。

「殿、今日のお昼はよいことがありますぞ」

裃《かみしも》を付けるのを手伝ってくれながら、又四郎が耳元でささやいてきた。

「どういうことだい？」

玉三郎はまるで思いあたることがなかった。

「それは、お昼になってからのお楽しみ。殿さまの奥向きの予算も、増額になったのでござる」

「そりゃまた、どういうことだ？」

「聞いていらっしゃらないのですか。お家は近々、五千石ほど内々のご加増になることが決まったとか。それで殿の身のまわりを賄《まかな》う予算も、にわかに増額になったのでござるよ」

「呆れたぜ。もうあてにしてやがるのか」

玉三郎は思わずそう口に出してしまった。

四つ（午前十時）に登城して、順番を待って形ばかり将軍家慶に拝謁《はいえつ》する。そしてあとは弁当の時間まで、欠伸《あくび》を嚙み殺している。いつもの通りの御殿勤めで、やっと弁当の時間がきた。

「玉三郎さん、なんと今日はご馳走《ちそう》にございますな」

詰間である雁間《がんのま》で仲よしになった板倉勝静《かつきよ》が、丸くした目で玉三郎の弁当を覗《のぞ》き込んできた。

近頃では、この勝静とはすっかり打ち解けて、板倉さん、玉三郎さんと気楽に呼び合う仲になっていた。

「おや、本当だ。す、すげぇ。鰻《うなぎ》が三段に敷いてある鰻飯だ。おかずのお重も三段重ね。こんなの初めてだぜ」

勝静にせがまれて弁当箱の蓋《ふた》に鰻飯を分けてやりながら、玉三郎は唸《うな》った。

「普段は鯖《さば》と牛蒡《ごぼう》の煮付けぐらいなのに、本当にどうかしちまったようだ」

「水菓子は橘《たちばな》の実でござるな。羨《うらや》ましい、柚子《ゆず》の菓子まで添えてあります。松平家では、なにか慶事《けいじ》があったのでござるか？」

勝静は真面目な顔をして聞いてきた。

「慶事といっても、幻《まぼろし》の五千石の加増だ。まぁ、聞いてもらえますかい」

玉三郎は水野老中の用人の口上を、幾分声をひそめて勝静に語った。玉三郎の話を聞くうちに、端整な勝静の顔が、みるみる曇った。

「むむぅ、生まれたばかりの赤子を、あなたの養子にということですか。これはすぐにでもお断りなさい」

勝静は強い口調で、言下《げんか》にそう言い切った。

「やはり三歳の娘の婿殿に、一歳の赤子というのはおかしいですか？」

「おかしいもなにも、あなたはまだ二十七でしょう。これからいくらでもご実子を設けられます。なにも今から、他家からの養子にお家を譲ると、決めておくことはない」

言われてみれば、その通りであった。それなのに家中ではもう、加増で浮かれている。美味《うま》い弁当は食えたが、玉三郎は小腹が立ってきた。

「三方領地替えの件はどう思われます？」

「ああ、そのこともありました」

勝静は湯飲み茶碗を撫でながら、少しの間、考え込んだ。玉三郎も茶を飲みながら返答を待った。

雁間の雰囲気は、近頃では格段によくなっていた。ずるけて湯茶の給仕を怠《おこた》る表坊主もいないし、弁当を使ったあとは、部屋のあちこちから小声で談笑する声が聞こえる。

「話の道筋は一応通ってはいます。海防の強化は、水戸公の持論。たしか四年前でしたか、家慶将軍に海防の意見書を出し、あわせて大船の建造を解禁するよう訴えました。その翌年には、大砲鋳造《ちゅうぞう》のための溶鉱炉《ようこうろ》の建設にも着手したとか」

玉三郎は溜息をついた。

「あの男は助平なだけじゃなくて、戦好《いくさず》きなんだね」

「大きな声では申せませんが……」

勝静は、ほとんど聞き取れないほどの小声で続けた。

「水戸の斉昭公は、えーろっぷの『ぷろしゃ』という強国が発明した、新型の鉄砲を買い付けているという噂《うわさ》もあります。これが一挺あれば、火縄銃五十挺を相手にできるとか」

玉三郎は驚くよりも呆れた。

「水戸は天下を盗《と》るつもりですかね？」

「そうだと真顔で答える者が、この江戸城には少なからずおりましょうな」

「どうも拙者は、その水戸さんとは、うまが合いませんでね」

玉三郎の溜息が深くなった。

「なのに、玉三郎さんのところに縁談をもちかけてきた。これは、なにか企みがありそうですぞ。だいたい、水戸はご三家のなかでも格別な貧乏藩で、大船を作《たくら》ったり新式の鉄砲を買う余裕などあるわけがない。都賀藩との不利になる領地の交換なんて、飲むわけがないはずですよ」

玉三郎は、だんだん胸騒ぎがしてきた。

「い、板倉さん。俺は見た目よりも、気が弱いんだ。水戸の企みがなにか見当がつくなら、教えてくださいよ」

勝静は腕を組んで考え込んでくれたが、やがて無念そうに首を振った。

「いや、面目ない。考えましたが、思い浮かびません。けれど、あの人なら、思いついてくれるはずです」

勝静の目線は部屋の隅で、悠々《ゆうゆう》と茶を喫しているひとりの若い大名に向けられていた。

弁当を終えて一服すると、すぐに城を下がる時間となった。

お玄関に向かうべく、雁間を出て隣の菊間《きくのま》の前の廊下を歩いていると、すすっと表坊主が寄ってきた。

「板倉さまがお待ちでございます。どうぞこちらへ」

表坊主は玉三郎の袖を引くようにして、菊間の隅の襖を開けた。

そこに、ふたりの秀麗な顔立ちをした大名が座っていた。

「玉三郎さん、この人はうちの親戚筋《しんせきすじ》の大名で、奥州福島《ふくしま》城主の板倉内膳正勝顕《ないぜんのかみかつあき》さん。私と違って一族中の俊英《しゅんえい》です。勝顕さん、こちらがお人変わりしたと評判の松平対馬守殿。私は玉三郎さんと呼んでいます」

勝静が紹介の労を取ってくれた。

「よろしく。あなたも、玉三郎と呼んでください」

「板倉分家の勝顕です。同じ詰間でも席が離れているので、普段はお話する折がないものですな」

奥州福島城三万石の城主は、本家の勝静に似て快活な男だった。

「今、勝静さんから、おおよその流れは聞きました。さぞやお気が揉めることでござろう。それで、拙者もつらつら思案をめぐらせてみましたが」

勝顕は親身そうに、語りはじめた。

「半分は眉唾《まゆつば》と思って聞いてくだされ。都賀藩と我が奥州福島藩には、ともに五十万両になる佐竹家の埋蔵金《まいぞうきん》が眠っているという風説が、この二百年来ござる」

「ご、ご、五十万両！」

埋蔵金と聞いて、さすがに玉三郎も虚《きょ》を突かれたように、目が泳いだ。

「うちの藩が百年寝て暮らせる金高ですぜ。眉唾としたって、聞き捨てなりませんト」

仔細《しさい》を教えてくださいと、玉三郎は願う目を勝顕に向けた。

「されば」と勝顕はおもむろに先を続けた。

「あくまで伝説でござる。とはいえ、両藩ともに、常陸から秋田に隠密で黄金を移動しようとした道筋にありますからな。そして水戸家も二百年来、これを狙い続けておる」

勝顕は水戸の北、十三里に、佐竹氏の隠し金山と呼ばれる栃原《とちはら》金山があったことと、その金山が閉山になった顚末《てんまつ》を、玉三郎に聞かせてくれた。

関ヶ原の戦いのあと、秋田に国替えとなった佐竹は領国を引き渡すにあたり、虎の子の金山まで明け渡すのを嫌った。

それで鉱口を塞《ふさ》ぎ鉱道を埋め、鉱脈を知る鉱夫もひとり残らず新しい領国である秋田に連れ去ってしまったのだという。

おまけに閉山の間際《まぎわ》には、佐竹は狂奔《きょうほん》したように、鉱山《やま》も枯れよとばかり掘れるだけ掘りまくった。

徳川家康の命による国替えが発令されても、新領主が実際にやってくるまでには、いくばくかの時がかかる。

佐竹に対し秋田への国替えが発令されたのは、関ヶ原の戦いの三年後のことである。石田三成方と目された佐竹は、懲罰《ちょうばつ》としての国替えがあることを早くから察知し、三年かけて五十万両を掘り尽くしたのであろう。

「国替えの際、新旧の領主がいがみ合うというのは、よくあることなんです」

旧領主は国を去る際、年貢米を根こそぎ巻き上げていこうとする。新領主の最初の一年はろくに年貢米が取れない、という話は実際よくあった。

「今回の件で、佐竹が掘り逃げした黄金は、帰属《きぞく》があいまいでござろう。すでに国替えが発令されたあとに掘った分が、ほとんどでしょうからね」

新領主にすれば、火事場のどさくさで大金をかすめとられたようなものである。

だからこそ、佐竹は山沿いの間道を選び、隠密裏に五十万両を常陸から新領国である出羽の秋田に運び込もうとした。

「なるほど、常陸から奥州・羽州の山沿いに秋田まで行こうとすると、とりあえず俺、いや、拙者のところの都賀藩領を通るわけですな」

玉三郎は関東と奥羽《おうう》の地図を思い浮かべながら、埋蔵金伝説の信憑性《しんぴょうせい》を頭のなかで吟味してみた。

(ひょっとして、ひょっとするな)

となれば、五十万両である。

札差では中どころと自認する次郎右衛門が、酔った勢いで、

「あたしの身代の正味《しょうみ》は五千両」

と、ぽろりともらしたことがあった。その百倍である。

「表街道をさけ、奥羽の山脈沿いに五十万両を運ぼうとすると……山脈への入口が都賀藩領の出流村周辺。出口が、我が福島藩領ということでござる。そこで、双方に五十万両が埋められたという伝説が残ったわけじゃ」

伝説は語る。

徳川家からの追っ手が佐竹の荷駄《にだ》にかかり、山脈沿いで追いついたのだと。

当時、水戸藩主は徳川頼宣《よりのぶ》であった。のちに御三家紀州藩《きしゅうはん》の藩祖となった人物である。南海の龍と恐れられた激しい気性の持ち主で、必ずや五十万両を取り返してこいと、手の者を叱咤《しった》した。

「追いついた場所が、出出《でだ》しの都賀藩領なのか、出口の福島藩領なのか、はっき

りしません。ともかく両方に伝説が残ったのです。逃げ切れぬと踏んだ佐竹衆は、奪い返されるならばと、手近な場所に黄金を埋めてしまった」

「それで……どちらが、よりたしかなんですかね？」

玉三郎は頓着《とんちゃく》のない口調で、さらりと聞いた。

勝顕は微笑《ほほえ》を浮かべながら首を振った。

「それはわかりません。我が藩側の伝承では、佐竹は五十万両を川船に乗せ換《か》えて、最上川を遡《さかのぼ》るために、福島藩領で山脈沿いの間道から下りてきたと伝えていますが、今となっては真偽《しんぎ》のほどは。とはいえ――」

そこで勝顕は眉をひそめた。

「追っ手をかけたのは、水戸でござる。伝承は二箇所にござるが、水戸藩のほうでは、都賀藩領で追いついたと確信しているのかもしれません。それだから、今度の国替えを意図してきたのでしょう」

徳川頼宣はわずか六年で水戸を去り、その後を弟の頼房《よりふさ》が譲られて、水戸徳川家が成立する。二代藩主が、水戸黄門《みとこうもん》の光圀である。

当時の大名の兄弟姉妹は、母親が違うのがむしろ当たり前のようなものだが、頼宣と頼房は、母親が同じお万《まん》の方《かた》であった。兄弟仲はすこぶるよく、ふたりの間で綿密な引き継ぎがあったことは想像にかたくない。

「五十万両の埋蔵金を探し当てる努力は、水戸家で連綿《れんめん》と続いていたそうにござる。とはいえ、他藩の領内のことですから、そう大っぴらにもできない。そのうちに長い時が経《た》ち、水戸藩でも忘れ去られたと思っていましたが……」

勝顕の最後の語尾が、どことなく微妙な感じであった。

「水戸は、ど助平なうえに、吝嗇《けち》の藩主をいただいた。そんな男が、五十万両を放っておくわけがない。本気で黄金を手中に納める気になった。それが、今回の三方領地替えのからくりってことですね」

板倉姓のふたりは、揃って小さくうなずいた。

玉三郎は眩暈《めまい》がしてきた。


「おい、着替えは自分でやるからいい。それより、爺さんを呼んでこい」

屋敷に帰った玉三郎は袴を蹴り脱ぎ、近習の又四郎に向けて怒鳴った。

あわてて駆けつけてきた笹島に、玉三郎は殿中で両板倉から聞かされた件を伝えた。笹島は度胆《どぎも》を抜かれた顔になった。

「この五十万両の件、佐竹の埋蔵金の話を、爺さんは知っていたのかい？」

笹島は苦しげにうなずいた。

「都賀藩の家中には、お伽話《とぎばなし》にように伝わってはおりました。されど二百年も前の話。近頃の若い藩士のなかには、知らぬ者もおりましょう」

「それで爺さんは、どっちだと思う？」

ついつい強い口調となった。

「眉唾か、ひょっとしてか……そのどちらだとお尋ねでござるか？」

「そうだ」

「なんとも言えません。ひょっとして、などと口走れば、よい年をして気は確か、などと非難を受けるに違いござらん。されど――」

笹島は苦しそうに首を振った。

「火のないところに煙は立ちませんぞ。隠された場所は、日光那須《なす》の山脈に分け入る途中の山中《さんちゅう》と、伝承は伝えております。当家の領内でその条件に当てはまる土地は、今回、交換の対象となるあの出流村のあたりしかござらん」

「こりゃ、やっぱり、ひょっとしてひょっとするな」

玉三郎は苦笑いを浮かべた。

「玉三郎君、たったひとつ間違いないことは、水戸家が今でも埋蔵金を信じていることにござる」

笹島の両眼には、怯《おび》えが浮かんでいた。

「そうだ、埋蔵金なんて、なきゃなくたっていい。むしろあればあったで鬱陶《うっとう》しいぜ。水戸はしつこく狙ってくるだろうし。公儀だって本当にあると知れば、召し上げにかかるだろう。この家は、まるっと国替えさせられるぜ」

「た、玉三郎君、水戸家につけ狙われた当家は、どうなるのでござろう。と、とにかく、今回の養子縁組はお断りせねば」

笹島は気を落ち着かせるように、ごくりと渋茶を飲みほした。

「それで玉三郎君には、なにかよき知恵は浮かびましたかの？」

悲痛な顔をしていると思った笹島が、こそっと上目遣いしてきた。

「知恵は浮かばなかった。それはしかたねぇだろう。俺なんかよりずっと賢そうな顔をしたふたりの板倉さんだって、対処のための名案までは教えてくれなかったぜ。ただな……」

「なんでござるか」

笹島は期待を込めた目で、先を促《うなが》してくる。

「知恵は出ないんだが、今回だけはなんとか逃げられるかもしれねぇ」

「さ、さすがは、当家と同じ松平の血を引く玉三郎君」

笹島は扇子で、ぱんぱんと膝《ひざ》を叩いた。

「それで、どんな算段を考えつかれたのでござる？」

「だから知恵は出なかったと、さっきから言っているだろう。つまりは成り行きで、向こうのほうから断りを入れてきそうな気配になってきたんだ」

「はぁ？」

まるでわけがわからぬという顔で、笹島は素頓狂《すっとんきょう》な声をあげた。

「だが、都賀藩だけが助かればいいというもんじゃない。母親と赤ん坊にも、生きる道を残してやらないとな。さて、水戸家が、母親と赤ん坊に対して、どう出てくるかだ」

六

次の日、玉三郎は小石川に足を向けた。

道すがら、どういう話をどういう言いまわしで、母娘と、ふたりを匿《かくま》っている甚作にしてやったらいいかを考えた。

うまく思案がまとまらない。一杯ひっかけてから行くかと、この前寄った一膳飯屋の暖簾を手で分けた。

お千瀬から聞いている甚作の植甚は、ここから小石川・伝通院をはさんで、すぐのところにある。

先客はひとりしかいなかった。

寂しげな小さな背をこちらに向けて、昼間からひとりで飲んでいる様子だった。背中の印半纏《しるしばんてん》は、松葉を組み合わせて鋏《はさみ》の形をかたどってある。

「これは、旦那。また来なすったね。へ～い、熱燗三本。肴《さかな》は見繕《みつくろ》いとくらぁ」

馬面の親父が、勝手に注文を決めて、奥に引っ込んでいった。

「あんた、甚作さんと言ったな。久しぶりだ。横に座らせてもらうぜ」

「ああ、あのときの旦那か。絵馬はまだ俺が預かっているよ」

甚作は赤い顔をしていた。銚子が三、四本飲み倒されていたが、酔っているのか、もとから植木屋仕事の日焼けなのか、判断がつかなかった。

「不思議な縁でな。もう四日前になるか、俺はあの骸になった武士が、鬼子母神の絵馬台の前でずっと佇《たたず》んでいたのを、偶然《ひ》、目に留めていたんだ」

玉三郎は馬面が盆にのせてきた銚子を引っ手繰《たく》ると、まず甚作の杯に足してやり、それから自分の杯に置き注ぎした。

「それにこれも不思議な縁でな。その夜、牛天神の境内で、赤ん坊を連れた若い母親を助けた」

玉三郎を見つめていた甚作の眼差《まなざ》しが和《やわ》らいだ。

「旦那は、奉行所の隠密廻りかなにかかい？」

「同心の株が欲しくって、出物を探していた。だが、株代金を出してくれるって商人が、先を企んでる奴でな。融通《ゆうづう》を受けるのは、遠慮しといたほうがよさそうだ」

玉三郎は美味《うま》そうに杯を干した。

「そうだな、そのほうがいい。旦那はまっすぐな顔をしている。商人に金なんぞ借りて、同心になんてなるもんじゃない」

「違《ちげ》えねぇ」

意見が合ったふたりは、含み笑いをしながら杯を呑みあった。

「旦那が八丁堀じゃないとすると、俺んちのまわりに手先を張りつけて、護ってくれているのは、誰が気をまわしたのかな？」

「それは俺だ。同心と与力に友達《つれ》がいる。株なんかなくたって、同心の真似はできるさ」

「そりゃ頼もしい。これからも、せいぜい理不尽な目に遭《あ》っている連中に助《すけ》を入れてやってくんな」

甚作は嬉しそうに自分の銚子から、玉三郎の杯に酒を満たした。

「それで、赤ん坊の父親は水戸の斉昭かい？」

肯定《こうてい》も否定もせずに、甚作は杯を呷《あお》った。

「父親なんか誰だっていい。あの夫婦はな、菊江さんが子を孕《はら》んだのを機に、殿さまから離縁をするよう申し渡されていた」

甚作は苦虫を嚙み潰したような顔をした。

「亭主は水戸の下《した》っ端《ぱ》藩士だが、ふたりに別れるつもりは、これっぽっちもない。それで水戸屋敷を抜け出し、生まれてくる子は、ふたりの子として育てる覚悟を固めていたんだ。絵馬の奉納は、その誓いの証《あかし》よ」

甚作はその間の事情を、ぼつぼつと語り出した。

斉昭の側妾《そばめ》が増えたので、御殿のなかだけでは部屋数が足りず、後楽園に小さな住まいを建てて、新参の妾はそこに住まわされていた。

甚作は植木屋だが、お菊の方こと菊江の住まいを建てる手伝いをしているうちに、その境遇を知った。それが、自分の娘とひどく似ていることも。

さらには、夫婦の思いも知った。

肚《はら》を決めた甚作は、菊江と亭主の間に入り、水戸屋敷から菊江と赤ん坊を逃がす手引きまで務めたのだという。

「亭主の野路市蔵という人は、後楽園の庭で斬られてしまったが――」

甚作の皺眼《しわまなこ》が、虚空《こくう》を見つめていた。

「あの絵馬は、子が授かるようにと、何年も前にふたりで鬼子母神に出向いて求めてきたものだ」

甚作は黒ずんだ唇を嚙んだ。

「ところがあんな鬼のような殿さまに孕まされ、この正月に男の子が産まれた。鬼は赤子を、先々はどこかの大名に養子に出す算段だ。そうなったら、もういよいよ亭主とは生き別れとなる」

怒りがこみ上げているのか、甚作は小刻みに震えていた。

「仲のよい夫婦でな。亭主は水戸藩の勘定方の小役人だったが、立派な男であった。夫婦は命がけで水戸屋敷を抜け出し、赤ん坊は自分たちの子として育てようとしたんだ」

玉三郎は杯を置いた。

「たしかにつながってきたぜ。子どもを授かったからと、その市蔵という亭主が鬼子母神の絵馬を奉納しにいったわけだな。そこに俺が居合わせたってわけか。だが、いざ奉納という段になって、亭主は気持ちのふんぎりがつかず、奉納できずにいた。なぁ、どう思う、亭主を責められないよな」

玉三郎は甚作に相槌《あいづち》を求めた。

「ああ、誰も責められん。あの亭主が、赤ん坊を自分の子として育てようとした覚悟に、嘘《うそ》ぁねぇ。ただ少し、自分たちの子のために求めた絵馬を奉納するのに、忸怩《じくじ》たるものがあったんだろう」

玉三郎の瞼《まぶた》に、あの日の武士の思いつめていた様子が浮かんだ。

「斉昭の子として生きたほうが、赤ん坊もその母親も、これから楽に生きれるだろう。誰だって長屋に住むよりは、大名の家族として御殿《ごてん》に住んだほうがいい。菊江さんに、そういう考えはないのだな？」

「ああ、これっぱかりもねぇ。死んだ亭主との誓いを守り通すつもりだ」

「よしわかった。なぁ、甚作さん。母親と赤ん坊だか、俺に預けないか」

甚作はうろたえたような目で見返してきた。

「あの赤ん坊は、売れ口がもう決まってるらしいぜ。五万石のさる大名だ。それに斉昭には別の思惑もあってな。どうあっても、赤ん坊を取り返しにくるぜ」

抑えきれない怒りが、玉三郎の胸にも渦巻いている。

「そうだろうな。長年、後楽園には出入りしてきた。水戸家の庭方の連中には、知り合いが多い。知った顔が、昨日ぐらいから俺んちのまわりをうろつきだしている。あんたの手配りで、町方の手先は張りついてくれてるが、逃げ切れないだろう。今日は、外で飲むのもこの世で最後だと思って、出てきたんだ」

水戸家相手に、無駄とは知りながらの、立ちまわりを演じるつもりなのか。甚作の襟元は、匕首《あいくち》を呑《の》んだ破落戸《ごろつき》のそれのように膨らんでいた。

「俺に考えがある。町方の与力と同心に友達がいると言ったろう。当面は、北町奉行所のなかに匿ってもらうってのはどうだ」

甚作の目が見開かれた。

「ほとぼりが冷めたころに、備中松山藩五万石か、奥州福島藩三万石の家中で菊江さんの再縁相手を探してもらうさ。どっちも板倉家だが、どっちも立派な殿さまだぜ。こぶ付きでも大事にしてくれる、心映《こころば》えの優しい藩士《むりじ》がいるはずだ。もちろん、菊江さんが死んだ亭主に操《みさお》を立てる覚悟なら、無理強いはできないが」

甚作の目の色が違ってきた。

瞳のまわりは皺だらけだが、強い光を帯びている。

「本当は俺のところでなんとかしてやりたいんだが、俺のほうだと、水戸家とはいろいろあってまずいんだ」

玉三郎は、すまなそうにそう言った。

「鬼は諦《あきら》めるだろうか」

「諦めると俺は踏んでいる。今はあの赤ん坊に執着しているだろうが、子はまた作れる。子作りは野郎の得意中の得意だからな。別の玉でまた仕掛けてくる。俺のほうは、長い戦いになるかもしれん」

「さっきから言ってる、俺のほうとはどういう意味だい？」

甚作は小首を傾げていた。

「いや、気にしないでくれ。こっちの話だ。それよりどうだ、任せてくれるか」

「願ってもない、ぜひお願いしますだ」

甚作は玉三郎の手を取って感謝した。

「なら、さっそく」

銚子の追加を運んできた親父が立ち尽くすのを尻目に、玉三郎と甚作は一膳飯屋を飛び出した。

甚作の家に行くと、甚作の妻と娘の仏壇に、亡くなったばかりの市蔵の小さな位牌《いはい》が置かれていた。

玉三郎は、八丁堀に出入りしている小普請《むやく》の御家人だと名乗り、手早く思うところを述べ終えると、菊江に願って位牌に手を合わせて合掌した。

「北町奉行所には話を通してある。しばらくの間は匿ってくれるはずだ。あとの算段は、奉行所の奥まった安全なところですればいい」

菊江は儚《はかな》げな顔《かん》ばせの佳人だった。

白い指を畳について低頭した。細い肩が揺れて、啜《すす》り泣いていることがわかった。

赤ん坊はむずがらない子らしく、おとなしく寝息を立てている。

「願ってもないことでございます。なんとお礼を申しあげたらいいか」

色白の細面で、項《うなじ》のあたりが静脈が透けてみえるほど白かった。

「ただ、わがままを申しますが一日だけ、お待ちいただけませんか」

願う眼差しを寄せられて、玉三郎は弱った。

「一日かい。俺は一刻も早く、奉行所に身をひそめたほうがいいと思うが」

甚作が口添えするように言った。

「旦那が俺に預けてくれた、この赤い石榴の絵馬……菊江さんは、これをどうしても鬼子母神に奉納したいと願っているんだ」

仏壇にその絵馬が置かれていることを、玉三郎も気づいていた。

人の話し声で目覚めたのか、赤ん坊が泣きはじめた。

「子は余一磨という名を捨て、夫の一字をとって与市《よいち》と名付けました」

菊江は細い人差指で、空《くう》に与市の文字を書いた。

「凛々《りり》しい、いい名だな。文字も乙《おつ》で、すてきだぜ。市蔵さんの位牌と与市坊を抱いて、あんたの手で絵馬を奉納したいんだな」

「それが、けじめだと思っています」

「よし、ならばぜひにもそうするがいいぜ。露払いは俺が務める」

玉三郎は三匹蜻蛉の柄《つか》を強く握りしめた。

七

「これは、北町が大勢して鬼子母神詣《もう》でですかい」

いつもの桔梗色の羽二重を着流した玉三郎は、同じく着流し姿で深編み笠を被った筆頭与力の谷村源助に軽口を叩いた。

「御三家とはいえ、町場で理不尽は許されん……とまぁ、格好よろしく俺だって啖呵《たんか》を切りたいときもある」

谷村はおどけたように白い歯を見せて笑った。

「谷村さん、この通りだ」

玉三郎はすぐに頬を締めて礼を述べた。

「とはいえ玉さん、奉行所が水戸と大喧嘩するわけにもいかない。母子は間違いなく私のほうで、奉行所まで連れていく。送り狼《おおかみ》が出たら応接を頼むよ」

お高祖頭巾《こそずきん》に細面を包んだ菊江が、絵馬台に絵馬を吊るしていた。

本堂と参道には、着流しに巻き羽織、小銀杏髷《こいちょうまげ》、ひと目で八丁堀の廻り方とわかる強面《こわもて》が数人と、御用聞き風体《ふうてい》の男とその手先が合わせて十人ほど。

結界を張るように、菊江・与市の母子を護っていた。

むろん、そのなかには、啓介とお千瀬の姿もあった。

「任せてください。御三家にだって体面がある。こっ恥ずかしくて、決して表沙《おもてざ》汰《た》にできないほど、叩きのめしてやりますよ」

菊江が絵馬を吊るし終えた。安堵《あんど》と感謝の念のこもった眼差しが送られる。

深編み笠を被った谷村は、小走りしてすっと菊江の前に立つと、八丁堀の連中も示し合わせて、前後を固めて歩き出した。

玉三郎は母子を囲む一団のいちばん後ろから、大門前の欅並木《けやきなみき》を歩き出した。

ざらざらとした殺気が流れてくる。苛立《いらだ》っているような殺気だった。

一行は、そのまま道を南に進んだ。

彼方《かなた》に神田川に架《か》かる姿見橋《すがたみばし》が見えてきた。そこに北町で仕立てた屋根船がとめてあり、帰路は神田川を下っていく手はずである。

途中、左手に水戸屋敷をやり過ごしながら、茅場町の大番屋まで水路を行く。

茅場町、八丁堀のあたりまで行けば、町方のお膝元である。

大番屋に詰めていた人数を加えて、あとは陸路で北町奉行所まで、母子を守り通そうという算段であった。

玉三郎は、ふと足を止めた。

殺気もそこで止まった。菊江を追うのはあきらめたらしい。

玉三郎は欅並木を引き返した。殺気も薄くなる。

今日は、水戸に痛撃を与えておきたかった。

都賀藩のことを自分の藩だとか、自分が藩主なのだという気負いはなかった。だが、土足で他人《ひと》の家に踏み入ろうとしてくる連中に、向かっ腹は立っていた。

(出てこい、俺はここにいるぜ)

雑司が谷境内の仁王像《におうぞう》の前に立ち、両眼で四方に念を放った。参詣客の間から、上背のある武士が現れてゆっくりと歩み寄ってきた。

「お主《ぬし》、見た顔だな」

四十がらみのその武士は、眉を寄せた目線を向けてきた。

「こっちは、あんたなんか知らないぜ。俺は小普請《むやく》の御家人で松平玉三郎。そっちは水戸の助平の手先かい」

軽く揶揄《やゆ》してみたが、武士は顔色を変えなかった。

「そのほう、小梅の歌垣の会の折も、町方に紛《まぎ》れて我が小梅屋敷に入り込んでおったな。隠密廻りか、いずれにせよ八丁堀の不浄役人であろう」

「あいにく、まだ同心株は買えないでいる」

「よいか。我らは御三家の家中だ。わしは小石川上屋敷の庭方元締め・藤林門九郎だ。町方風情《ふぜい》が我らの邪魔立てをするなど言語道断。水戸家として、北町奉行の遠山左衛門尉《とおやまさえもんのじょう》に、そのほうらの詮議《せんぎ》を申しつけてもよいのだぞ」

玉三郎はせせら笑った。

「藤林だか田舎祭りの馬鹿囃子《ばかばやし》だか知らねぇが、高飛車に出たな。笑わしてくれるじゃないか」

馬鹿呼ばわりされて、藤林の顔色がようやくと変わった。

「水戸の助平が、家臣の女房に手を出して無理やり妾にした。それで子を産ましたが、愛想を尽かされ、妾が赤ん坊を連れて屋敷を逃げ出しちまった……そんなみっとも恥ずかしいことを、公《おおやけ》にするつもりかい」

「お、おのれぃ。ならばあくまで私闘ということで、勝負をつけようではないか。さしで雌雄《しゆう》を決する。それでどうじゃ」

「江戸もここまで来れば、段平《だんびら》振りまわす広い原っぱには、ことかかねぇ。庭方らしく、草っぱらのなかであの世に送ってやる。俺が頼めば、どこにだって三途の川の渡し船は立ち寄ってくれるぜ」

玉三郎は南に向けて、ゆっくりと歩きはじめた。

七重八重　花は咲けども　山吹《やまぶき》の――。

鬼子母神の南側は山吹の里と呼ばれ、太田《おおた》道灌《どうかん》と土地の乙女が歌を通じて心を通わせたとされる、鄙《ひな》びた里である。

畑の間を交差する丁字路で、玉三郎は三方から敵が迫る音を聞いた。

真後ろからの門九郎は、頭上高く構えた上段からの唐竹割《からたけわ》りを。

右から走り込んできた敵は、脇構えからの胴払いを。

左の地蔵の陰から躍り出た敵は、一転、滑るように身体を沈ませながら、脛《すね》っ払《ばら》いを仕掛けてくる。

玉三郎は、三方の敵との間合いを計った。

左からの敵が近い。

鞘ごと抜いた三匹蜻蛉の鞘先を握り、足元の草を薙《な》ぐ鎌のように迫ってきた脛っ払いを、下からすくい上げるように弾いた。

がりんという音がして、三匹蜻蛉の拳鍔は、脛払いの剣を弾き上げた。

半弧を描かせた拍子に、自然と鯉口《こいぐち》が切られた三匹蜻蛉を左手一本で抜き上げ、万歳している敵の右肩に無造作に落とす。

玉三郎のその逆袈裟《ぎゃくげさ》は、第一の敵の肩甲骨《けんこうこつ》を叩き割った。

そこに右からの敵が、脇構えから上段に上げて飛び込んできた。

玉三郎は、今度はこちらから身体を沈ませて、脛っ払いを仕掛けた。すれ違いざま、降り下ろされてきた敵の本身が、玉三郎の背中をずりずりと摺《す》った。

羽二重は切り刻まれ、背中にひきつるような痛みを感じたが、敵は左足の膝下を失い、左右の振り合いを崩して、もんどりうって倒れた。

門九郎が大上段に構えたまま間合いに入ってきたとき、玉三郎はすばやく納刀して、鞘ごと腰から抜いた三匹蜻蛉を、胸元で斜めに構えていた。

門九郎はその独特の構えに、ど胆を抜かれたようにびくっと身体を強張《こわば》らせた。

玉三郎の背中を舐《な》めまわすように、眼が左右に動いている。

「あいにくだったな。一張羅《いっちょうら》は台なしにしたが、あとは背中の皮が剝《む》けたぐらいだぜ。膝から下をもっていかれちまったら、骨を断ち切るほど腕に力をこめられるわけもねぇ」

玉三郎が凄惨《せいさん》な笑みを浮かべると、門九郎の額から脂汗《あぶらあせ》が噴き上がってきた。

「どうした。藤林といえば、伊賀の名門なんだろう。どろんと消える忍術や、跳んだり跳ねたりする技は、持ちあわせちゃいないのかい」

門九郎は、大上段から八双《はっそう》に落として構えていた差料《さしりょう》を、さらに切っ先を下に向けて逆手に持ち替えた。

「俺の家は、後楽園の庭番を二百年以上勤めてきた。今さら先祖のようには跳べん。これで刺し違えさせてもらうぞ」

「そっちも逆手かい。相打ちを狙うつもりだろうが、そうはいかねぇ。悪いが命はもらうぜ。助平中納言にも、少しは懲《こ》りてもらわないとな。それには、あんたに死んでもらうしかない」

そうもらし終わったとき、門九郎の姿が消えていた。

あるかなきかの空気が揺れる音がした。

日差しがほんの少し翳《かげ》った気がした。

玉三郎は無意識に横に跳んだ。上から勝ち誇った門九郎の顔と、まばゆい銀光が、逆落としに落ちてくる。

門九郎は地面に差料を突き立てると、見事な体捌《たいさば》きで全身を一回転させ、立ち上がった。

その立ち上がりざまの胸元を、玉三郎の逆手居合が斜め中段から斬り上げた。

門九郎の顔が激痛に歪《ゆが》み、絶叫することも忘れたように立ち尽くした。

「跳べないというのは嘘だったな。見事な飛翔《ひしよう》だったが、迷わず渡し船に乗れ」

玉三郎は二の太刀を、門九郎の肩口に突き立てた。

八

本所の界隈《かいわい》は、小旗本や御家人の小さな屋敷と町場がひしめきあって、ひどく雑然とした町並みが続いている。

そんななかで、両国橋《りようごくばし》から下流の大川端《おおかわばた》だけには、都賀藩をはじめとする諸侯の瀟洒《しようしや》な下屋敷が並び、閑静で風趣《ふうしゆ》のよい一郭《いつかく》をなしていた。

その下屋敷の桜が、満開となった。

この桜は、無数の枝ぶりが練塀《ねりべい》沿いに大川の道にも広がって、都賀の万朶《ばんだ》の桜といえば地元の名物のひとつとされていた。

「いやぁ、夢のなかにいるようだね、お千瀬」

「本当ねぇ。こんな見事な桜景色《はなげしき》は、生まれて初めてだわ」

お千瀬も感極まった顔をしながら、次郎右衛門に宮戸川の酌をした。

谷村源助、次郎右衛門、お千瀬、啓介の四人は、大川の川風が通る二階座敷で、都賀藩主の奥方さまである佐奈姫の招きを受けていた。

——向島の水戸屋敷で、自分の危急《ききゅう》を救ってくれた奉行所の手の者を呼んで、慰労したい。自分を背負って茶室から逃してくれた若侍には、特に丁重に礼を述べたい。

佐奈姫の意向が、笹島の口から源助に伝えられ、桜の盛りの今日、それが実現した。

「しっかし、玉三郎も馬鹿な奴だな。こんなすごいご馳走《ちそう》が出て、大川の桜吹雪が眺められて、しかも町場では滅多《めった》に拝めない、すこぶるつきに上品なお方さまのお顔まで拝めたって日に、腹下しになるとはな」

啓介は玉三郎の不在を、むしろ愉快そうに笑い飛ばした。

「あいつ、来たら来たで、あの佐奈姫さまの顔ばかり見て、鼻の下を伸ばしてたに決まっているがな」

わざと玉三郎の軽薄を自分に聞かせてこようとする啓介の腕を、お千瀬は思いっきり抓《つね》った。

「なぁに、その言い方。だいたい、普段は私の顔ばっかり覗いてくるくせに、今日はあのお方さまのほうばっかり盗み見て、しかも溜息ばっかりついていたのは、どこの誰なの」

ほんの小半刻《こはんとき》ほどであったが、佐奈姫はみずから座敷に出座して、ひとりひとりに杯を与え、過日の礼を述べた。

その﨟《ろう》たけた優しげな物腰と懇篤《こんとく》な言葉に、一同はただただ恐縮した。まだ身体が本調子でないからと断って佐奈姫が中座したあとは、その残り香に酔ったように、溜息ばかりついていた。

「これこれ、よそさまの屋敷に招かれて口喧嘩はいかん。それよりも爛漫《らんまん》を楽しみなさい」

次郎右衛門と杯の応酬を楽しんでいる源助に諭《さと》されると、お千瀬は瞳を大川端に向けた。

左手の両国橋も、右手の吾妻橋も。

また行き交う上り下りの花見船の群れも。

すべてが、霞《かすみ》にけむって見えた。

町方の四人を慰労してきた佐奈姫は、黙って玉三郎の面前に座り、平伏した。そして無沙汰の詫びを、短い言葉で述べた。玉三郎はどきどきしながら、黙って聞くばかりだった。

佐奈姫が面《おもて》を上げた。ひと月半ぶりに見《まみ》えたその顔《かん》ばせは、小梅屋敷で垣間見た通りのたおやかさで、玉三郎の胸を震わせた。

佐奈姫は、それからはじっと黙っていた。ただ静かに瞳を玉三郎にあてていたが、白磁《はくじ》のような肌に、今日の桜の花びらが一片《いっぺん》、落ちてとけたような淡い朱が刷《は》かれていた。

今朝、老中水野家の用人が上屋敷に来て、水戸徳川家との縁組が、先方の都合で破談になったと伝えてきた。

笹島が、そのことを佐奈姫に報告した。

佐奈姫は顔色を変えずに聞いていたが、破談に導くにあたっては、対馬守さまの縦横《じゅうおう》の活躍があったとのくだりでは、玉三郎に小さく低頭して謝意を示した。

「それで……三方領地替えの件は、どうなりましたか」

佐奈姫は、玉三郎や笹島の胸にもわだかまっていたことを口にした。

その件については、縁談と一緒に立ち消えになったわけではない。

国防の観点から、幕閣の間でまだ活きている案件である、と不気味なことを告げ、水戸家の用人は去ったのだった。

これについても、対馬守さまは、断固として立ち向かうお覚悟である――。

笹島がそう言上すると、佐奈姫はもう一度、玉三郎に低頭してきた。

佐奈姫の顔ばせが、またもとの白磁のような色に戻った。

疲れているらしい。

笹島が退出を勧めると、佐奈姫は懐《ふところ》から一枚の短冊を取り出した。

その短冊を畳に滑らせて玉三郎の前に押しやると、佐奈姫は去っていった。

「おい爺さん、なんて書いてあるんだ。達筆すぎて読めないぜ」
顔をしかめた玉三郎は、笹島に応援を頼んだ。
「ふむふむ。これは和歌ですな。
我《わ》が宿《やど》の　桜見《はなみ》がてらに　来る人は　散りなん後《のち》ぞ　恋しかるべき
とあります。これはたしか古今集《こきんしゅう》ですな。平安の昔の古歌でござる」
年の功である。笹島はすらすらと読み上げてみせた。
「『我が宿の』とは、この下屋敷のことだよな。『桜見がてらに来る人は』ってののは、花見のついでに来た人ってことで、俺のことか。ここまでは意味が取れるが、その下がとんとわからねぇ」

玉三郎は、首をひねりながらぼやいた。

「『散りなん後ぞ恋しかるべき』とは、桜が散ったころに、私は玉三郎君のことを恋しく思うでしょうと、佐奈姫さまはこう申されているのでござる」

「て、てぇことは……」

玉三郎は両腕を突き上げた。

「脈があるってことだよな。また来てくれって、呼びかけてきてくれたんだ」

「さようにござる。お喜びなされ、玉三郎君は姫さまのお目がねにかなったのじゃ。姫さまは懐中に、幾通りも和歌を用意してあったに違いござらん。そのなから、いちばんの和歌を玉三郎君に捧《ささ》げられたのじゃ」

主従は手を握りあって、喜びをわかちあった。

「これで三方領地替えの件さえ、玉三郎君のお力でなきものにしていただければ、晴れてご夫婦で上屋敷でお暮らしいただけますな」

笹島はさりげなく条件を塗《まぶ》してきたが、玉三郎は意に介さなかった。

「任しといてくれ。水戸がまたなにか仕掛けてきたら、どんな企みでも木端微塵《こっぱみじん》にしてやる」

玉三郎が胸を叩くと、笹島は不意に涙腺《るいせん》がゆるんだらしく、涙ぐんだ。

「おい爺さん、泣いてる場合じゃねぇ。啓介やお千瀬は、まだ二階にいるんだろう。これから合流して、ぷはっと飲み明かそうじゃねぇか」

「そうなされ、玉三郎君。今日はこの爺もお供仕《つかまつ》る」

主従は長い廊下を足取りも軽く、仲間たちの声が聞こえる二階座敷に歩を進めた。

うららかな春の日差しを受けて、空に桜花が揺れている。

コスミック・時代文庫

殿《との》は替《か》え玉《だま》
松平玉三郎 殿さま草紙

【著 者】
藤村《ふじむら》与《よ》一郎《いちろう》

【発行者】
杉原葉子

【発 行】
株式会社コスミック出版
〒154-0002 東京都世田谷区下馬6-15-4
代表 TEL.03(5432)7081
営業 TEL.03(5432)7084
FAX.03(5432)7088
編集 TEL.03(5432)7086
FAX.03(5432)7090

【ホームページ】
http://www.cosmicpub.com/

【振替口座】
00110-8-611382

【印刷／製本】
中央精版印刷株式会社

乱丁・落丁本は、小社へ直接お送り下さい。郵送料小社負担にて
お取り替え致します。定価はカバーに表示してあります。

名探偵は、お公家さま!?
いま話題の新感覚・捕物帖！
公家さま同心
飛鳥業平
早見俊 著
ほんなら、わとそん
ぎょっ、
◇好評発売中
「公家さま同心飛鳥業平」
「公家さま同心飛鳥業平 踊る殿さま」
「公家さま同心飛鳥業平 どら息子の涙」
「公家さま同心飛鳥業平 世直し桜」
「公家さま同心飛鳥業平 江戸の義経」
「公家さま同心飛鳥業平 天空の塔」
時代ファン必見、ぞくぞく重版！
公家さま同心
飛鳥業平
早見俊
天空の塔
コスミック・時代文庫
カバーイラスト 村上豊